有爱的青春陪伴者

You're
so sweet

小哥哥你甜度爆表啦

涯余 著

上海故事会文化传媒有限公司
上海文化出版社

图书在版编目（CIP）数据

小哥哥你甜度爆表啦 / 涯余著 . —— 上海：上海文
化出版社 , 2020.8
ISBN 978-7-5535-2021-6

Ⅰ . ①小… Ⅱ . ①涯… Ⅲ . ①长篇小说 – 中国 – 当代
Ⅳ . ① I247.5

中国版本图书馆 CIP 数据核字 (2020) 第 098552 号

责任编辑　蔡美凤
特约编辑　魏归期
装帧设计　西　楼
封面绘制　扎小扎
印务监制　周仲智
责任校对　彭　佳

小哥哥你甜度爆表啦
涯余　著

出　　版　上海文化出版社
出　　品　上海故事会文化传媒有限公司
　　　　　（200020 上海市绍兴路 74 号　www.storychina.cn）
发　　行　长沙大鱼文化传媒有限公司发行中心
印　　刷　湖南达美程智能科技股份有限公司
开　　本　880×1230　1/32　印　张　9
版　　次　2020 年 10 月第 1 版　印　次　2020 年 10 月第 1 次印刷
书　　号　ISBN 978-7-5535-2021-6/I.793
定　　价　36.80 元

上海故事会文化传媒有限公司　出品 (01003) www.storychina.cn

本书如有印装问题，请与印刷厂联系调换。联系电话: 0731-83280699

目 录
CONTENTS

目 录

CONTENTS

Chapter 01

阿：缘分

"你们这儿就是那个雷盾保安公司吧？"

正值上班高峰期，玻璃大门被忽然堵了两个男人，他们穿着墨绿色的迷彩服，皮肤又黑又粗，在一群西装革履的人中显得很是突兀。

行政小妹在前台仰起脸，露出一个礼貌的笑容："不是保安公司，我们是雷盾安全防护有限公司，请问您找谁呢？"

那两个大汉瞪大了眼，上前一步道："找的就是你们这个浑蛋保安公司！"

"就前几天那个谁，大明星刁璐璐开演唱会的时候，本来都选了我们当保安了，可半路不知道怎么就全变成你们公司的人了！"高一点的那个说道。

另一个矮点的猛地一拍桌面："不服！"

高的那个又道："今天弐俩就要来讨回公道，快把你们老板叫出来，不给个说法我们兄弟就不走了！"

　　矮的那个非常配合，就地一坐："赔钱！"

　　两个大嗓门在这儿杵着，让原本就拥堵的一楼大厅更加水泄不通，围观群众一层包一层。前台小姐姐脸上的微笑都快维持不住了，她提议："要不然，您二位跟我上楼吧，我让客服部的经理来和你们沟通？"

　　"不行，我们起码要和总经理级别的人说话，快叫你们老板下来！"

　　粗人蛮力大，矮点的那个男人一用劲，原本放在前台桌面上摆着的花瓶应声落地，发出清脆的四分五裂声，里头的花瓣叶子落了一地，人群顿时散开两米远。

　　瞧着惊慌的前台小妹，那两个男人十分自得。在这一团乱麻的时候，忽然有一个悦耳的声音传来。

　　"不好意思，还没上班。"

　　他们回头一看，见一粉妆玉琢的女孩子正站在身后，一头卷曲的秀发披散在肩头，长得十分可爱，看起来也不过就二十岁左右，但是不知道为什么穿了很正式的西装套装。

　　高个的挑眉："你是总经理？"

　　矮个的眼睛发光："总经理……秘、秘书吧。"

　　围观群众也瞧见了她，周围瞬间鸦雀无声。郑灵犀手里还提着一袋豆奶，她特意举高摇了摇示意。

　　"抱歉啊，我们还没上班呢。"她重复了一遍，语气挺客气的，客气到叫人产生了误解。

　　矮个的男人笑了，弯腰凑近了她，鼻息粗重。还不待他开口胡言乱语，忽然当面一只粉拳袭来，以巨大的力量猛地击中他腹部。

　　矮个男人还没出口的话被噎断在喉咙里，只翻着白眼呕了一声。他刚条件反射弓身弯下腰去，还不待反应过来，郑灵犀一手抓住他的头发猛地往下一拽，穿着黑色西装长裤的细腿弯起，膝盖朝着他的腹部就狠狠地顶了上去。

这一切不过发生在电光石火之间，等大家回过神来，矮个男人已经呻吟着躺在地上了。

"你！"高个男人见弟弟趴下了，瞬间暴怒，举着拳头冲过来。但他还没近身，郑灵犀一闪身，猛地一脚踹在他膝弯上，他就跟软脚虾似的"扑通"一声跪在地上了。

他龇牙咧嘴好像是要喊疼，但还未喊出口呢，头发忽然被人拽住，只见一个一米八多的大汉跟个娃娃似的被人提了起来。

高个男人通红着眼睛瞪着面前的人，郑灵犀歪头看了看，粉拳就跟雨点似的砸在他腹部。她下手很重，围观人群都清晰地听到了拳头击打肉体的咣咣闷声，仿佛自己被揍一样疼。

几秒钟以后，高个男人也躺在了弟弟身边，一家人就是要整整齐齐。

郑灵犀将叼在口中的豆奶拿下来，开口："没上班就来找揍，太敬业了。"

"郑部长您来啦！"危机解除，前台小妹差点儿热泪盈眶。

"早上好。"郑灵犀潇洒地挥挥手往电梯走去，不忘吩咐身后的人，"别忘了问他们要赔偿，花瓶和迟到费。"

"好的！"

大厅里的人全都目送这女孩子施施然离去，至于地上躺着的那两个是死是活压根儿无人问津。

等到听不到皮鞋跟敲击地板砖的声音了，一个年轻人扭头对旁边的同事说："我们公司太可怕了，连个行政的小姑娘都是武林高手。"

被搭腔的人愣了愣神，随后连连摆手："你刚来误会了，这位可不是行政部门的！喏，翻翻今天刚发给你的公司彩页。"

新人闻言立刻捧起手里厚厚的公司资料介绍。

雷盾安全防护有限公司，是国内首屈一指的安保公司，业务涉及网络安保和实体保镖，文能帮你加固系统、修复漏洞、全面监控，武能拳打流氓、脚踢闹事者，可谓是十八般全能。

随后他翻了几页，赫然在保镖部门那一页看到了部门负责人的照片，身后一溜的金牌和奖杯。

保镖部部长——郑灵犀。

资料本上的照片应该是抓拍的工作照，她穿了件黑色的劲装制服，有点类似军队的制式，跟其他的副部长、总监相比，这位简直就是另一个画风，精致雪白的瓜子脸、灵动的双眼皮大眼睛、永远朱红的樱桃嘴和小鸟依人的体形。

但想起刚才雷厉风行的拳法，新人瑟瑟发抖："这……这反差也太大了吧。"

前辈凑过来拍拍他的肩膀："而且你要注意了，郑姐最讨厌别人说她是'小姑娘'。"

这一张不辨年龄的娃娃脸给郑灵犀带来的只有困扰，为此，她特意去烫了个大波浪，目的就是让自己看起来更成熟更有二十七岁女人的魅力，结果……就和芭比娃娃换了个头型一样。

郑灵犀随手把喝光的豆奶丢进垃圾桶，推开保镖部门的大门，见里头偌大的活动室里已满是人了。

"部长来了。"

"郑姐好。"

"灵犀啊，来看我最近新学的一套五行拳。"

一百五十多平方米的房间里，几十个只穿着黑背心的壮汉在锻炼身体，有的举着巨大的哑铃憋得脸色通红，有的在两两对打嘿嘿哈哈，有的在跑步机上挥洒汗水。

郑灵犀随手打了招呼，在角落的几张电脑桌前坐下了。保镖部门一共三台电脑，分别属于部长、副部长和大队长，算是稀缺资源。

此刻副部长正在打麻将，手指头点着鼠标发出高频率的巨响："八筒！八筒！"

大队长正咬着手帕在看肥皂剧，里头女主被虐得死去活来，他一个体重一百八的大汉也跟着一把鼻涕一把泪，嘶喊道："刘生，你为何要弃我而去！"

郑灵犀在他们正中间坐下，开机，电脑屏幕上慢慢浮现出 Windows XP 的图标。

她耐心地等着，然后在桌面上出现一片绿色大草原和蓝天白云以后笑了笑，电脑上图标很少，她熟练地登上 QQ，然后点开最后的一个图标——扫雷。

这个 1992 年发布的微软益智类小游戏，没想到到了今天还有忠实的使用者。

郑灵犀坐直腰板，握着鼠标聚精会神地盯着屏幕上的灰色小窗口，一个一个扫雷，玩了几盘正到兴头上，忽然右下角的企鹅头跳个不停。

她点开来一看，发现是自己最近的那个相亲对象发来的信息，那是个中学教师，斯斯文文戴个眼镜，QQ 昵称叫"逝去的风"。

【在吗？】

郑灵犀心中欢喜，大吼了一声："你们都安静！"

仿佛按下时间暂停键，所有人都停下了动作，活动室静得能听见针落地的声音。

她端端正正用五笔输入法回复聊天：【在，今晚要不要一起去看电影？】

【不用了……我对 1995 年的僵尸道长不感兴趣。】

【那去我家玩游戏吧？我有限量版的纪念光碟！】

【抱歉，其实我今天就是想和你说我们不合适。】

郑灵犀的笑容逐渐收敛，那个"逝去的风"的系统头像瞬间暗下去了，而且再怎么敲也不再上线。

郑灵犀垮下身，低声自言自语："不知道为什么，我的每一个相亲对象总是熬不过第七天，这已经是第十九个了。"

一旁的副部长看不下去了，轻声安慰道："灵犀，那是他们不识货。"

"对啊，绝对不是你不好。"大队长也跟着说。

刚才还热火朝天的活动室一瞬间笼上了阴影，连在对打的几人都不敢发出太大的声音，众人憋着劲，生怕郑部长情绪激动起来心理崩溃。

副部长和大队长还想说什么安慰的话，正思索的时候，面前的电脑忽然屏幕一暗，紧接着三台机子一个接着一个闪起了雪花点，在屏幕上冒出了个一模一样的黑桃图标。

郑灵犀愣了下，伸手点了点鼠标，电脑一点反应都没有。

副部长疯狂敲击键盘，口中念念有词："我的清一色自摸啊！"

大队长直接抱着主机"咣咣"地拍："刘生，刘生！你等着我！"

保镖部的三人抱着电脑出去找外援的时候，雷盾公司其实正陷入了一个僵局。整个公司由上到下，几十上百台电脑都出现了一样的诡异情况：雪花屏带黑桃图案。

关机重启无效，重装系统也不行，很显然是中了电脑病毒。

但话说回来，这儿既然是国内首屈一指的安全防护公司，对于网络安保这方面肯定是有预防性的，几十个工程师计算机高手在这里，还能被个突如其来的黑桃给奈何住了？

结果是——还真被奈何住了。

"小刘啊，有空帮我们看看电脑吗，好像是出问题了。"副部长抱着电脑主机，大队长抱着显示器，两人就站在技术部门口到处拦人求解决。

"抱歉啊成哥，我们现在有点忙，实在抽不出空来。"来来往往的程序员那么多，但谁都不愿意停下来看这两人的电脑一眼。

他们聚精会神，三三两两讨论着什么，高学历高智商的模样，把两个一米八多没什么文化的粗野汉子撇在圈子外。

"这难道是升级版的阿尔法病毒？"

"我们可能是被什么顶级黑客盯上了……"

过了半晌，副部长赵成的肩膀塌下来，他换了只手抱怀里的电脑主机："我们回吧……"

"别啊。"

郑灵犀打断他，她干脆一屁股坐在了技术部门口的桌子上："我们就在这儿等着，老板今天的飞机回城，要是叫他看见公司技术部是这个样子，你猜会怎么样？"

"怎么样？"副部长很配合地问。

"我猜干脆会直接改名叫雷盾保安公司，网络保全这个项目直接嘣屁，程序员全部滚蛋。"

某一个瞬间，还在激烈讨论着的技术员们都停下了动作，齐刷刷地看着这两男一女的组合，壮汉神情可怜、萝莉横眉竖眼。

大家看着表情不善的郑灵犀不敢说话，安静的空间里，她缓缓挪过眼神，眉头轻轻皱了皱。

下一刻，技术部就又跟蜜蜂似的重新运作起来。

"快，赶快打电话！"地中海谢顶的技术部长抖声道。

"打给谁啊，田部长？"

"外援啊！"田部长花腔男高音都唱出来了。

虽说差不多市面上的电脑高手都被各个 IT 公司收入囊中，但总有个别特立独行的大佬流落民间，有的是独行侠黑客，有的是超级天才学生，有的是反社会人格的隐匿者。

聘请外援在这个行业里也不少见，这算是大家默认的一种手段，总有些有才能的人愿意被收买。

邵天冬接到电话的时候正好有场篮球友谊赛，所以并不打算去救场。

"Winter！大佬，这个事情必须你出手了，那头搞不好是个隐藏起来的黑客高手，我们应付不了了，你要再不来就见不到我最后一面了。"田部长压低声音，就差哭出来了，他今年不过二十八岁，看起来却好像三十八岁了。

"哦……这么厉害？"邵天冬拉长声音，他左手捏着瓶运动饮料，明明还是初春的天气，篮球会场里却热力蒸腾，活力四射的男男女女在球场里跑动跳跃，青春逼人。

过了大概十几秒钟，田部长的心已经提到了嗓子眼，才听到对方笑呵呵地道："那好，我马上就过去，但我要三倍出差费哦。"

"没问题！"

邵天冬挂了电话，站起身随手把饮料瓶子一扔。

"天冬，谁来找啊？"好友孙荣撩起球衣擦了把汗问道。

"兼职喽。"邵天冬笑了笑，他一上场，场外的啦啦队女生就不停地尖叫，"一会儿我要早点走，你让大虎顶我的位置。"

"啊？你又走啊，那我们这队可就没人看了。"孙荣抱怨着。

邵天冬置若罔闻，他看着这些男生跑来跑去，对方队伍几乎把他当成了盯防的重点，专门分出个人无死角守着他。

来人也很紧张，瞪着双死鱼眼盯他，眨都不眨。

邵天冬被逗笑了，他把额发往后捋了捋，在脑后扎了个小辫："放轻松，我又不会跑，不用这么狠狠瞪我吧，你再瞪我也不会变成个美女的。"

底下围观加油的女生都笑了，那人脸红了，瞪着他的眼神更凶狠了。

邵天冬心里有了计较，随后十分钟都在认认真真打球，奈何这位仁兄的盯人功夫实在太强，几次进攻的时候都被拦截。

好不容易有了机会，孙荣的传球落到了邵天冬手里，而且位置距离篮板已经很近了，他忽然想到了什么。

都说，打篮球的时候需要击溃对手的心防。

邵天冬运球，假动作，在路过邦人身边的时候轻声道："你的球鞋是假的。"

对方整个人愣住，停滞的片刻工夫，邵天冬已经连过两人，起身跃起姿势完美。

球进了。

在一片欢呼声中，反应过来的那人愤怒吼道："你大爷的！"

邵天冬挥挥手："再会喽。"

在等待超强外援的这段时间里，雷盾全公司基本上处于报废状态。

网络安全部门连不上网，技术部门解决不了技术问题，业务部接不到业务，只有后勤组不停地接到投诉电话。

"部长，Winter 不会是不来了吧？"助理战战兢兢地问。

技术部长老田就差长在窗玻璃上了，他戴着近视眼镜往下不停张望，也不知道他在二十七楼高空能看出个什么来。

"他会来的……他肯定会来的。"

技术部人人自危，而抱着电脑来修的三人却没事干。

郑灵犀坐在沙发椅里喝着茶，顺手从某个程序员的桌上摸了一本杂志来看，封面瞧着花花绿绿的，入目却是：

设要编辑例 6.2 的源程序，键入以下命令：C: \ASM>EDIT HEXToASC. ASM。编辑文件名为 HEXToASC.ASM 的源文件，文件的扩展名必须取为 ASM。

"啪！"她瞬间合上了杂志。

因为实在太闲，副部长赵戎和大队长张敦敦干脆就在技术部门口的空地上练起了武。

"看我这招飞龙出海！"

"逮！猴子捞月！"

两个高得跟堵墙似的男人你一拳我一脚，竟然还挺灵活，跟跳舞似的，技术部里的程序宅们反正也破解不了病毒，一个个都看呆了。

打得正起劲的时候，一个男员工忽然从楼下跑来。

"田哥田哥，Winter 来了！"

他这么一叫之后，半个办公室的程序员一窝蜂飞奔下了楼，场面堪比超市一折大抢购。

"我还以为是市长来视察了呢，这么大动静。"郑灵犀随口吐槽了句，往后仰躺在沙发椅中。四周围着的都是程序员们的电脑，一面面雪花黑屏，中间一个诡异的黑桃，越看越恐怖。

如果大家都想错了，这人的目标其实并不是雷盾呢？

她盯着那不停转动的黑桃图标细看，忽然，所有的电脑都一台接一台关机了，几秒钟之后，重启的重启，正常的正常。

"哇——Winter 太棒了！我就知道请他来没错！"有人呼喊。

"听说他还是个大学生，也太牛了吧。"

郑灵犀听到整栋楼传来的汹涌呐喊声，瞄了眼自己搬来的电脑，还是黑漆漆的屏幕没有丝毫反应。

她"咣咣"拍了两下主机："为什么我的还没好呢？"

赵成凑过来："可能是灵犀的电脑等级太高了，这病毒攻不下来。"

张敦敦帮腔道："我们去叫外援给她单独看一看。"

郑灵犀没听到他们说话，她反复按着开机关机，奈何电脑仍没有反应。她这个人做事情非常专注，专注到有时候注意不到周围人的想法，所以也就没发现身后多了一个人。

邵天冬瞄了眼这全楼唯一一台还不正常的老爷机，又低头瞄了眼蹲在地上一脸认真的小姐姐。

她漆黑的双眼盯着电脑，大有不开机不起来的架势，邵天冬于是默默把台式机的电源插上了。

"嘿！开机了！"郑灵犀拍手道。她顿时开心了，像个孩子一样蹲守在显示屏前等待那巨长无比的开机画面，一直到扫雷的蓝色小窗口再次出现，她露出一个笑容。

"真好，刚才那局的雷都还在。"

邵天冬忍俊不禁，蹲在地上的姑娘眉眼弯弯，他忍不住又多看了她一眼。

后来，邵天冬回想起来第一次见到郑灵犀时的画面，都会露出很神奇的表情。

"那么柔弱漂亮的一个小姑娘，我原本以为又是个娇娇女。"他摇摇头，"结果是我看走眼。"

邵天冬作为外援，来得是很及时的，但还是没有老板迅速。

雷盾公司的总裁秦继楠，是本地名牌大学毕业的计算机高才生，他虽然起了个文艺小清新的名字，但真人是个风风火火的朝天炮，一点就着。

秦继楠还穿着居家的珊瑚绒睡袍，是骚包的紫色，头发也没有梳得油光水滑，一看就是着急从酒后赶过来的。但此刻整个公司上上下下正襟危坐，谁也不敢轻视这个穿着睡衣拖鞋的中年大叔。

郑灵犀端坐在自己的电脑桌前，她两边的副部长和大队长也是一模一样的姿势，三人直视前方，眼睛都不带转的。

秦总走过来，歪头看了眼电脑桌面："在看《一帘幽梦》啊？"

大队长张敦敦翻了翻眼皮："不是，是《玲珑扣》。"

"重点不在于你看的是什么……"秦总气到血压升高。

他又绕到另一边，见副部长赵成眼巴巴望着自己。

"怎么着，做成十三幺了？"

"没有没有，我哪敢想啊，来个自摸就行。"赵成嘿嘿地笑。

秦总终于转头看向中间的郑灵犀，三秒后他收回眼。

"还是你最厉害。"

大概是坐飞机飞了一夜太累了还没睡好，不然为什么连走路都摇摇晃晃要倒地？在场的众人觉得他们的秦总好像瞬间沧桑了好几岁，跟个耄耋老人似的。

郑灵犀看老板哆哆嗦嗦的模样，刚考虑要不要给他搬把椅子坐，秦总忽然回过头来。

"啪啪啪——"秦总在桌面上猛地连拍三下，看着都疼。

"你们是猪脑子吗？是不是猪脑子？"刚才还和颜悦色的秦总大发雷霆，"要不是这次事件，我还不知道我的技术部门这么菜！我都不知道原来保镖部的人都只会用电脑打麻将看肥皂剧，部长还只会扫雷！扫雷！"

郑灵犀撇撇嘴："你这是歧视扫雷……"

"你还说！"秦总指着她。

郑灵犀闭了嘴。

冬去春来，天气渐渐暖和起来，整个屋的人端坐在会议室，感觉中央空调制造的暖风热得人睁不开眼，在秦总的口水炮轰下，所有人都觉得头晕目眩，有点恶心想吐。

被训斥了一个多小时后，秦继楠大手一挥，两张嘴皮子上下一碰，下达了一个突如其来的指示——

"技术部的人统统给我去参加二次培训，保镖部的所有人进校学习一年！立刻执行！"

赵成呆呆反问："什么 xiao？夜宵？"

秦总横眉竖眼："学校！所有人进尚城理工大学学习一年，回来写三万字总结报告，写不出来就接着继续过修！"

此话一出，所有保镖部的大老爷们都张大了嘴，一个个跟被霜打了的茄子似的，又蔫又呆。

晚上下班的时候，原本大家会三五成群去吃饭健身，这会儿大多数人都兴致缺缺，副部长赵成追上郑灵犀："灵犀，你没有跟秦总好好说说？再说今天的事儿也没我们的责任啊。"

"他这是枪打出头鸟，给大家一个教训。"她没开口，旁边的大队长张敦敦抢先说了，"谁让咱们部门整体都知识水平低下呢。"

郑灵犀补充："秦总的原话是智商低下。"

"这我肯定是不服的。"赵成赌气，"想当年俺也是村里唯一一个上过高中的男娃，谁不夸聪明。"

"可是加上大家的话，我估计平均学历也就初中冒头？"张敦敦忍不住道。

两人你一言我一语地讨论起来，郑灵犀平白被训斥一通心里正堵着一口气，正好见自己手底下的保镖们个个垂头丧气，就不免火大。

"走！都跟我喝酒去！"

"部长，咱们明天轮休？"

"都要上学去了还休什么休！"

郑灵犀脱口而出的时候没考虑后果，她本来也是风风火火的人，等到反应过来，保镖部全员都已经到了酒吧里，一群粗野大汉你一杯我一杯，把威士忌当白开水喝。

她就那么愣神的几分钟，面前就已经多了几个人来敬酒，几杯洋酒下肚，身体、心口都热起来了。

"来，给我满上！"郑灵犀举着空杯，脸颊通红，眼神倒是清醒。

张敦敦担心她，伸手挡杯："灵犀，快别喝了，你晚上还得回家呢，

You're so sweet

你爸会担心的。"

"我爸……我爸他除了担心我嫁不出去根本没担心过别的！"想起来心里就酸，说出来全是泪。

郑灵犀看着酒吧舞台上灯红酒绿，张了张嘴，抱怨的话又说不出口了。

她相亲过的男士何止十九位，从二十五岁开始，父亲找遍街坊邻居亲朋好友给她介绍相亲对象，有的一开始还会抱点希望，可是得知她的工作是保镖以后……

后来她爸在本市找不到了，竟然跑到外面去给她找，到现在都不在家住。而现在更惨，直接在网上被分手了，又狠又准，惨不忍睹。

大概是相亲失败得太频繁，其实到现在郑灵犀也没什么特别的感触了，她就想多喝两杯，以解哀愁。

"天冬今天进的那三分球你们瞧见了吗，简直神了。"孙荣手舞足蹈，连说带比画，"就经管学院那大高个，跟个橡皮膏药似的黏着天冬，最后瞬间被甩了，漂亮啊。"

四五个男生结伴往酒吧里走，有说有笑的，这样又高又帅的大学男生，吸引了不少人的注目。

"要我说，今天后半场天冬要是不去做兼职的话，估计经管的比分还要更难看。"吴龙笑道。

邵天冬走在人群中间，他今天穿了一件黑色的棒球衫，里面是纯色内搭，模样运动阳光，路过的女性基本都会回头看他。听到吹捧，他邪邪地笑了笑："我要是不去，今儿你们还想出来聚餐？回宿舍吃泡面吧。"

"别别别，大哥我错了。"

"我选聚餐，不选泡面，跟着咱冬哥有肉吃。"

五个大男生找了个靠近舞台的卡座。

舞池里的人们像蛇一样扭动。

服务员上了一箱百威啤酒，孙荣随手开了瓶，挤眉弄眼道："我约了几个学妹一起来玩，到时候你们都给我个面子。"

闻此，其他几个男生都哄笑起来。邵天冬没什么兴致，独自窝在卡座一角吃樱桃。

他们这次来的酒吧是那种比较平民的，牛鬼蛇神什么都有，他还看到几个粗野大汉在不远处对着舞池里跳钢管舞的女郎又唱又跳，巴掌拍得啪啪响，瞧模样大概是喝高了。

室内灯光五颜六色晃花人眼，音响震得人耳朵疼，邵天冬平缓地移开视线，仿佛这一切都不能叫他兴奋一样。

没过多久，孙荣约的小学妹来了。三个小姑娘约莫是大一的，穿着呢大衣和连衣裙，过膝袜包着细细的腿，走路内八，跟小绵羊似的。

"学长好。"她们甜甜地喊着，自己找着空位置坐下来，其中一个还坐到了邵天冬身边。

"学长，你喝吗？"她貌似有些兴奋，自己捧了一瓶啤酒到邵天冬跟前。

邵天冬伸手挡住了，淡淡道："我不喝酒。"

女孩有些失望。他看着她，莫名地想到了下午在雷盾公司的时候见到的那个姑娘，也是娇小得像只羊，神态却很不一样，硬要说的话，大概是……不像个姑娘？

三个学妹来了以后卡座里气氛格外好，几男几女开始玩起了划拳、转盘和真心话大冒险，男女的笑声交织在一起。但是邵天冬作为买单的人一点也不合群，吃完樱桃后一直也没说话，他不主动开口，没有人敢让他喝酒。

一首舞曲结束，酒吧里开始放舒缓的钢琴曲，原本劲歌热舞的人们开始面对面缓慢摇摆，一安静下来，谁的说话声都能听见了。

"我真是搞不明白！"不远处的一个卡座有人大声抱怨。

邵天冬看过去。

郑灵犀彼时正一屁股坐在桌台上，很没形象地抄着杯鸡尾酒当啤酒喝，一头卷曲的长发扎起来了，柔软地斜在胸前，白衬衣也解开了几颗扣子，有点慵懒的性感。两个大汉坐在她跟前，一副昏昏欲睡的模样。

"你们说那个 19 号，说我对他不上心，相亲没有诚意。他还想要啥诚意？我都不玩扫雷陪他聊了五分钟废话了还想怎样？现在的男人哟，简直肤浅！"郑灵犀用一副恨铁不成钢、老气横秋的语气说道。

"还有我爸，对我也太操心了吧，我还没有三十岁呢，不要搞得我已经五十了好不好！其实我一直坚信一个道理，人生就是一出戏，来来往往都随意，强拉着人去相亲，何必！"

她说完却没人搭话。

大队长用手肘捣了捣旁边已经睡着了的副部长赵成，后者猛地睁开眼站起来："嗯！对，灵犀说得没错，那就是个渣男！"

郑灵犀皱着鼻子瞪他："你胡说八道什么呢，我在说我爸！"

"扑哧——"不远处偷听的邵天冬直接笑出了声。

孙荣几人回头瞧他，不知道是什么戳到了冬哥的笑点，一个个都露出了惊愕的表情。

吴龙试探性地拿了个空瓶放在邵天冬面前："天冬，我们玩真心话大冒险呢，你要不要一起来？"

邵天冬脸上的笑意还没退，他随口答应，双手懒洋洋地往沙发背上一搭："好啊。"

他一加入，其他几人的兴致显然更高了。

"我先说一下啊，一会儿瓶口转到谁，谁就要从真心话和大冒险里选一个挑战。"孙荣说，"不过你们放心，我出的挑战肯定不会变态的！"

"荣哥你好坏啊，我们要的就是变态啊！"

"你说什么呢，荣哥都是明着正经暗着变态。"

男生催促着孙荣开始。

孙荣用力转下空瓶，那红色的瓶身在玻璃桌台上不快不慢地打圈，大家齐刷刷死盯着它，最后瓶子晃晃悠悠地停下了。

邵天冬眼皮跳了一下。

三个女生拍手尖叫，孙荣笑得合不拢嘴："天冬，你可以啊，老天爷都眷顾你。"

"快快快，冬哥快出来接客啊！"旁人起哄。

邵天冬稍微坐正了一点，睨睥："孙荣，你小子阴我？"

"天冬，我无辜啊，瓶子它有自己的想法，这可不是我动的手脚。"孙荣笑嘻嘻的样子，"来，真心话或者大冒险选一个吧。"

邵天冬收敛了笑意，靠回沙发上，在旁人的注视下开口："真心话。"

"请问，在场所有人中，你看哪位异性同学最心动？"孙荣贼兮兮地说道。

其余三个女生均眼巴巴地瞅着邵天冬。

邵天冬愣了片刻，说："我选大冒险。"

一片喝倒彩的声音响起，男生们就差捶胸顿足了。

"不是吧天冬！"

"你就是选了又能怎么样嘛，这问题真的不变态！"

邵天冬不爱开玩笑，孙荣想了想，只好重新提问："那就请你在在场所有的女生中，选一位对视三分钟吧。"

这下小学妹们刚黯淡下去的目光又重新燃起了火焰。

邵天冬站起身来，眯了眯眼。

"那我可选了。"

雷盾公司保镖部门的人模样都比较唬人，他们的身高、体重都是有要求的，所以这么一群肌肉猛男寸头大汉聚众喝酒，脱了外衣露出一样制式的黑色背心、黑色军靴时，旁人别说是来搭讪闲聊了，连路过的人都少。

唯一一个没有要求的，或者说本身就是要求的制定者……就是郑灵犀。

"成哥，你怎么趴下了，你困了啊？起来继续喝啊。"郑灵犀外套早脱掉了，白衬衣挽在手肘处，露出一截白到发光的腕子。

副部长和大队长抱在一起趴在茶几上，看似是已经失去了意识，郑灵犀瞟了眼横七竖八的部下们，自己拿着空杯站起身。

她径直往吧台走去，路过各种奇形怪状的人，有不少猎艳的男人视线围着她打转，她目不斜视，没有丝毫怯意。

"给我一杯玛格丽特。"

酒保低眉顺眼地调酒。她捧着下巴等了一会儿，忽然，肩膀上搭上了一只手。

正常女生在这种情况下会吓一跳，但郑灵犀甚至连思考的时间也没有，她快速抓住那人的手腕，反手就是狠狠一拧。一般这招擒拿术就能将大部分人制伏了，但不巧的是这对手也是个练家子，他条件反射抵挡住她，手掌一翻朝她腕部抓来，她一个肘击过去，又被他手臂挡住。

三秒钟里两人飞快地过了几招，酒保站在吧台后面，有点看呆了。

这番沉默的过招没有引起任何人的注意，也没有引发骚乱，只是杯里酒液洒了一地。

邵天冬收回手，眼里有片刻的惊讶，但很快被笑意取代。他说："不要误会，我只是想说，你踩到我的衣服了。"

郑灵犀低头，见一件外套放在吧台边的凳子上，袖子拖到地上，上面有半个鞋印。

这人说话的态度诚诚恳恳，看上去只有二十岁，就穿了件纯色的 T

恤，露出结实的手臂，身材相当好，长得也清秀好看。

郑灵犀盯着他的脸看了一会儿，觉得这人稍微有点眼熟，好像在哪儿见过。

邵天冬坦坦荡荡，任凭她看，脸上一直挂着浅笑。

双方对视了好一会儿，邵天冬没等来他想听的话。

郑灵犀瞪着他："你碰瓷的？"

态度非常强硬，很有大不了姐姐跟你出去再打一场的架势。

邵天冬愣了下，下一秒忍不住笑出声了。

再一次见到郑灵犀，他敢确定她没有外表看起来那么无害、那么可爱。这个女人的模样太具有欺骗性了，就像一只乖乖趴在树上瞧着很乖的野猫，你想逗逗她时，她却对人露出锋利的爪牙，可以挠死人的那种。

"抱歉。"邵天冬弯腰捡起衣服，朝郑灵犀笑了笑，很自然地转身走了，留身后的郑灵犀一脸莫名。

而卡座里的同学们没人敢说话，见他回来了，都是一副跃跃欲试的表情。

"天冬，你咋回事啊，你是认识那位小姐姐吗？"孙荣满脸八卦，就差问你俩是不是有奸情了。

"冬哥，就刚才你们那几下，不是武打片里排练好的吧？我看着怎么那么吓人呢！"

"那小姐姐还真有点好看，让我挨两下我也乐意。"

热血当头的男生们讨论起来，旁边的三个小学妹被郑灵犀一比，黯淡得连插话的机会都没有。

孙荣见邵天冬低头开了瓶啤酒，自顾自喝了，听见他们瞎扯也不回答，只是眼睛里一直带着笑意。

这太反常了。

邵天冬不是爱管闲事的人，他也不是轻易能对谁提起兴趣的人，虽然平时看起来笑嘻嘻的样子见人都点头打招呼，其实真想和他走近半步都不可能，像这样主动的情况，是人生第一次。

郑灵犀莫名其妙跟人过了几招，拿着杯子走回座位的时候，大多数保镖部的还没醒过来，清醒着的也在跟着舞女唱《隔壁泰山》。

她拿出手机看了看时间，都快九点了，顺手拍了拍身边大队长张敦敦的脸："欸，敦哥醒醒，赶紧回家看孩子吧，别睡了。"

"再让我睡一会儿，就一分钟……"

她收回手，坐在位置上脑袋有点放空，这时走过来一个人。

穿燕尾服的服务员手里捧着托盘，低头将一盏玻璃杯放在她面前："小姐，这是那位先生送给您的，请慢用。"

郑灵犀讶异了下，回头一看，只见到勾肩搭背的男生群里，有一个修长阳光的背影。

她再看那杯酒，是一杯蓝色玛格丽特，能让人联想起加勒比海深蓝色的水波，灯光璀璨下，它的存在感实在太强了，就和刚才那个男生一样，她连碰都不敢碰。

一整夜肆意狂欢，第二天上班迟到，保镖部全体被老板训斥到怀疑人生，下午就卷了铺盖往学校去了。

雷盾公司很大，作为人数最多的保镖部一共有五十七个正式成员，除掉正在外面执行任务的人，剩下的分批分次进校学习。

郑灵犀作为部长，对董事长秦总直接负责，其下有副部长赵成，他是中国传统武术流派中的金刚拳第三十二代传人。

两位部长下面又有大队长张敦敦，是六年前的陕南柔道冠军，他管理着六位小队长，各自拥有九人的固定团队。

作为保镖部权力顶端的三人，是第一拨入校的，不知道秦总花了什么代价，反正到下午的时候，三人被告知连听课证和饭卡都办好了。

赵成背着个书包，手里像模像样拎了个热水壶，而张敦敦手里抱着个大脸盆，里头塞满了护发素、高级发膜，也不知道他一头板寸用这个做什么。

张敦敦祈求："希望我俩别一个宿舍，阿成的呼噜声太响了，多听容易心肌梗死。"

赵成皱眉："哪有？每次出去都是老徐和我一起住，也没听他说过啊。"

"老徐是脾气最好的，你没见他黑眼圈浓得都跟墨镜似的了。"

郑灵犀瞅着来往学生们诡异的注目礼，说道："你们好像不是一个宿舍，阿成和大三的男生一起住，敦敦和大一的一起。"

张敦敦警惕着："不打呼噜吧？"

三人漫步林荫道，因为雷盾的几人是突然入校旁听的，校方也只能给安排了宿舍里的空床位，都是和学生混住。他们进去的时候，因为还是上课时间没有别人在，所以入住拾掇得格外顺利。

"现在时候还早，我们去教学楼看看吧？"赵成提议道。

不过等三人到了计算机学院门口，忽然发现了一个实质性问题——

"我们该去哪个教室？"

大学和高中不同，每堂课都在不一样的教室上，有时候还会在不一样的楼，天知道那么多阶梯教室哪个是他们该去的。

正好下堂课快开始了，学生们陆陆续续往里走，郑灵犀指了指就近的一间："走，进去看看。"

几乎是他们踏进教室的一瞬间，整个教室忽然鸦雀无声，郑灵犀目不斜视地走到最后排，找了空着的座位坐下。

三个人面前什么文具也没有，皆是腰板笔直目视前方，教室里的学生们动都不敢动，纷纷议论是不是校领导派来听课的。

瞧着那些学生惊恐的眼神，张敦敦吧唧了两下嘴："饿了，想吃老坛酸菜牛肉面。"

赵成动了动嘴皮子："我不要这味。"

郑灵犀面无表情。他们三个笑都不笑，不知道的还以为在谈论什么国家大事。

卢鹏飞今天身体不适，强打精神来上课，趁着中间休息时间趴一会儿。可还没等他睡着，就突然感觉教室里安静了下来，他还以为是老师来了，直起腰一看……见自己两边一左一右坐着两个彪形大汉，一个理着板寸头，手臂有他大腿那么粗，另一个脸黑得都快看不出五官表情了。

两人见到他起来，转过头露出一个恐吓般的笑容："你好啊，新同学。"

"你们……好。"卢鹏飞觉得，班里其他同学瞧着自己的眼神，莫名有点同情。

在副部长和大队长夹着小学弟亲情对话的时候，郑灵犀就盯着教室里的学生们看。这个教室里都是大一的学生，一个个看着阳光又稚嫩。

教室大门是开着的，没一会儿有个老师打扮的人走过来，身后还跟着什么人。郑灵犀看过去，见拐角之处，一个少年人在笑着说话，明明走廊光线昏暗，他身上却仿佛自带日光。

这人的出现分散了大部分班级内女生的注意力，刚才还紧绷惊恐的教室氛围一下子变了，想也不可能是因为那位地中海秃头老师的缘故。

赵成调戏够了小学弟，见郑灵犀盯着门口目不转睛，问道："灵犀，你看谁呢？"

郑灵犀没有回答，她这个人是典型的无神论者，但现在竟然有点怀疑是不是真的有缘分这种东西存在。

刚刚那一瞬间，她想起来了，这张脸、这个人。

目光大概也有杀伤力，她死盯着别人瞧的时候，别人也看见她了。

邵天冬的表情没有明显变化，似乎是有些微微的讶异，漂亮的凤眼略过她的面庞，然后很平静地继续和面前的老师说话，恢复成了那副完美无缺的样子。

郑灵犀翻了个白眼，随手抽过小学弟面前的书拿过来大力翻看，虽然上面写的都是各种天书似的程序代码。

张敦敦发现了她的不对，问道："那小帅哥是谁啊？"

卢鹏飞夹在两人中间跟只鸡崽似的："那、那位是我们学院的大三学长，叫邵天冬，偶尔会来帮老师代课教程序，我们一般都叫他冬哥。"

张敦敦对小鲜肉很感兴趣："怎么，他很厉害？"

"冬哥会得多，写代码是我们学院的一把手，拿过全国奖项的那种。而且他运动好又能打，男生女生都喜欢他。"

郑灵犀回忆了一下，第一次见面虽然没仔细注意，但能被田部长当外援请来，那实力肯定值得肯定。第二次见面，他们两个在酒吧里过了几招，那会儿她就看出来了，这小孩的身手确实厉害，估计是从小训练出来的，不在张敦敦和赵成之下。

没想到旁听个课都能遇上，郑灵犀面无表情地想。

呵，缘分。

Chapter 02

你的小姐姐来了

　　自从邵天冬出现，女生们就像是春天里的花骨朵，一朵朵竞相盛开，班里窸窸窣窣的议论声不少，几乎大多数人的视线都跟着过去了，眼巴巴望着邵天冬和那位秃头老师。

　　郑灵犀实在不知道这样的男孩子有什么好令人兴奋的，瞧着还不如她手下的小弟乖巧听话，但是既然别人注意，她也就顺势盯着看。

　　半晌，两人终于说完了话，地中海老师走进教室，邵天冬礼貌地告别。

　　等邵天冬的身影消失在楼道里看不见了，班里的女生们纷纷发出一阵阵遗憾的唏嘘。

　　"咳咳，你们就那么不情愿上课吗？"老师扫了一圈。整个教室几乎就只有郑灵犀一个女生面无表情，他马上就注意到了。

　　"咦，你们三位就是今天开始旁听的同学吧？"

郑灵犀看了眼身边正襟危坐跟石头似的两人，挺身而出站了起来："是的老师，我们是雷盾公司保镖部第一批入校的成员。"

"好好，你们董事长年轻时也是我校学生，难得的天资聪慧，他有心让下属学习进修，这是好事啊。"

秃头老师很激情地缅怀了一番过去，又展望了一下将来，郑灵犀维持着面无表情的状态，时不时地点头致意。

而走廊里邵天冬其实还未走远，他背靠着墙就站在教室外面，他对老师长篇大论的人生感悟没什么兴趣，却有心留意跟那人有关的话题。

她竟是雷盾公司保镖部的人？真够意外的。

赵成和张敦敦在这位老师开始第四次缅怀过去的时候就已经睡着了，郑灵犀强打精神，感受他念经一样的声音，再看教室里的学生们，那眼神就不一样了。

原来上学是这么难的事，现在的小孩果真厉害。

等到下课铃声一打，学生们陆陆续续走出教室。

有了一节课亲密相处的时间，卢鹏飞发现他和张敦敦竟然是一个宿舍的，也不害怕了："走吧，我带你们去食堂转转，一会儿人多就没饭了。"

You're so sweet

三人都是吃饭大过天的类型，当下欣然前往。

尚城理工是当地最大的大学，这是本校区，其余还有南北两个校区在外县，有研究生、本科和专科三类，人数不少。

和大多数学校一样，校区里是有好几个食堂的，有些离得远的建筑物之间还有固定路线的校园巴士，就像一个小社会一样。

三个食堂里，第一食堂占地面积最大，下课不过二十分钟已经满是学生了。

邵天冬坐在二楼靠栏杆的位置，面前放了个餐盘。他嘴里叼着一根吸管低头看手机，而果汁盒子已经空了，被捏扁了放在一边。

旁边几人嬉笑着说话，忽然，孙荣像是看到了谁，猛地拍了拍身边人的肩膀："嘿嘿，快看快看！那个是不是……"

吴龙也凑到栏杆边往下张望，顿时乐了，他伸手到邵天冬面前晃了晃："天冬，你的小姐姐来了。"

邵天冬愣了一下，然后慢条斯理地将手机放下。他一只手搭在栏杆上，顺着吴龙手指的方向一看，马上就找到了一楼进门处那几人的身影。

两个彪形大汉一左一右把她围在中间，那架势，倒不像是去窗口打饭的，更像是去和某组织进行地下交易的，其余学生见着这模样，离他们都有一米远。

"天冬，你该不会是知道她会来这儿吃饭所以早早等着了吧？"孙荣瞧邵天冬在乎的那个样，忍不住猜测。有了上次的事件，兄弟们都开始怀疑是不是邵天冬追人的手段太过，吓着小姐姐了。

被怀疑的邵天冬脸上含笑，他否认着："不是，凑巧。"

不过第一食堂距离计算机教科楼是最近的，她肯定会来这儿。

"那你可有福气了。我现在就近一瞧，这小姐姐的颜值在咱们学院绝对数一数二。"孙荣对他挤眉弄眼，"虽然以前没见过她，以后咱们加把劲就是了。不过你可得有危机意识啊，就这样貌，估计天天有排队等着给她送花的。"

邵天冬对孙荣的言论没有任何表示，他对女生的容貌一直是完全不放在心上的，他觉得所谓校花、院花、系花也就那样吧，两个眼睛一个鼻子，差不了多少。

可自从那日见过郑灵犀，他发现她似乎和别人不太一样。容貌盛到，就算是端着饭盆等大爷打一份红烧肉，也能比别人多半勺的程度，四周围着的女学生们在绝对的美貌面前，那点清纯简直不堪一击。

或许孙荣这痴汉还真没说错。

"我们一般都来这个食堂吃饭，一楼卖包子、馒头、面条和套餐，价钱适中味道还行。二楼多了些特色小吃和炒菜，价位贵一些，不过你要小心三楼，三楼别称'吃不死全靠命'，也有人胆子大上去，但保不齐能吃到什么东西。"卢鹏飞一脸战战兢兢。

张敦敦挺感兴趣的，忍不住问："能吃到啥？"

"整颗番茄炒整颗鸡蛋，苹果炒菠萝炒桃子，钢丝球乱炖之类的……"

四人一边说话一边顺着楼梯上来，郑灵犀走在最前面，她目光扫了眼二层空余的桌子，视线一停顿，脚步略微凝滞。

邵天冬看着他们选了张不近不远的桌子坐下，他很确定，她显然是看到他了。这会儿两人再相见，颇有点狭路相逢勇者胜的意味。

双方的眼神在空气中触碰发出的雷电光波众人都觉察到了，孙荣忍不住搗了搗邵天冬的胳膊："天冬，你俩那晚除了干架还发生啥了？"

邵天冬脸上笑意渐渐变凉，扫了他一眼："你不是都看到了。"

"那我们哪知道细节啊，"孙荣夸张地讪笑道，"不过凭着多年损友的经验，我觉得这时候还是你主动点比较好，人家毕竟那么漂亮一小姐姐，就算会两下子那也是朵娇花不是，需要好好呵护的。"

损友们开始给邵天冬出各种点子，邵天冬始终心不在焉地听，他们那些话语像是很热的春风，顺着耳道吹入体内，把那天晚上的一分一秒都催得发芽，然后遍地开了花。

邵天冬舔了舔唇瓣，后知后觉地发现果汁早已没了。

几个男生议论得起劲的时候，郑灵犀忽然站了起来，她桌上几人都停下动作，目送她往角落的自动贩卖机走去。过了几秒钟，她选了饮料，竟越过人群往这边走来。

孙荣瞥了眼目不转睛的邵天冬，戏谑道："她该不会要来找我们冬哥——"

You're so sweet

他的话还没有说完，郑灵犀已经走了过来，就站在几人桌子前。

两个人的气势压迫感都太强，男生们夹在中间连大气也不敢出，郑灵犀淡淡扫了他们一圈，伸手把一罐咖啡放在了他们桌上，发出很清脆的"砰"的一声。

"还你的。"她淡淡道，然后转身就走。

孙荣还保持着那个姿势，表情都没变，吐出了那句话的最后一个字："吧——"然后一桌子人谁也没有说话。

好半晌，邵天冬忍不住笑起来，不是那种勾勾嘴角的笑意，他是真的笑得合不拢嘴了。

吃完饭，卢鹏飞领着三人回宿舍，张敦敦和赵成发现这孩子貌似是学习成绩很好的一拨，当下非常高兴。

"虽然秦总说了不许别人帮忙，可小卢不是别人啊，我今天就打电话问问我爸能不能把你加进我家的族谱里去。"赵成一脸认真地说。

不是……我也没说要去你家啊！卢鹏飞想。

"可我今天听钱老师说，不止三万字总结报告，今年期末考每一门你们都必须及格才行的。"卢鹏飞翻了翻课表，"一共十二门课，其中只有两门是开卷的。"

他说得认真，赵成和张敦敦两人脸上的笑意一点点凝固，完全忘了刚才是为什么那么高兴。

其实卢鹏飞还没说全，现在开的课只是基础教育，下个学期要是开专业课了，估计他们连笔怎么拿都不知道了。

"不过也没什么，你们放心，到时候临近考试了你们去找邵学长，他和老师关系最好，自己成绩也好，划个几项考点简直太容易了，到时候肯定能及格。"

卢鹏飞不为所觉，继续说道："而且我看刚才，郑同学和邵学长似乎是认识的，这不就更好说了嘛。邵学长虽然对女生态度冷淡，但小学妹请教题目的话他一般不会拒绝的。"

众人脚步一顿。

郑灵犀皱了皱眉："小学妹？"

卢鹏飞转头对上她那张狰狞的脸，惊得喉咙里发出一声鸟叫。

张敦敦捣了捣他，压低声音道："你怕不是有什么误解。"

可郑灵犀已经没耐心听他们解释了，自己往女生宿舍楼里走去，她走路的时候很轻，和普通人落脚的重心不一样，明眼人一看就知道是练家子。

"来的时候不是和你介绍过了吗，我们三个是同一个保镖部门的，她是我俩的上司。灵犀虽然瞧着小，但是年纪比你还大不少呢。"张敦敦意味深长地说，"她可是秦总创业时候的元老了，当初雷盾抢夺市场，树敌多竞争大，都是靠灵犀一人之力打下来的。"

正好这时候郑灵犀走到女生宿舍门口，里头走出来两个工人搬着好大一个衣柜，其中一个的手松了下，巨大的柜子瞬间就往旁边倾倒，眼看就要砸到地上了，半空中忽然伸出只手。

"小心点。"郑灵犀托了一下，等那工人重新稳住了才放开。

巨大的柜子，小巧的女孩，卢鹏飞被这难以描述的景象震惊了。

大学的女生，介于女孩与女人之间，比高中的孩子成熟，又有着都市丽人所没有的清纯。和这样一群刚刚双十年华的小姑娘住在一起，每天讨论着哪个偶像比较帅，哪里的巧克力蛋糕好吃，和郑灵犀一贯的路线不符，实在是太难为她了。

晚上十点半，平时这个时间，老年人作息的郑灵犀已经睡着了，可到了这儿，实在是抵不过年轻人精力充沛——对面楼的男生宿舍亮着灯打游戏，偶尔爆发一阵狼嚎；她们宿舍里三个女生一个看韩剧的，一个和男朋友煲电话粥的，一个嘎嘣嘎嘣吃东西的。

大灯亮着，舍友又没睡，郑灵犀只好盘腿坐在床上闭目养神。她隔壁床铺的周可欣爬过来，举起手里的包装袋："灵犀姐，吃辣条吗？"

"嘘，她在练功。"对面床的齐心比了个手势，她歪着脑袋盯着郑灵犀的脸，"看起来像睡着了似的，可跟她说话竟然还有反应，我猜是某种内功。"

郑灵犀其实没睡着，她知道她们在聊天。

可聊了些啥？

不知道。

聊到几点才睡觉的？

她已经不记得了。

第二天照常上课，但在此之前导员要开一个全系的大会。张敦敦、赵成两人拎着卢鹏飞早早就到了，可一直等到差不多座无虚席，才看到郑灵犀和她的舍友们姗姗来迟。

她精神状态还行，就是眼下有片乌青，一看就是一宿没睡好。

张敦敦挪挪屁股让出来一个位置，问道："灵犀，你怎么这么晚才来？"

"早上隔壁宿舍的人来借洗手间洗头，说她们洗手间的门打不开了，云慧和齐心又都要化妆，我不认识路，等着她们所以迟了。"郑灵犀把长发捋到背后，"没事，就是昨天睡晚了有点缺觉。"

听出来郑灵犀声音里的疲倦，几人也都不说话了。

没过多久，有个中年胖肚的男人走进来，闹哄哄的阶梯教室总算安静下来。

导员先是说了说宿舍安全问题，所有人禁用违规电器，学生会里的电饭锅已经都够去开大卖场了，真的放不下了。然后他重点强调了一下学生们的自我防护意识，建议女生不要晚上一个人出门，都是学校里很常见的话题。

"还有一点啊，"导员咳嗽了声，"我知道你们年轻，现在父母又不在身边自由得很了。但是，谈恋爱需要谨慎啊，别一个两个看对眼了就不管不顾了！挑对象可长点心吧，没准是个心里蔫儿坏的呢！"

底下有个油嘴滑舌的男生反问："就跟您似的吗？"

导员皱眉头："别胡说！"

然后教室里所有人都哄笑起来。

张敦敦似乎对导员的话深有体会，他摸着下巴摇头晃脑道："这话没错啊，有多少琼瑶剧的男主角，长得人畜无害甜言蜜语压身，一旦遇上一个远房表妹，掉两滴眼泪智商就都飞到外太空了，鬼话连篇都听进耳朵里，智商扔到垃圾桶。多的是男人外表唬人，心里蔫儿坏的呢。"

他说得亢奋，郑灵犀却难得没有发表言论。

年级会议结束以后所有人回教室自习，正好他们三人需要补一下之前落下的课程，卢鹏飞非常仗义地贡献出了自己的课本。

"把课后例题 1 到 3 做会就差不多了，你们看看。"

郑灵犀接过来，翻到卢鹏飞记的第一题的地方，然后像模像样地拿出了笔和草稿纸，摆好姿势以后深呼吸一口，气沉丹田双目圆睁，她念起了题目："设 y=f(X) 在集合 X 上有定义……集合是什么，谁集合了，集合去干什么？"

旁边枕着数学课本睡觉的赵成爬起来揉揉眼："也许是集合打团呢。"

张敦敦觉得不对："可这是高等数学，又不是游戏。"

赵成啧了声，又趴下了："那我不知道，数学来源于生活嘛，没准是一个意思呢。"

郑灵犀皱眉头，下意识地觉得赵成说得不对，可不管她怎么看怎么想，这书里的每一个字她都认识，组合起来她却又不认识了。

时间一分一秒地流逝，郑灵犀虽然看不懂题目但学习很认真，而且态度尤其刻苦，她板着张脸盯着数学课本，这一盯就盯到了下课打铃，连纸张都没翻过去一页。

"灵犀啊，看出来啥了吗？"张敦敦忍不住小心地问。

郑灵犀合上课本，脸色和锅底灰似的："这页一共 153 个字，22 个符号。"

张敦敦哑口无言，打心眼里佩服："你可真仔细……"

中午去食堂解决了胃的需求，几人结伴回宿舍午休。

"听说大学附近有很多好玩的，不如我们出去喝酒啊？"早就忍不住寂寞的赵成提议。

"可下午还有节英语课。"张敦敦说，"不过管他呢，我的胳膊已经饥渴难耐，再不去练拉力器械我就该废了。"

郑灵犀摆摆手，无力道："你们去吧，我得去上课。"

她这学习态度摆得实在端正，两人又劝了几句，郑灵犀心意已决，三人在宿舍门口分别。

同一时刻，女生宿舍里发生了一件怪事。

"这门怎么就是打不开呢？"姜意不断地伸手拉着洗手间门把手，奈何木门就是纹丝不动。

莫谷楠说："该不会是在里面反锁了吧？"

"不可能反锁啊，里面有人的话早出来了。"黄艳反驳道，"不然师傅你再试试，没准是有什么东西挤在锁眼里了呢。"

于是维修工只好拿出榔头锤子，准备先把门锁撬下来，等门开了再装上去。一通忙活之后锁掉了，然后"砰"一声门开了，传来什么重物倒地的声音。

正走向自己宿舍的郑灵犀正巧听见了女生们惊恐的尖叫声，她条件反射地一脚踹开隔壁宿舍的大门奔了进去，就见几个女生抱在一起瘫坐在地上。一个穿着蓝色工装的老头下破了胆："死人了！死人了！"他一边大喊一边跌跌撞撞地跑出去了，连工具箱也忘了拿。

大开的洗手间木门后面，一个双目紧闭的女孩躺在地上，她穿着一件白毛衣，脚上是一双普通运动鞋，脸色异常苍白，就这么看上去似乎没有外伤。

她正是这间宿舍住的第四人——刘露。

"她、她身上已经硬了……"第一个见到人的姜意已经吓傻了，她颤抖着双手，"我刚才进去摸了一下她的手，好冷，我、我……"姜意已经惊恐到说不出完整的句子了。

郑灵犀扫了一眼宿舍大概，阳台门和窗户都紧闭，宿舍大门也不像是被撬过的样子，洗手间地面上除了刚才开锁落的灰和螺丝，没有什么可疑物。

可这样冷的天气，一个女孩僵硬着睡在厕所里，就是最可疑的地方。

"全都冷静，不要叫了。"郑灵犀一手一个把她们提起来丢出去，"姜意打电话报警，黄艳去通知老师，莫谷楠你告诉宿管把这层楼控制住，谁都不允许上来。"

郑灵犀"砰"的一声关上了宿舍门，她气势太强没人敢说不。她看着几个吓得面无血色的女孩，呼出口气，缓了音色："都节哀。"

这一句话就像冬日里的雪崩，原本厚重的白雪静悄悄覆盖山头，茫茫然一片凝滞的沉重，不知道哪儿来的一声呼唤，所有压抑都倾泻而下。

警察们终于来了。

郑灵犀抱臂站在楼梯口，她身边隔壁宿舍的三个女孩已经从惊恐崩溃的情绪里缓过来，占据上风的是好友身死的悲伤，一个个面色灰败地坐在阶梯上默默流泪。

You're so sweet

过了好一会儿，有两个穿着蓝色套装的人从宿舍出来，手里抬着一个大大的黑色袋子，非常沉默地下了楼。郑灵犀对着那搬运尸袋的人的背影看了一会儿，没发现有人站到了身边。

"你怎么到这儿上学来了，你们领导的思维真是奇葩。"郑飞翼摘下手套装到一个塑料袋里放好，侧头瞥了郑灵犀一眼，"一来就遇上自杀，你是柯南吗？"

他穿着一件医用白大褂，里头是白衬衣黑西裤配皮鞋，胡子刮得干净，头发也梳得妥帖，看得出来是个很正经有条理的人。谁也不会想到他会是郑灵犀的亲生哥哥——明明气质一点也不像。

"你确定是自杀？"郑灵犀反问，"我问过死者的舍友了，死者平时性格还算开朗，没有抑郁自杀倾向。"

郑飞翼从口袋里拿出烟盒敲出一根，想到是在学校里，又抿抿嘴把烟放了回去："性格开朗和自杀是两码事，谁也不会什么都和舍友说的。我刚才稍微检查了一下，死者身体没有外伤，应该是服用药物致死，具体的还要回所里检验。"

毕竟是亲兄妹，郑灵犀听出他话里的意思："怎么，你也觉得有疑点？"

"我是法医又不是刑警，说不出什么。"他两手抄进白大褂的口袋，"只是很不凑巧，这已经是这个大学今年第三个自杀的学生了。"

郑灵犀没反应过来："你说什么？"

昏暗的楼道里，郑飞翼两手一摊，一张和她一样清秀的脸，说的话却跟机器似的一板一眼："六个月前第一个自杀死者，大三，性别男；五个月前第二个自杀死者，大二，性别女。"他顿了顿，"好像就是这栋宿舍楼的。"

郑灵犀一挑眉，她还未开口呢，郑飞翼就抬手打断她："停。你忘了你是来干吗的，你的职业是个保镖，不是柯南 OK？这些事情警察会去查的，你没有三头六臂就不要掺和进云。"

郑灵犀被亲哥哥堵得说不出话。这时候正好有几个刑警过来，说要所有人一起去公安局做笔录。

哭哭啼啼的几个女生、不停胡言乱语求神拜佛的修理工、眉头紧皱的导员和唠唠叨叨的宿管阿姨，郑灵犀被这些人整得大脑嗡嗡作响快要炸了，不过在走进冰冷的公安局的一刻，那些烦躁都烟消云散。

刘露的父母是外地的，正在起来的路上，此刻这个只身求学的小姑娘只剩下一张法医鉴定单在桌面上，遗照孤苦可怜。

三个舍友并排坐在长凳上，看郑飞翼神情自然地解说法医鉴定，过了好一会儿，黄艳忽然开口问道："大哥哥，刘露是真的死了吗？"

郑飞翼愣了下，点头："真的。"

三人皆是发出不愿相信的叹息，好似是终于认清现实了。

张敦敦看小姑娘脸上没干的泪痕，安慰道："你们放宽心，警察一定会查明真相的，给她的父母和同学一个交代。"

黄艳点点头："谢谢叔叔。"

"……"

问询室里静悄悄的，谁也没说话，郑飞翼目不斜视，还是一派白衣天使的冷淡模样。

"噗——叔叔？"赵成第一个没忍住笑出声了。

张敦敦横眉倒竖："别闹！"天知道郑飞翼比他还大几岁，今年都三十五岁了！只是和郑灵犀一个爹妈的遗传基因，看着竟然和二十五六岁似的，天生的不老童颜。

有了这一出插曲，房间里气氛放松了不少，而且隔绝了那令人恐惧的死亡画面，几人的精神也逐渐稳定下来。

姜意的脸还是惨白惨白的，她咽了咽口水缓缓道："刘露她昨晚又没回来，我们还以为她不会回来了所以也没注意，没想到……她难道在厕所里待了一夜？"

郑飞翼点头："从死亡时间上看，是的。"

姜意捂住脸，说不出话了。和已经死去的舍友共处一室一晚之久这种事，她们大概很长时间都睡不好了。

莫谷楠想到了什么开口道："刘露平时经常会夜不归宿，她好像是在外面有男朋友，但是从未跟我们说过，就算问她也就是搪塞说是有深夜兼职。"

黄艳插嘴："哪有什么兼职是两个礼拜才去一回的，我们是不信的。"

这时候有位警官拿出了一张纸，贴在黑板上："她在'好易借'里借款三万元的事你们知道吗？"

几人"啊"了一声，其中一人说："什么借款？刘露是缺钱吗，可她从没有和我们说过啊。"

郑灵犀瞥了眼那张打印出来的借款单，开口："就是现在大学生贷款 APP 里的一种，绑定身份证、学校和学号就能贷款，很简单。"

过于简单了，所以很多没有收入来源的女大学生因为还不上钱被逼迫艳照门事件的比比皆是，不过碍于死者的颜面，郑灵犀没说。

姜意努力回想了下，摇摇头："刘露家庭条件不好，平时也不买什么化妆品，衣服鞋子都是便宜的，也没听说她家里人得病，三万块我实在想不到她会花到哪里去。"

那位警官敲了敲黑板，这回是和郑灵犀说的："基本情况我们已经知道了，我觉得有必要告诉你一下，之前两位自杀的学生，他们也和校园借贷有关系。我们警方也和雷盾合作过，这次事发突然，希望你平时可以注意一下学校的情况。"

郑灵犀点头："一定。"

接下来就是警察和导员的问话了，郑灵犀带着三个女生走出去的时候，过道里迎面走来一个人，他身高腿长占了大半地界，她被迫停下，乍一抬头就撞进一双漆黑眼眸里去。

"你怎么也来了？"郑灵犀下意识地开口。

邵天冬咧开嘴，朝她笑了笑："好巧啊，进局子都能碰到。"

他今天也是一贯的运动阳光打扮，看似是从球场上刚下来的，脑后过长的头发扎了一个小辫子，露出形状饱满的额头。

郑灵犀见这人招蜂引蝶的打扮，挑眉瞟他："怎么，你终于因为骚扰女生被举报了？"

没料到她这么说，邵天冬微顿，然后无辜地眨眨眼，露出一个颠倒众生的笑容："你这可是冤枉我了，你大可以问问我的同学，平日里我算是最洁身自好的一个，这辈子也就和一个女生搭讪过。"

那个女生还踩了他衣服一脚顺便来了招大擒拿手。

"小姐姐，你是不是该对我改观了？"他扯着嘴角笑。这样友善的语气给郑灵犀一种错觉，好像自己才是无理取闹的那个。

郑灵犀没有搭腔，邵天冬看她脸板起来了像只包子，白白嫩嫩特别好戳的样子，忍不住又和她说话。

"我今天来是做笔录的，因为发生了一个死亡事件……"

郑灵犀眼睛一亮，她回头对那三个女生说："你们先回我的宿舍休息吧，晚些我再来找你们。"然后又看向邵天冬，"你跟我过来一下。"

邵天冬不动，笑着指了指自己："干什么，要表白吗？"

郑灵犀一脸不耐烦，回头狠狠瞪了他一眼。

后者笑得更欢了："开玩笑的，我们走吧。"

他们选了公安局里头一个空的楼梯间，郑灵犀探头看了看四下无人，回过身正好对上邵天冬戏谑的笑意，她瞬间意识到两人这情况有点奇怪啊。

"你就这么怕被人看见我们独处？"

"少废话，老娘行得正坐得端。"

大男孩站在墙角两手插在裤兜里看起来很放松，郑灵犀就站在他面前逼供。一高一矮的两个人别有一番奇妙趣味。

"快说，我没多少耐心。"她催促着。

邵天冬盯着她的脸看了几秒，片刻后他淡淡开口："我大概是最后一个见到刘露的人。"

昨天中午，他在食堂偶遇郑灵犀之后去了计算机楼做实验，因为这个点大部分人都回宿舍午休了，楼道里几乎没有人走动的声音，直到迎面遇上一个人。

邵天冬对女生从不在意，但那天是个例外。刘露的状况太不好了，他就多看了几眼。

"你没事吧？"他看着扶着墙颤颤巍巍走的人问道。

一般女生都是身材纤瘦，可她已经到了瘦削病态的程度，仿佛风一吹就要倒的竹竿子似的。

听到他说话，女生瑟缩了一下，苍白的脸上没有血色："谢谢，我没事……"

本人都这么说了，他也没有再多管，两人擦肩而过。他没把这件事太放在心上，因此出事了以后才会格外惊讶。

"我见到她那会儿，看她行走的方向是要去教室。"邵天冬道。

郑灵犀皱眉："大中午的去教室干什么？"

"学习喽。"

她挑眉："你信？"

两人面对面，她能清楚地感觉到邵天冬的态度，他不紧张不焦急，不卑不亢。跟死者同宿舍的姜意、黄艳、莫谷楠三人多是悲伤愧疚，其余的人多是惊恐，只有这个男生用旁观者的角度平静叙述着事发前后的所见。

"人都不在了，她做的事情你又能去问谁，我也只是见到她一面，一门心思想要自杀的人，旁人是挽救不了的。"邵天冬淡淡道。他目光看着楼道玻璃门外的庭院，影影绰绰的树叶投下一片阴影。

郑灵犀皱着眉头："警方还没下定论呢，你怎么就知道是自杀？就算是，那也是鲜活的一条人命，追根究底有什么不对吗？"

听出来她语气里的朝天炮火药味，邵天冬耸耸肩："你说什么就是什么喽，小姐姐。"

"别这么叫我，老娘比你大好几岁呢。"郑灵犀本来就是个暴脾气，而且她还是个正义感十足的性格，路见不平拔刀相助的那种，见着他这个事不关己的态度一下子就被点着了，随时可以发射。

"哦——"邵天冬眯了眯眼，原先挂在脸上的笑意也收敛了几分，"那是大龄单身小姐姐？"

郑灵犀的脸一下红了，她吼道："怎么，大龄单身还有错了！"

邵天冬静了片刻，然后默默转身宛若无意道："没有，只是我一直以为，恋爱、结婚是人的一种能力。大龄剩女，其实反映了人在某一方面能力的不足。我要回去上课了，再见——小姐姐。"

说完，他头也不回地走了，留下郑灵犀一个人在原地生闷气。

"现在的孩子都什么毛病，真不好管教。"她愤愤道。

回去以后已经接近傍晚。隔壁的宿舍已经被警察封禁了，刘露的三个舍友只好到郑灵犀宿舍挤着睡。

乍逢这么一出诡谲经历，几个小女生哭起来没完，郑灵犀哄了好一会儿才让她们消停下来，然后一个人出来找赵成、张敦敦说话。

这个点也只有校门口的大排档还开着了，三人找了空座坐下，伴着夜色吃烧烤。

"真是邪了门，怎么咱们走到哪儿都能发生事情。"张敦敦一手一颗盐水毛豆丢进嘴里，"上次给白璐璐当演唱会保镖，结果正好抓住一个通缉的逃犯，再上次某院长发表新科学成果，这么巧竟然有人来明抢。"

赵成饮下半杯啤酒："是啊，现在想想都同情那人……正面碰上了灵犀。"

郑灵犀没仔细听他们说话，她满脑子还是刘露的事情："警方让我注意学校的情况，你们说我是不是得和秦总说一声呀？"

张敦敦咽下嘴里的毛豆："你放心，秦总早知道了。他让我们留心着点，说是这个学校一年来死了三个学生了，上头高度重视，今天就安排专项组来查了，如果咱们能帮助警方破案，雷盾的名气肯定大涨。"

"不是已经确定死亡原因是过量服用安眠药了吗，还有什么好查的？"赵成随口说道，"灵犀的哥哥是法医，咱们可不是，还能翻出花来不成？"

郑灵犀若有所思："尸检报告确实是这样没错，但一年来自杀死亡了三个学生，还都和网络借贷有关，就算是巧合这个概率也太高了。"

这个时候大排档的烧烤上来了，滋滋冒油的羊肉串垒成个小山包，张敦敦拿了几根问郑灵犀吃不吃。

她摆摆手："才发生这种事，我哪有心情吃东西啊。"

"吃一口吧，多香啊，你这两天都没怎么吃东西吧。"

说到这里，郑灵犀一口啤酒卡在喉咙口，又涩又苦的滋味直蹿鼻子，她眯起了眼睛。

赵成给她面前盘子里丢了几个烤串，和颜悦色道："巧合这个东西越说它越灵，灵犀你自己说说，最近和那个小帅哥见过几回了？那么大个学校那么大个城市，怎么就能叫你们天天撞见？"

郑灵犀大脑宕机了半秒钟，又瞬间重启，她一口咽下啤酒怒吼道："那是巧合吗？那是我倒霉！小小年纪就油嘴滑舌，仗着自己长得有几分姿色就到处招蜂引蝶，我还想哭诉为什么是我遇上他呢！"

张敦敦恍然大悟："灵犀，你被他招蜂引蝶了？"

"胡说，我才没有！"郑灵犀怒了，一巴掌拍在桌面上。

两人不敢说话了，低头默默吃毛豆，其实心里都在想：保不齐真是缘分。

话虽如此，郑灵犀总有种不好的预感，似乎只要扯上邵天冬这个人，她整个人就会废掉。

第二天一早，这种微妙的第六感应验了。因为校内发生了性质恶劣的死亡事件，还若有似无地存在某种联系，校方特地成立了专项调查组，其中包括警察、教育局专员、教师和学生代表。

郑灵犀的身份特殊，既是雷厓的保镖部部长，又是案发现场的目击者，顺理成章地就作为了学生代表参与案子。

她来到教学楼下的时候，第二位学生代表正坐在花坛上看手机。他高高的个子像棵挺拔的小白杨，身后弯曲的弧度能看出他较普通男生更厚实的脊背，那么不动声息地坐着时如同尊石膏雕塑。

郑灵犀撇了撇嘴，不是冤家不聚头。

她趁邵天冬没发现她，绕到了花坛的另一边坐下。今天警方会公开案件信息让专项组协助调查，现在领导和导员正在里头开会呢，等结束了就会把结果告知他们。

日头暖洋洋的，花坛里小灌木都长出了绿油油的新叶，郑灵犀百无聊赖地抠着叶子，过了会儿那人忽然站了起来，快步往教学楼大门走。

郑灵犀没反应过来，还以为是出了什么事，见他头也不回，"噌"的一下就跳了起来。

"喂！"她大喊一声，惊动了这一片的宁静。

邵天冬回过身，一边倒退着往后走，一边勾了勾嘴角，像是很意外看到她："呀，你是什么时候出现的？"

他脸上写着"你偷偷摸摸在这儿干吗"的表情。

郑灵犀喊都喊了，此刻也没地洞可钻，只好梗着脖子强撑下去，她红着脸小声嘟囔："好端端的你跑什么？"

邵天冬晃了晃手机："导员通知我进去开会。"他歪头瞅着她，"你是要继续蹲在花坛里还是和我一起进去？"

郑灵犀气得一口气上不去下不来，腮帮子鼓得跟金鱼似的，但她不断告诉自己：这家伙比你小好几岁呢，你跟一小兔崽子生什么气。

她心中默念了两遍阿弥陀佛，稳住了。

邵天冬看着她目不斜视，一眼都没看自己晃悠进了教学楼，挑了挑眉也跟了上去。

这边校方领导和教育局特派员达成共识，务必全力配合警方查清真相，其中两名学生代表就起了很重要的作用。

郑灵犀收敛杂乱心思，专心致志地听警察讲解之前两名受害者的情况，得到许可之后做起了笔记。

"男生周国的死亡原因是坠楼，除此之外无其他药物反应，女生葛芳的死亡原因是溺水，被发现在校园里的小池塘。两人均在好易借里有两到三万元的贷款，且已经超出了还款期限，产生了高额的利息。"方脸警察孙一鸣说道，见邵天冬垂着眼皮面无表情，又问道："有问题吗？"

邵天冬表情都没有动一分，他余光瞥了眼身边奋笔疾书的郑灵犀，回答："没问题。"

邵天冬右手始终执着一支黑色水笔，在警察说话的时候，他就在白纸上随手写写画画。

郑灵犀做了半天笔记，瞧着纸上一团乱麻，开口道："孙警官，您刚才说刘露胃中没有食物，肠道里也空了？"

孙警官点头："我们原本以为是被害人本人厌食的原因，但现在看来似乎有蹊跷。这种程度的空腹，至少需要好几天不进食，或者……就是被人强行清洗。但同样的疑虑在另外两名被害人身上没有体现，因此不确实是否存在凶手。"

郑灵犀听懂，她眨了眨眼睛，这时身边的人动了下，他舒展四肢，一双笔直长腿都快伸到她桌子下面了。

邵天冬随口接话："这么看，她很像是被人监禁了。"

他一副懒洋洋的语气说出了令人十分惊恐的话。郑灵犀对现在年轻人的想象能力表示惊奇。

几人又探讨了一会儿，警察和导员们各自回去，郑灵犀继续待在原地研究资料，邵天冬静悄悄坐在她身边，仿佛不存在似的，黑水笔在他手指尖灵活地转来转去，像是在表演杂技。

郑灵犀咬着笔杆自言自语："孙警官刚才说，周国借款累计 2 万 5 千元，葛芳则借款 3 万 6 千元。周国那些游戏充值和电子设备是值这个钱了，葛芳的却查不到钱款流出方向，这么大的额度竟然找不到消费所在，所有的钱都是提取现金支出。这也太奇怪了，她天天拿着去买什么了……"

屋子里静悄悄的，唯有两人的呼吸声和翻动纸张的声音。

邵天冬随口道："当然找不到了，因为不是给自己花的。"

郑灵犀没听清："什么？"

他摇头："没什么。"

郑灵犀侧头看他，少年单手撑着下颌，表情很平静。她看出邵天冬似乎对破解案子的积极性不高，好像是对什么天生有成见的样子。这种身手好、脑子又聪明的人，她不是很了解，不知道他是经历过什么事情才会变成现在这种状态，仿佛对什么都提不起兴趣似的。

两人谁也没说话，在教室里这么一待就是大半天，等到邵天冬睡醒一觉起来，见外头天都黑了。

屋里开了灯，郑灵犀就坐在日光灯下面，脸侧垂下一缕发丝，他有点呆，慢吞吞眨了眨眼，随后过了几秒钟才反应过来挪开了视线。

一看时间，已经晚上七点半了。

微信里孙荣早就招呼了好几遍了，邀请邵天冬晚上一起出去唱歌吃饭，邵天冬果断拒绝了。他瞧了眼还聚精会神研究案子细节的郑灵犀，随口问："我叫外卖，你吃什么？"

后者头也不抬："馒头咸菜。"

她表情正经极了，邵天冬愣了下，然后失笑出声："真好养……"

等待外卖的时候，邵天冬就坐在教室后排的座位上观察她。他的父母都是当地公安局的资深警官，破获过多起大案，受到省里表扬的那种，父亲的背上甚至还有歹徒曾经留下的伤疤。再往上数，他的祖父年轻时是开武馆的，虽然没到国家级的水准，但也培养出了几批佼佼者。

邵天冬可谓是出身真正的武术世家，他从小就受到这方面的教育，因此轻而易举就能看出郑灵犀的身手过人，且她的心和人一样，正直而善良。

他眸色渐深，望着她满头浓密卷曲的长发在灯光下，像一卷细密芬芳的甘草。

他和她太不一样了。

郑灵犀就像是沙漠里的玫瑰，炽热的、不易亲近的，她的世界简单纯粹；邵天冬如同夜晚的雨露，他们的经历不同，与世态度也大相径庭。

Chapter 03

我的名字，你可要记住了

郑灵犀低头聚精会神地研究三名死者的情况，一看就看了几个小时。这学习感觉比上高数课的时候舒服多了，她果然还是不适合和那些集合函数交朋友。

头顶的灯光忽然一暗，像被什么东西挡住了。郑灵犀抬头，跟弯腰俯视的邵天冬对视个正着。他一只手撑着桌角，一只手提了个塑料袋，从里面冒出的热气来看，郑灵犀判断应该是饭。

邵天冬的目光从郑灵犀的脸上挪开，最后落在她摊开在桌面的纸张上。这是张草稿纸，上面除了写了三名死者的各种联系之外，还有一些数学公式。

"你学到集合了？"邵天冬似笑非笑地开口，"不会做，还是听不懂？"

在他的影子笼罩着的小片空间里，饭香唤回了她所有的理智，衬得那一把嗓子低沉得像水，3D 环绕立体声在她脑子里极速旋转。

郑灵犀假咳了一声，默默地把草稿纸翻了个面。这家伙声音还挺好听的……她面无表情地想。

邵天冬见她不理，干脆绕到她前面的座位上，长腿一跨坐了下来，把装着饭盒的塑料袋往桌面上一搁。

"吃吧，我什么也没看到。"

没看到就好，郑灵犀心里一松。她也不客气，抬手就接过了他递过来的饭盒。她打开一看，见白米饭配着两荤一素三个菜，放得满满当当的，特别勾人食欲。

"不是馒头就咸菜吗？"郑灵犀傻乎乎地问。

邵天冬绷不住了，笑起来。他一手开了一瓶饮料放她面前："还能真让你吃那个吗？叫人看见了还以为我虐待人呢。"

郑灵犀掰开筷子，心想这话怎么听怎么别扭，咱俩又没关系你有什么立场虐待我……

但她手里动作没停，快速撕开餐具之后大口大口扒饭，那速度就跟士兵进食堂似的，邵天冬看着她的吃饭速度惊得筷子都没动一下。

他忍不住出声："吃慢点，你这样容易噎着。"

郑灵犀头也没抬："不会。"

"我真想不出来在你们公司平时过的是什么日子。"他随便吃了两口，就坐在对面看她狼吞虎咽。

郑灵犀拿筷子戳了戳饭，抬头看他一副目不转睛的模样："你总看我干什么？吃得快有什么好奇怪的吗？以前我们去抗震救灾的时候，一天连吃饭的时间都没有，换班间隙随便啃几口饼干而已，人命关天哪里还有时间坐下来好好吃饭。"

她说得随意，好像完全没当回事。邵天冬的眼睛微微眯起，注视她的眼神也变了。

"而且馒头就咸菜怎么了，以前我带保镖部新人培训的时候，能吃上热馒头就已经是最高级的待遇了。你们小小年纪，吃点苦没有坏处。"

郑灵犀情不自禁又展开了说教模式，她回过神来，才发现邵天冬一直默默看着自己，眼珠漆黑漆黑。她忍不住低头咳嗽了声："你还不吃，都快凉了。"

"我不饿。"

郑灵犀白了他一眼："我是让你别浪费粮食。"

安静了两秒钟，邵天冬又一次笑出声来。这回郑灵犀用看神经病一样的眼神瞧他，白炽灯管下，少年的五官舒展开，比窗外树上新长的嫩叶还要动人。

他到底是有多爱笑，她心想。

这顿在教室里匆匆解决的晚饭，最终在校园广播的音乐声中结束。

郑灵犀消灭了饭盒里最后一颗米粒，神色镇定地用纸巾擦了嘴，然后把筷子端端正正放在饭盒里，纸巾叠成小方形，再用塑料袋套好。

邵天冬很自然地伸出手，她就把空饭盒递到他手里。

"谢谢，多少钱我给你。"

"不用了，这种时候你就不要问这些话破坏气氛了，给男人留点绅士的余地和面子不好吗？"

郑灵犀心想这小屁孩事还挺多，不过她知道他满嘴骚话的毛病，也没当真。

这一晚两人是第一次心平气和地说话，彼此的关系缓和了不少，从敌对状态到了中立阵营。

郑灵犀吃了人家的饭，也拿出心平气和的语气："我觉得你是个很聪明的人，肯定能发现我找不到的线索。既然导员交给我们这个任务，一是为了给三名死者一个公道，二也是防止将来更多事故的发生，希望你还是认认真真对待为好。"

她忽然以这么一种正经严肃的语气说话时，邵天冬是真的感受到他们年纪上的差距了，郑灵犀的岁数不是白长的，她的严谨成熟沉淀在骨子里。

他默默凝视她一会儿："要是我告诉你，刘露不是自杀的，但你们也找不到证据呢？"

郑灵犀眉头一挑，想也没想："那就拼命去找啊！"

邵天冬别开视线："我瞎说的。"

"不是！你别这样啊，话说一半是会憋死人的！事关重大，你赶紧告诉我你啥意思！"郑灵犀转过去堵他，一副不问出来不罢休的模样。

邵天冬叹口气，她果然还是朝天炮的脾气啊，一点就着。

"刘露的尸检没有问题，空腹不能算作实质性证据。所以现在她身上唯一的线索就是好易借那3万块钱，但是你考虑过没有，她不在学校的存取款机取钱，而是专门跑到市区的银行，每次还都不同，这说明用这笔钱的人原本就做好了防止被找到的准备，甚至还转了好几道手，他手里握着刘露的把柄。所以从这条线下手的概率微乎其微，没有证据，被杀的这个假设永远也只是一个假设而已。"

邵天冬的声音低沉好听，但如此好听的声音也掩盖不了他话语里严酷的现实。他眼睁睁地看着郑灵犀眼睛里的希望一再暗淡，四目相对时，那里头的颜色像是乌云密布的玻璃珠。

他莫名觉得，自己并不想看到她此刻的表情。

双方沉默了一阵，校园里的广播再一次放响，优美的旋律穿透窗户飘然而入。

"话说，刚才你的草稿纸上有一题写错了。"邵天冬状似不经意地开口。

郑灵犀一口老血梗在喉头，说好的没看到呢……

看她表情不好，邵天冬轻声道："别误会，我就是提醒你一下，还有两个月就要期中考了，你们这届的代课老师是出了名的不好对付。"

郑灵犀瞧他的样子不像是开玩笑，战战兢兢地问："有多不好对付？"

邵天冬回忆了一下："大概是考试划重点时是 AB，然后出考卷时故意出成 CD。"

郑灵犀：好贱！

"你们本就没有基础，想要成功过老师这一关，最好的方法就是追赶进度，找个人补课，否则挂科的概率是百分之一百二。"他开口。

郑灵犀想了下，试探性地问："那班里有谁适合帮我们补习吗？"

"没有。"邵天冬笑着说。

郑灵犀不再理会他，转身走出教室门。学校的老师是不是很难对付她不知道，邵天冬这个人是真的像只狐狸她是知道了，还是只笑嘻嘻的小狐狸！

她脚步飞快，但邵天冬两条长腿一样不慢，轻轻松松就走到她身边了。

"别生气了，你们班里没有能帮你补习的，可学院里有啊。"

他眼里似有笑意，郑灵犀看他又在卖关子，故意不搭理："我要回去睡觉了，再见。"

邵天冬看了眼外头："现在时间已经晚了，我送你回宿舍吧。"

他推开教学楼的门，冷冽的夜风吹进来，郑灵犀脑袋一阵清醒，风带着凉飕飕的寒意，像是身边这人的气息。

路上零星有几个学生行走，两人一前一后，中间隔了半米的距离。邵天冬走在前面，少年身材较之普通男生强壮一些，蜂腰长腿，从斜后方看是一个近乎完美的背影。

路上偶尔还有汽车驶过。夜间校园巴士是最后一趟了，车前灯明晃晃的，像两道外星人光束。郑灵犀被刺得眯了眯眼，回过神来，就见原本走在右前方的人换了个位置，到了她左边，恰好挡住刺眼的车灯。

邵天冬连点表情变化都没有，两手插兜，仿佛再自然不过。

郑灵犀也说不清自己到底是什么感觉，只是觉得很不真实。

"对了，饭钱你还是给我吧。"走到一半的时候，邵天冬忽然开口。

郑灵犀讶异了下，但没说什么，回身打算翻钱包。

"用微信转给我好了。"他又道。

"行。"郑灵犀点头。

她刚低头准备调出微信，就见邵天冬伸手把手机递过来了，上面是一个二维码，她想也没想就扫上去了，但那不是收款码，而是加好友的页面。

"我叫邵天冬，'赤车使者白头翁，当归入见天门冬'的天冬。"他淡淡开口，"你可要记住了。"

说完，他就挥挥手离开了，独留郑灵犀一人站在女生宿舍楼下。

"什么鬼……这样说我更记不住了啊，你还不如说你叫冬天呢。"

三月时分，天气还不是很热，到了晚间更是有凉意，邵天冬回到男生宿舍的时候，三个舍友都穿着大裤衩子在打游戏，电脑屏幕上花花绿绿一片特效。

孙荣叼着袋酸奶回过头："你上哪儿浪去了，这么晚才回来？我可告诉你，今晚的聚餐你没来太可惜了，苏大美女难得赏脸来，结果就你放鸽子。"

邵天冬不以为意，随手脱了衣服往浴室里走："陪一个很重要的人吃饭。"

"吃的什么，浪漫法餐？"

邵天冬回答："馒头就咸菜。"

"？？？？"

舍友们一脸谜之表情："这人难道比校花还重要？"

邵天冬停下动作，笑眯眯地说："重要。"

平静地过了一周，校方和警方联手排查此案，甚至连被害者全班的同学都被访谈了个遍，大家也没有找到有效的证据，案子只能暂时以自杀告终。

郑灵犀天天学校、公安局两头跑，容量不算大的脑袋左边装着三名死者的死亡时间、死亡原因，另一边塞着定义域、绝对值、分段函数。

她觉得自己的大脑这辈子第一次被利用到200%，处于一种再不释放一下洪荒之力，人就可以瞬间弹射到外太空的状态。

"郑姐，一起去做美甲吗？辛苦了这么多天，出去放松一下吧。"今天是周五，结束一天的课程，舍友齐心坐在桌子前描眉画眼，对着镜子吹了吹自己的眼影刷。宿舍的其他人大多懒懒散散的，只有郑灵犀精神奕奕。

"不去了，"她背朝床铺，一伸手拽下条背心来，动作利索地换了件衣服，套上薄薄的运动外套后朝姑娘们挥挥手，"我出去跑步了，晚上你们自己吃吧。"

其他三人互相对视了一眼，齐心的睫毛膏差点涂到脑门上去："郑姐干吗去了？"

"她不是说了嘛，跑步。'云惠回答。

"就这气温，这天气？"

三人转头看向窗外。

今儿个没出太阳，阴云滚滚，所以温度也格外低了些，路上走的人也有把羽绒服重新穿上的。寻瞧着郑灵犀衣着单薄的背影，三人紧了紧身上的棉被。

"收拾好了没？"郑灵犀一边往楼下冲一边给张敦敦、赵成二人发微信。

"已经在门口等着你了！"张敦敦回。

"随时可以出击。"赵成回。

凡是雷盾公司保镖部出身的人，都奉行一条铁律：锻炼一时爽，一直锻炼一直爽。

一年365天全年无休，早起五点开始晨跑，接着就是各种耐力锻炼、技巧训练、双人对打，晚上还要夜跑。

这就和打游戏时的天赋值是一个道理，他们的技能点全都加到肉体上去了，因此在这日复一日年复一年的毅力下，磨炼出的钢筋铁骨绝不是吹吹而已。

在他们的眼里，强健的体魄要比智慧的大脑更重要，虽说他们也没有智慧的大脑。

大冷天的，郑灵犀只穿了一件紧身的背心，外头罩着一件军绿色的运动服就冲下楼去了。这种朴素贴身的穿着比较考验身材，好在她常年锻炼，小身板挺拔紧致，跟楼道里其他柔软的女学生形成了鲜明的对比。

而张敦敦和赵成更奇葩，身上只着一件黑色的贴身运动衫，乍一瞧跟要去打地下黑拳似的。旁边路过的裹着棉大衣的学生都用一种看珍奇生物的目光看三人。

"灵犀，你咋不去学习了，我看你最近看书挺努力的啊？"张敦敦问道。

郑灵犀摆摆手："我实在不能继续看了，这一页多少字我已经数了800遍了。"

"那期中考怎么办？"赵成问。

"我看小卢成绩不错，让他给我们补习吧。"张敦敦说。

"他成绩怎么样？"郑灵犀问。

"据说上学期排班级32名，一共40人。"张敦敦回答。

"哇，可以啊。"

寒风萧索送来三人没有营养的对话，他们雄赳赳气昂昂地往操场走去，一路引起了不少夜跑学生的注意。

大学校园的操场占地面积很大，除了室内体育馆之外还有篮球场、羽毛球场和乒乓球场地，跑道中间的草坪原本安置了足球门，现在已经成为情侣的大本营了，遍地是双双对对看星星的。

张敦敦活动了下手腕脚踝："好久没在跑道跑步了。"

赵成直接把衣袖挽到了手肘，然后掏出一副腕带戴上，开始测实时心跳。

郑灵犀正在原地压腿，他们三人的这番准备活动吸引了一堆人的注意，她目光随意地略过那些学生，忽然想到了什么，灵光一现——

"说起来，我们很久没有比试了，要不今天来个赛跑？"

之后，学生们就眼见操场上出现了三道残影，速度快到令人发指。也有自诩身体素质不错的学生想要追赶，大约是体育生，不过在咬牙跟了一段路程之后就被远远抛在了后头。

"这、这都什么人啊，会不会是体育老师啊？"但还没等他们抱怨完，那三道残影又从后方越过他们，成功反超一圈。

"……"这是人格上的侮辱。

三圈以后，郑灵犀率先冲过终点线，缓了几步后停下来休整，她身上出了一层细细密密的汗，几缕头发黏在脸上，双目明亮有神，浑身上下充斥着热力蒸腾的美。

赵成扶着膝盖喘气，不住摆手："老了老了，就这么几圈都喘得慌。"

张敦敦拿手扇了扇风，取笑他："叔叔，不服老不行啊。"

"你叫谁叔叔呢。"

他们三人哈哈笑着，实在太惹眼了，路过的学生有些干脆原地驻足打量他们。

"这都谁啊，外校的吗？"苏青和舍友也出来跑步了，不过女孩子家家的，说是跑步其实就是散步加八卦。

"好像不是，但有些眼熟。"苏青其中一个舍友道，"我想起来了，这不就是计算机学院新来的插班生嘛，太特别了好多人在议论呢，跟邵天冬一个系的。"

苏青是外国语学院的院花，也是校花。颜值到了这个级别的女生，对于学校里新出现的美丽面孔是很敏感的。她悄悄打量郑灵犀，抿了抿嘴："长得还不错。"

而被校花暗地里盯上的郑灵犀不为所觉，她随意抹了抹额头上的汗水："虽然学习重要，但锻炼也不可以松懈，毕竟一年以后我们还要回雷盾的。"

"灵犀说得对。走，成哥，我们去练练那个。"张敦敦伸手一拽。

两人来到了高低双杠前，也没见他们怎么发力，强壮魁梧的身体就跟燕子似的飞上了半空，以手为圆心在双杠上大回环。

"厉害啊！"

"不会是运动员吧？"

附近的学生"哇"的一声，稀里哗啦地鼓起掌来，然后越来越多的人围笼过来。一时间，拍照的、录视频的，大家被这种直观冲击的运动魅力感染，所有人都兴奋得不行。

"大哥，你们是专业的吗？"

"就那莫氏空翻你们也会吗？"

郑灵犀看着赵成和张敦敦两人在高低杠技惊四座，她就独自一人沿着操场跑圈。之前也说过了，他们学校是半开放的，校外有小区和商场，做生意的人经常进出，也有些人会到操场闲逛。

郑灵犀没了同伴，自己一个人绕着操场跑圈玩，虽然周围风景也还可以，这个季节树木都散发着芬芳，夜空星星点点，但她目不斜视，她在身前虚构出一个敌人，非得追上才算完美，就这样一口气跑到淋漓尽致，停下来喝水的时候，她目光瞥见不远处站着的三个男人。

大概是校外的社会人士，他们三个人站在一块，穿着学生们不会穿的花花绿绿的衬衫和棉袄，头发油腻腻的，脸上带着灰突突的胡楂和社会气。郑灵犀看过去的时候，他们完全没有回避目光的意思。

这短暂的一对视，实在说不出友善。

"现在的小姑娘发育得都太好了啊。"

"哈哈哈哈，你小子眼神往哪儿看呢……"

他们窸窸窣窣不知道在说些什么，郑灵犀面无表情地回过头，伸手拧上了水壶盖子，她睫毛很长，低头的时候覆盖了眼神，瞧着人畜无害的模样。

旁人都被赵成和张敦敦二人吸引过去，人堆里爆发出一阵阵惊呼和掌声，实在没人关注其他地方的事，加上周围树木林立，灯光又黑漆漆的，显得独身的郑灵犀格外娇小。

"小妹妹，今年大几了呀？"一道油腻的声音出现，接着三个男人朝着她围拢过来，靠得近了，身上酒气浓得呛鼻。

郑灵犀没有动作，他们见她形单影只，被夜色和酒精鼓胀了的贪念冒了头。之前那个开口的男人上下打量她被汗水打湿的玲珑身段，眼睛亮了亮，又开始笑起来："小妹妹，一个人跑步多没劲，和哥哥们一起去吃烧烤吧？哥哥请你喝酒。"说着竟伸手来拉她。

郑灵犀侧身避过。

另一个男人瞧见了，打趣："你看看你，人家都嫌弃你，往上凑个什么劲。现在的女孩子，哪会平白无故跟人走，你得拿点好处出来。"

之前那个男人闻言笑了，色眯眯地瞧着她，手从兜里掏了掏，拿出几张纸钞："小妹妹，想要零花钱吗？"

一阵夜风刮来，郑灵犀被他们身上的臭味熏得想吐。乌云遮蔽明月，她脑袋里的神经"砰"的一声断了，汹涌的大浪瞬间拍来，把理智扔飞到十万八千里。

她伸手接过那几张纸币，在几个男人热切的眼神下，往他们脸上一拍。她垂着眼："孙子，要零花钱吗，爷爷给你。"

郑灵犀知道自己长得美，她也不矫情，美就是美，人人都有爱美的权利，但是有些人妄图把纯粹的美给污染成黑那就是人格上的缺陷了，这种人在路上被别人揍那都是很正常的。

郑灵犀自诩是个文明人，不随便出手揍人，她脾气好，一般的挑衅根本不放在眼里，但晚上跑个圈都能碰到这种上赶着找揍的，她的运气真的是逆天。

大学男生的夜生活是很丰富的，窝宿舍玩游戏、打扑克、出去聚餐唱歌喝酒，通常是不折腾到十二点不回来。

邵天冬虽然人缘好，但他不是特爱玩的类型，但如果舍友们强烈要求，他也会赏脸去。

"今晚大家组团刷一个大 boss，我们团灭两把了都没过。天冬你要是肯来帮忙，欠我的那顿螺蛳粉就不用还了。"孙荣笑嘻嘻的。

旁边吴龙搭腔："一碗螺蛳粉就换一个满级战士，你小子算盘打得贼溜。"

几人勾肩搭背地往学校外的网吧走去，路经操场外的林荫小道，孙荣盘算着晚上的安排："天冬，我先跟你说啊，这个 boss 有三个大招，那叫一个变态啊……天冬？"他兀自说了会儿见没人搭腔，回头一看，邵天冬站在原地，目光定定地看着什么。

邵天冬根本没想到这个点还能在这儿遇到她。

邵天冬两手插兜，眼睛一眨不眨。孙荣见他表情渐渐变得不好，顺着他的目光看过去，见不远处的树丛后面，站了几个人，三男一女鬼鬼崇崇不知道凑在一起说什么。

他揉了揉眼睛，一拍脑门忽然认出来了："哎，那不是你的小姐姐吗？"

操场的无人角落，郑灵犀站在三个成年男人中间，距离很近，他们虽然不算高大，但好歹也是正常男人的体形，所以这种局势看起来就有些微妙了。

正好他们注意到的时候，其中一个男人正对郑灵犀拉拉搡搡，动作说不出的轻浮。

孙荣、吴龙看得傻眼了，他们都是正经人家的男孩子，平日里虽然也会和班里的女生打打闹闹，开开玩笑，但顶多也就是在 QQ 上微信上骚扰几句，哪里见过这样明着要流氓的人。

"天冬，小姐姐是不是有危险啊……"孙荣刚开口想说什么，转眼忽然瞧见身边人的眼神。

邵天冬眯着眼，表情堪称恐怖。邵天冬很少有这样认真的时候，孙荣被吓得一个哆嗦，还没有开口。邵天冬竟二话不说就往那边走去，大有一言不合就动手的趋势。

"哎，你等等我们啊！"

两人跟在邵天冬身后气势汹汹往那边去，但还没走过树丛，就被郑灵犀那句"孙子，要零花钱吗，爷爷给你"给拦住了去路。

三个搭讪的男人愣住了，邵天冬也愣住了。

郑灵犀站得靠里，她背对着树荫因此也没瞧见就站在不远处的几人，倒是她对面的流氓大概是没了脸面，被气得直乐，其中一个往前凑了一步，就差和她面贴面了。

"小妹妹，别仗着哥哥喜欢你就耍滑，什么话该说什么话不该说，自己心里掂量清楚。"

他嘴里的老烟枪味道熏得郑灵犀皱眉，她侧脸避开："一把年纪的人，该做什么不该做什么，自己心里也要有点数，还等着爷爷教育你吗？"

"你……"面前的男人脸色一变，伸手就要抓她的头发，被另一个男人拦住了。

他们面色不善："妹妹，哥哥我再给你最后一点脸，今晚你要是不赔礼道歉再好好陪我玩玩，这事就过不去了。"

郑灵犀换了个姿势站着，她抚弄了下已经被风吹得半干的额发，面色冷静："知道吗，爷爷我教育过的孙子没有一百也有八十，曾经有个上门来找事的，让我教育了下免费给公司拖了一年的厕所。"她顿了顿，"我记得那年我'四十五'岁。"

"扑哧！"邵天冬没忍住笑出声来。

郑灵犀没听见，她的目光停留在面前三人的脸上："就你们这等货色，回厂返工都是浪费材料。听爷爷一句话，以后好好做人，少走歧途。"

三个男人自觉被羞辱了，刚要破口大骂，为首的一个忽然觉得面前人影一闪，他还没反应过来呢，忽然衣领被人抓住往下狠狠一拽，然后膝盖一痛，被人踹了一脚狠狠地倒在地上。

郑灵犀收手："别跪了，起来吧孙子。"

男人爆了句粗口，恶狠狠地瞪着她，但是膝盖疼得不行，站都站不起来。

另外两个男人见她突然就动了手，脑袋一热也没了理智，挥着拳头就冲上来要打人。郑灵犀弯腰避过一个，一击粉拳打在那人肚子上，等另一人冲过来的时候，她反手一招擒拿，然后背身硬是拽着个比她重一倍的大男人来了个过肩摔。

"嘴巴都放干净点，对待长辈是这种态度吗？"郑灵犀拍拍手冷淡道。她面前三人，一个还跪在地上起不来，一个四仰八叉躺着翻白眼，一个弓着背做呕吐状。

"等着吧，老子一定叫人弄死你。"跪着的那个男人挣扎着要起来，恶狠狠地看着她。

"嗯——"郑灵犀长吟一声，没让他继续说下去那些污言秽语，她左手扯着他的头发，右手咣咣上去就是几道铁砂掌，用了全力。

"还骂人不？"她手劲大，男人漆黑的脸上顿时肿了一片，"还猥亵小姑娘不？还当恶霸不？"

她还想再说，那跪着的男人连连摆手，他脸已经跟个猪头似的了："不敢了，姑奶奶我不敢了。"

"叫爷爷。"

从远处看，漆黑的角落里三个男人跪在地上痛哭流涕，不知道的以为在进行某种神秘的拜月仪式，因为就算是求婚，也不需要三个人一起跪吧。

邵天冬就站在不远处，他既没出声也没靠近，看到最后忽然有点想笑。

"今天的事谁也不许说出去。"邵天冬朝孙荣与吴龙说道。

两人点头。

"不过真是人不可貌相啊，你的小姐姐武力值也太高了，惹不起啊。"孙荣搓了搓胳膊，"只可远观不可亵玩焉！"

吴龙唏嘘道："真不知道这样的霸王花女朋友该怎么养……"

邵天冬又看了一会儿，转身往回走，一边低声感慨了句："挺好养的。"

孙荣没听清："你说啥？"

"没什么，我说今天天气真好。走吧，我们去推 boss。"邵天冬抬腿走了。孙荣抬头看了眼乌云密布的天空，月亮都没有一丝亮光好吗！

这一晚的所见所闻再次刷新了郑灵犀在邵天冬及其舍友心里的形

象，他原本以为这位小姐姐又是一个娇娇女，但后来，他看到了跪在地上痛哭流涕的小混混、鼻青脸肿的黑社会、被揍到不省人事的咸猪手……

他自己也不知道，为什么会开始平白无故地关注一个人。

而郑灵犀，她对自己的大学生活很是满意，虽然接二连三总有不长眼的人来挑衅她，但最后都能平安化解，毕竟在她眼里，学校里的人都不足为虑。

只有一个人除外——邵天冬。虽然上次案件发生后两人也有了交集，也能心平气和说几句话了，但他身上带着的气质，总让她容易炸毛，而且不知道怎么的，不是冤家不聚头，两人总能碰到。

三周之后，总算是春暖花开了，开始有衣着轻便的学生们在篮球场上挥洒汗水，底下一溜尖叫的女生。仿佛随着桃花盛放，青春也复苏了。

郑灵犀抱着一沓课本从教学楼走出来，就在刚才，她得到了一个惊人的噩耗——两周后要进行小测验，除了当堂答卷之外，每人还得完成一个社会调研。

什么是社会调研？怎么加"盐"，加多少？

她孤零零地站在学院门口，望着日头发呆，什么时候面前站了个人也没发现。

"读书读傻了？我就说你不适合这个，趁早回去搬砖吧，工地缺人了。"

郑飞翼不知道什么时候过来的，穿着合身的黑色西服套装，头发一丝不苟，虽然还是冷面冷情的模样，但被身后盛放的桃花一衬，好像也有了点炫帅的气质。

郑灵犀挑眉打量自己哥哥又骚又靓的打扮，撇嘴："你怎么来了，穿成这样是想干吗？"

正好后面有几个小女生走过，遮遮掩掩地偷窥他们。

郑飞翼面不改色，低头看了眼手表："老爸给你找了个印度尼西亚的相亲对象，让我跟你说一声。今晚要是有空就来个视频会话，下一个希腊的已经排着队了。"

郑灵犀差点一头栽到阶梯下面去，她忍住了，拳头捏得嘎嘣响："我拒绝！"

"不要？那德国的怎么样，金发碧眼身高一米八五。"

"我不喜欢！"

"难道你喜欢法国的？但法国的男人不好，太轻浮。"

"这跟哪国的没关系！"

"也是，你英语这么差，我个老外以后交流都困难，我去跟爸说，让他缩小范围到华语圈子好了。"郑飞翼伸出一只手，十分自然地摸了摸她的头。

郑灵犀二十七年的童子功差点破功，她挥挥手："实在不想搭理你们，我走了！"说完她大步流星地离去。

等到看不见人影了，郑飞翼还在原地站着，他头顶的桃花树被风吹得直抖，花瓣落在肩上也不掸去。

"出来。"他忽然开口。

话音落下，一个人踩着斑驳的树影渐渐显现。邵天冬垂着眼，单肩背着书包，径直走到郑飞翼面前停下。

两个出色的男人面对面时，气氛一向是不太好的。邵天冬比郑飞翼高一些，皮肤是经过太阳洗礼的蜜色，肌肉结实；而郑飞翼则是纤细精致的雪白人偶，特别是穿上西装时格外冷艳高贵。

两人面无表情地对视了几秒钟。邵天冬撇了撇嘴，不得不承认面前人长了张女生都喜欢的好脸。

"你是谁，你们什么关系？"

邵天冬语气算不得好，大概是刚才惊鸿一瞥，这人竟然摸了郑灵犀的头，且两人有说有笑的，一看就是相识许久。

郑飞翼和他妹妹一样，都有童颜的基因，也一样不是善茬。他笑了："关你什么事？"

风吹来两人间的剑拔弩张。邵天冬眼神冷了冷："你们认识时间不短，而且感情很深，你是她男朋友？"

郑飞翼也不道破，嘴角挂上冷冷的笑，打量面前的少年："答案很明显吧。"

邵天冬只觉心里一凉，他想说点什么，出口时却变成利剑："我不同意。"自己都没注意到语气已经变了。

郑飞翼其实没把面前的狂蜂浪蝶当回事，但此时也被气笑了："小子，胆子挺大啊。"他两手放进西装裤口袋，"离灵犀远一点。"说完头也不回地走了。

邵天冬看着那道背影忽然有点烦躁。

Chapter 04

"Master，今晚榜谁？"

You're
so sweet

在期中测验到来之前，校内还有一个大型的集体活动：社团大典。

大学的社团五花八门，漫画社、占卜玄学社、奇门遁甲社、灵异事件研究社、群演兼职社……这些社团每年都招新，因此选定了这一天举办全校社团大典，展示成果吸引新生。

至于为什么要在期中考之前，大概是有点最后的狂欢、吃完就上路的意思。

大典开始前几天，学校的贴吧就已经很热闹了，临到前一晚，那简直是炸锅。

原因不外乎三条：一、动漫社举行了 Cosplay 展；二、Cosplay 展请了校花苏青；三、苏青还没有男朋友。

全校的单身宅男几乎要沸腾，不约而同地在宿舍狼嚎了一夜，邵天冬的舍友们也不例外。

"天冬天冬，你在后台要是碰见苏女神了帮我要个签名好不好？"孙荣觍着脸恳求。

邵天冬也被邀请作为 coser 出席，闻言摆摆手："好说。"

孙荣差点哭出来："谢谢冬哥大恩大德，将来螺蛳粉你想吃多少我给你买多少。"

邵天冬满眼怜悯，大发慈悲地摸了摸他的头，一边抽出张废纸唰唰写了两个字递过去："我现在就可以给你签一个。"上面龙飞凤舞两个大字：签名。

孙荣"哇"的一声哭了出来。

而同样准备参加社团大典的郑灵犀对此一无所知，她正在被三个舍友缠着做提前准备。

"灵犀，你的发质真好，又顺又滑。"齐心夸赞道。

郑灵犀："反正都要戴假发。"

"你的皮肤真软，白白嫩嫩的。"云慧捏着她的脸颊。

郑灵犀："糊上粉，安能辨我是雌雄。"

"……"

见几个舍友十分兴奋地捣鼓那些假发、裙子什么的，郑灵犀有点摸不着头脑，她随手抽出把泡沫塑料做的道具剑，单手挥了两下，轻得不可思议："不是快要期中考了吗，为什么不抓紧时间学习？准备这活动要花好多工夫，看来你们都很胸有成竹嘛。"

齐心闻言乐了，笑得十分天真："才不是，大家都铆着劲在考试前一晚通宵背书呢。"

郑灵犀：抱歉，是我想多了。

社团大典这天是周六，学生们大概是不用上课，也没有铁面无情的老师进行思想教育，除了会场门口几个管理秩序的保安大叔，娱乐中心大楼里热闹得跟农村赶集似的。

"天冬快点，你倒是快点走啊！"孙荣今天特意打扮了，头发吹了个造型还打了发蜡，穿了一件衣柜里最干净的衣服，板正得跟要去面试似的。

邵天冬睡眼惺忪，被他拽着走："急什么，Cosplay 展九点才开始，而且我出场是下午。"

"谁管你啊，我着急去看苏青小姐姐啊！"孙荣劈头盖脸一顿，脸红脖子粗的。

邵天冬扫他一眼，你激动啥，不知道的还以为你俩今晚就要订婚了。

作为人气最火爆的社团，动漫社早就做好准备了，他们特别雇了张敦敦和赵成站在看台外面充当保镖，上头站了几个花样少女，配着音乐舞动身体。

看台下的宅男们鬼吼鬼叫，手里可乐瓶子拍得咣咣响，奈何两个彪形大汉站在这儿，谁也不敢上前一步。

"女神，女神我爱你！"孙荣自打看到苏青出场之后就保持了一种极度兴奋的癫狂状态，喊着喊着破了音，而其他人大约也一样。

台上的苏青作为最热门人物，第一个就出场，妲己毕竟是《王者荣耀》游戏里的灵魂角色，背后拖着条毛茸茸的大尾巴，艳丽的打扮把她的五分颜色衬成了八分。

而且最要命的是这美人妲己还在不停地朝下面抛媚眼比爱心，底下的男生们一个个都跟吃了 buff 似的。

邵天冬默默别开眼，避开苏青抛过来的浓艳飞吻，目光漫无目的地游移在会场里。

"快看，有个大美女上来了！"不知道谁吼了一句。

人群里爆发出一阵骚动。

邵天冬条件反射地看过去，见刚才那批《王者荣耀》的女角色都下

You're
so sweet

场了，取而代之上来的是一个女孩，那确实是一个大美女。

她看起来不过二十岁左右的年纪，身材娇小肌肤胜雪，有着一头金色秀发，身穿蓝底白边的连衣裙，外部套上蓝色纹路的银底铠甲，手持一把大剑，浑身上下没有露出一点多余的肌肤。是《FATE》系列作品中的高人气角色：亚瑟王——Saber。

郑灵犀出场后既不笑也不跳舞，她冷着脸扫了眼看台下一群呆滞的宅男，哼了声："遵从召唤而来，Master，请下指示。"

片刻的安静后，男生们疯了，有拍巴掌的，有学狼嚎的，应援的疯狂程度比刚才妲己出现时还要热烈。

"这是谁啊？我们学校有这么漂亮的人吗？"被美貌诱惑，孙荣第一次把苏青抛到了脑后，也跟着宅男们往前挤。

邵天冬站在他旁边，淡淡道："这就是你一口一个喊的小姐姐。"

语不惊人死不休，包括孙荣在内的几个损友都震惊了："啥？"

他们再回过头仔细审视台上冷着脸挥动圣剑的女孩，这才发现了什么，对方肤色超级白，鼻子小巧挺拔，五官堪称完美，眼睛特别有特色。

"我去……这不就是灵犀小姐姐嘛。"孙荣抹了把口水，"幸好幸好，刚才差点对天冬的小姐姐生出邪念。"

邵天冬瞥了他一眼没说话。

等到后台放出《FATE》的经典音乐后，台上盛况越演越烈。孙荣感叹了下："他们要是知道小姐姐的武力值，一拳一个大朋友，不知道还会不会这么热情上头了。"

彼时，郑灵犀正随便摆了个Pose，冷艳开口："Master，今晚揍谁？"

邵天冬看着她，就像只随时会抓耳挠腮暴走的小野猫，忍不住笑了："没错，一般人也受不住她。"

社团大典要整整举行一天，郑灵犀扮了半天Saber就累了，好不容易挨过中场休息，在那些不知疲惫的宅男的欢呼号叫声中躲进后台。

她扶着腰搬了把凳子随便一坐，两腿一撒眼睛一闭就不动弹了。

齐心走过来，担心地问："灵犀，累不累？还能动吗？"

她摇摇头："不行了。我嗓子都哑了他们竟然还能叫唤，国家啦啦队需要他们。"

齐心给她倒了一杯热水，云慧帮她补脸上的妆，坐在一边休息的苏青把一切看在眼里。外头男生们"Sabe-！Saber！"的叫喊还没停，一直被众星拱月的校花苏青嫉妒得直咬牙。

"真拿自己当回事了，摆明星非场给谁看啊。"苏青酸溜溜道，"一棵烂白菜还想装新鲜。"

后台也不大，这话大家也都听到了。郑灵犀原本瘫在凳子上的，闻言噌地站了起来，直直地走到苏青面前居高临下地瞪她。

郑灵犀不说话的样子挺有欺骗性的，苏青后退半步，颤抖着："你想干吗……"

"摆明星架子啊，我觉得你的椅子不错，我想坐。"郑灵犀努了努嘴。

苏青条件反射地看了眼自己霸占着的扶手软座椅，脸色变了又变："你欺人太甚，你……"

"就是我，你有什么意见吗？"郑灵犀歪头问道。

后台里其他人都在旁观看戏，对着两人议论纷纷。

郑灵犀扫了眼苏青的桌面，随手拿了一个空的饮料瓶，五指用力，"嘎嘣嘎嘣"硬生生给捏成了扁平的铁皮，看戏的人瞬间鸦雀无声。

"你摆够架子了吧，可以走开了吗，我也想摆摆架子坐软椅呢。"郑灵犀笑着道。

苏青没说话，她身边的舍友倒是生拉硬拽把她弄走了："青青，我们走吧……"

赶走了碍眼的人，郑灵犀心满意足地坐在了软椅上，对自己舍友指了指旁边的空位，毫不客气地开了袋开心果吃："坐呀，我饿了，啥时候吃饭呀？"

云慧瞅了眼外头的人山人海："下午还有节目，门口堵了那么多男生我们带妆也不好出去，只能叫外卖了。"

宿舍其他三人点开手机开始看外卖菜单，郑灵犀已经随手揪了一个出去买饭的后勤小哥："麻烦带四碗泡面，老坛酸菜味的。"

舍友三人一口老血上来，姐姐，才刚扬眉吐气了，能不能有点追求！

最后一宿舍四个人头碰头围在一起吃方便面，那具有强烈侵占性的气味凶猛地席卷整个后台，饶是苏青女神再优雅地吃着意大利肉酱面，鼻尖闻到的味道也是——老坛酸菜。

她看着有说有笑的郑灵犀气得咬牙切齿，身边的舍友劝说："青青，她这种性格肯定会遭人报复的，我们不用管她。"

"对呀，今天不过是因为她扮演的角色人气高而已，跟她自己又没有关系，长得也没多好看嘛，你才是校花。"

被哄住的苏青敛了神色，呼出口气垂眸补了补口红，再抬眼时已没了刚才气急的模样。

中午休息时间一个小时，在此期间是没有节目的，但宅男们的热情无法估量，他们三五成群蹲守在大活动室门口，大有打地铺的架势。

而郑灵犀在后台换衣服，她弄了一套 Saber 的和服造型，印花裙子显得人格外娇小。因为下午还有一批男 coser 出场，打扮好之后她就坐在后台角落喝水。

一点半，最昏昏欲睡的时候，负责后勤的男生靠着墙睡着了，张敦敦和赵成两人贴身看守着那些男观众，后台安安静静。苏青正在补妆，转眸一看，竟见一个鬼鬼祟祟的身影摸进了屋子，像是往郑灵犀那边。

"哎，那人……"苏青的舍友下意识地出声。

苏青给了她一个警告的眼神："别多事。"

她就不出声了。

苏青装作若无其事的模样，冷眼瞧着那个鬼祟男学生一路摸到了郑灵犀的椅子边，双手兴奋地揪紧了。

郑灵犀正低头看手机，冷不丁一个油腻腻的声音在耳边响起："Saber，你能跟我合照吗？"

抬头正对上一双隐藏在厚厚酒瓶底之后的眼睛，这对眼睛的主人佝偻着背，头发留得过长了，被汗水打湿以后油油地黏在脑门上，嘴角冒了几颗大痘，看起上火不轻。

见郑灵犀看过来，四眼男眼睛一亮，手里捧着个相机举高了对着她就是"咔嚓"一张。

"凑近了看更加漂亮啊。"他有点飘飘然了。

郑灵犀表情倒是未变："谁允许你进来的？这里是后台，请无关人员出去。"

四眼男赔着笑往前凑了凑："Saber，我从《FATE》系列第一部就喜欢你了，一直梦想能跟你见面，我们合照几张好不好？"他说着就要凑过来举相机。

郑灵犀直接站了起来避开他的触碰："请问，你听不懂中国话吗？这里是后台，是演员换衣服的地方，你一个大男人钻进来偷拍你是变态吗？"

她言辞严厉，那男生惊愕地看了她一会儿后变了脸色，低声道："你不是 Saber，她温柔可爱有礼貌，才不会说这样的话。"

郑灵犀实在懒得和他沟通了，撇撇嘴："你管我是谁，你是我什么人啊。请你立刻出去，你不走我就叫人了。"

四眼男拖着步子，迟疑着往门口挪了两步，目光留恋地略过那些女学生姣好的容颜，最后还是回头看她。

"光天化日的，你们穿得恁少啊。"

郑灵犀动作一顿，也抬头看他："你说什么？"

"你知道外面有多少男生吗，这么多人看着你们，身为女生这么不自矜，穿着暴露，露着大腿——"

她眉头一皱，死盯着他那张脸。

四眼男垂涎地看着她，慢悠悠道："是准备勾引谁呢？"

"你小子。"郑灵犀心里的火一下就冒出来了，她撸了撸袖子正打算上前去给他一拳，半路忽然伸出一只手把她拽住了。

"冷静点。"邵天冬不知道从哪儿冒出来的，垂着眼站到她身边。

郑灵犀吓了一跳，不是因为他的出现，而是他的打扮。

"你今天演妖怪啊？"邵天冬戴了一顶银色的长假发，脑袋上还有两个毛茸茸的尖耳朵，身上是深蓝色的长衣，郑灵犀扫了他一眼，"演狐狸精啊？"

邵天冬哭笑不得，他的扮相是《王者荣耀》里的李白特殊皮肤——千年之狐，差不多就是狐狸精了。

"你拦着我干什么，我要好好教教这个神经病什么叫尊重女性。"郑灵犀挣开他，又开始捏拳头，指关节发出恐怖的咔吧咔吧声。

邵天冬眯眼看了看对方那大汗淋漓的样子，笑道："这种货色，值得你动手吗？"这话说得不留情面。

郑灵犀想了下也对，收起拳头便不打算揍人了。

反倒是那四眼男，见二人郎才女貌，而且对自己极端不屑，扭曲的心理无处宣泄，羞愤之下大吼一声，挥着拳头冲了过来。

郑灵犀正背过身去和舍友说话，听见吼声回头，就见眼前银发一闪而过，邵天冬几步上前，抓住那人的拳头用巧劲一拐，轻轻松松放倒了一个一米七几的男生。

他淡淡回头微笑地看着她："现在可以动手了，这属于正当防卫。"

郑灵犀目瞪口呆，而后台里围观的其他人早就欢呼起来了。

"邵学长，你来了……"苏青不知道从哪里冒出来，含情脉脉地看着他。她还是妲己的扮相，他俩一个男狐狸一个女狐狸，站一块还挺般配的。

但是邵天冬压根儿没搭理苏青，对几个男生说："搜他的学生卡看是哪个学院的，找他们导员。"

女孩子们尖叫喝彩，鼓掌声震耳欲聋，没等郑灵犀说什么，她们一个个挤到邵天冬跟前，叽叽喳喳的。

"邵学长好厉害啊！"

"学长今天和谁一起登台？"

郑灵犀不知道被谁一屁股挤出了圈子，她拍了拍衣服看了眼被包围的邵天冬，心想这人可真是受欢迎。

身后远远站着的两个男生嘀咕："扮男狐狸精好像也挺好看的嘛。"

另一个道："是啊，赶明儿咱俩也参加动漫社好了。"

郑灵犀无语凝噎。

她把目光放回到人群中，邵天冬对待女生的态度疏远而不疏离，友善温和都淡淡的。明明长得还不错吧，但他的气质就是一点都不正经，不管穿什么衣服都能透出点漫不经心来。

全后台的注意力都被邵天冬吸引过去时，原本躺在地上装死的四眼男慢吞吞地坐了起来，他活动了下四肢，然后看到了站在不远处的郑灵犀。

她正在和舍友抱怨脑袋上顶的假发有点痒，话说到一半，忽然被一双冷汗津津的手捏住了胳膊，再下一秒一双颤抖的胳膊突然抱住了她。

"啊！你要干什么？"

齐心的尖叫，让原本嘈杂的屋子里瞬间安静。

"都别过来！"四眼男似乎很紧张，他见所有人都看着自己了，莫名亢奋地笑起来。

"你、你帮我跟 Saber 拍照片！"他指了指最近的一个学生，把自己的相机抛了过去。

"要、要拍得好看一点……"他絮絮叨叨，一只手抓着郑灵犀的左边胳膊，一只手搂着她的腰，尽力挺直自己的身板往她身上凑。

围观的人满眼惊恐地看着被"挟持"的郑灵犀，鸦雀无声。

邵天冬眉眼一沉，拨开众人走到两人跟前。

郑灵犀的三个舍友都快哭了，但郑灵犀神色丝毫没变，她侧眼瞥了下兴奋得直冒汗的四眼男，问："很开心？"

四眼男压抑着笑低声回答："开心。"

郑灵犀点点头，下一瞬间，她不知怎么灵活地一翻身，从四眼男的挟持中挣脱出来，又身形一扭，手腕蓄力，照着他的肚子就是狠狠一拳。

"你开心了老娘我不开心！"

一拳。

"小小年纪不学好！学着当什么变态！"

又一拳。

"我今天就代替你爸好好教育教育你！"

一拳又一拳。

"打得好！"不知道谁欢呼了一声。众人看过去时，那喊的人马上闭了嘴。

准备出手的邵天冬停住了，郑灵犀打够了，回过身甩了甩拳头，小脸都涨红了。

"这回开心了吗？"邵天冬问。

她吐出一口恶气："开心！"

邵天冬笑了，伸手撩开她脸颊上的一绺乱发："开心就好。"

他动作亲昵，郑灵犀诡异地瞪了他一眼，哼了一声却没说什么。他刚才下意识的举动都没经过大脑，原以为她会生气，但现在见她没反应，心里说不出是失望还是庆幸。

这二人互动着，看在别人眼里已是已经掀起轩然大波了。

邵天冬是计算机学院的院草、大佬，大佬不仅在年级里，在学校里也是很有排面的人物，他极其自然地接受着一众注目礼，丝毫不觉得有什么奇怪的。

他说："走吧，今天演出就到这里，我送你回去休息。"

"下午不用上场了吗？"郑灵犀原本是打算结束活动后和舍友一起回宿舍的，听他这么说，再看了眼已经失去意识的四眼男，觉得把这个危险人物放在这儿不妥。

她拍拍手："等我一下，我去换个衣服我们一起走。"

"好。"

苏青看着两人相伴离去换衣服的背影，咬碎一口银牙。

四眼男被几个男生揪着，拧巴着往一处学院去了，大概是被打了一顿脑子清醒了，此刻他是又哭又叫，找准身边一个男生的大腿就抱着不撒手了。

"你放开！你快给我放开啊！"被抱住的男生大叫着。

那四眼男也不听，兀自号叫。

换了衣服出来的郑灵犀听不下去了，走在四眼男后面，照着他的屁股就是一脚："再不老实，直接叫保安把你的嘴堵上。"

在郑灵犀面前，四眼男连屁都不敢放，只能老老实实地被拉走了。

邵天冬看几人走远，来到她身边："我们也走吧。"

郑灵犀回头看了眼会场的方向，那里还时不时地爆发一阵阵欢呼呐喊，虽然 Cosplay 展结束了，但其他社团还如火如荼。

两人并肩在开满了紫叶李花的林荫小道走着，一片片粉白的花瓣被风一吹，扑扑簌簌地落下来，郑灵犀眨眨眼，感觉眼前也落了几片。

冷静下来以后，她忽然想起来什么。尚城理工大学是本地最好的院校，这里的学生好歹也是正经的全日制大学生。刚才他们就那么让学生押送着四眼男去找导员了，围观的人那么多，四眼男很难说会不会得到处分，一个二十岁的孩子，未来也许就要断送了。

"要不，别让他们导员知道了，咱们私下教训过就行了。"郑灵犀忽然说，"叫他知错能改，善莫大焉。"

邵天冬失笑："你刚才揍他的时候可不是这么说的。"

郑灵犀扭过头："我是觉得，让他家里人知道了，辛辛苦苦供出来上大学的儿子做了这样的事，当家长的得多心寒啊。"

邵天冬看着她的脸，沉默了两秒："你别担心，他这是自作自受。"

"……"

正好这时他们路过一家小卖铺，老板在门口支了一个铁架卖烤肠，那香味飘了好远，郑灵犀中午吃的那点泡面早就消耗殆尽，眼睛瞅着就转不了弯了。

于是，邵天冬要了两根，一边等烤肠烤好一边给她解释。

"这人已经不是第一次了，我问过他学院的学生，他平时除了小偷小摸之外还经常用望远镜偷看女生宿舍，故意偷班里女生的私人用品，被举报后也不悔改。"

郑灵犀搓了搓胳膊："哇，好恶心。"

这时烤肠烤好了，她接过来急不可耐地咬了一口。

"啊呼呼！"她被烫得吱哇跳脚。

邵天冬看她急得那个样子，忍不住笑出声："你这么着急干什么，我又不会抢你的。"

郑灵犀柳眉一挑双目一瞪，像只护食的小鸽子。他嘴角一勾，举着自己那根烤肠在她面前晃了晃："你答应我一件事，这根也给你。"

郑灵犀嘴里那口烤肠终于咽下去了，一脸看阶级敌人的表情看着他："我是不会收你为徒的，你放弃吧。"

邵天冬哈哈大笑起来。

人行道边的丁香小灌木开了花，紫色的一簇簇像果实，散发出淡淡的芬芳。两人站在路边吃烤肠，郑灵犀三两口吃完了，竹签子往垃圾桶里一扔。

邵天冬一只手举着烤肠，一只手插着裤兜，懒洋洋地站着。他把手里没动过的烤肠往郑灵犀这边斜了斜，她别开脸，他就再斜一点，眼看那烤肠都要戳到她唇边了，香味勾得人馋虫直冒。

"你到底要干吗呀？"郑灵犀怒道。

邵天冬垂眼看她，似笑非笑："你们下周就该期中测验了吧，不出意外应该还布置了社会调研，你都有眉目了？"

被戳中心事，郑灵犀的目光躲躲闪闪："关你什么事……"

邵天冬舌头舔了舔嘴唇，笑着说："苍天可鉴，我完全没有恶意，你要是信得过我，我可以免费给你补课，测验包过。"

测、验、包、过……这是何等的诱惑，郑灵犀都已经幻想出来老板秦总在脑海里跳肚皮舞的姿态了。她擦了擦口水，冷淡道："不用了，我自己可以学习。"

邵天冬弯腰凑近她，晃了晃手里的烤肠："真的不要？到时候可别后悔。"

"说了不要就是不要，你别挨那么近！"被那香味勾得她理智都要没有了，她气急败坏地大叫，小脸涨得通红。

邵天冬闹够了，直起身低头咬了一口那滋溜冒油的烤肠："那，这可是你说不要的哦，以后可别来求我。"

明明是个小屁孩，语气听起来却像在打情骂俏一样。

郑灵犀翻了他一个白眼："吃你的吧！"

当天下午，邵天冬就把那四眼男交给了学院的导员。这一天也忙活得够累了，郑灵犀没听说后续什么消息早早就睡着了，殊不知网上正在酝酿一场轩然大波。

不知道在场的谁把后台的情况用手机拍下来了，匿名传到了网上。视频从邵天冬出手开始到郑灵犀暴打四眼变态男结束，完完整整、高清无码，该拍的不该拍的都齐全了。

"这位美女的身手是真的假的？"

"我的天，她跟邵学长好配！"

"我见过她！计算机系新来的转校生！"

"太帅了吧。"

……

校内贴吧的回帖数量一度爆表，连带着微博也过了千条转发。第二天，学校贴吧里甚至还出现了两人的同人小说：《"郑邵"你的拳脚》《"郑邵"心有灵犀一点通》……

郑灵犀对此全然不知，她正和舍友们一起通宵背书应付期中考。

每次大型考试之前，宿舍的灯总能彻夜长明，考生们非常有头悬梁、锥刺股的遗风，连带学习氛围都飙升了十个点不止。

到了考试那天，舍友们结伴去往考场。

"我觉我的大脑中已经充满知识了，走路都头重脚轻。"云慧歪头道，"要分你们点吗？"

"好啊，我要高数的。"

春光明媚，青春靓丽的女生抱着书本，秀发迎风飞舞，此番景色让路上赶考的学生们再三回眸。

郑灵犀一概置之不理，但她还是发现有人偷偷在小道边对她指指点点的。

"干什么，光天化日朗朗乾坤的，我脸上有东西？"她疑惑。

"哎，灵犀你有没有一点身为名人的自知之明啊，你现在的风头可比校花苏青高多了，校内热搜榜第一呢。"齐心道。

"对啊，大家都在传你跟邵学长是男女朋友，一堆女生都心碎了呢。"周可欣补充。

郑灵犀柳眉倒竖："男女朋友？你们这群小年轻视力不行啊，我俩根本没可能啊！"

"怎么不可能了，你们明明这么般配，简直郎才女貌。"齐心挽住她的手，"灵犀姐你实话实说，邵学长是不是你的相好？"

郑灵犀哼了声："相什么好啊，你们啊还是太嫩了，他比我小那么多岁，我是找了个儿子吗，我图啥呀。"

郑灵犀的语气那么自然，三个舍友面面相觑不知道说什么了。正好这时路边一个远远窥探的男学生走了出来，红着脸走到她跟前，递了一朵红色的玫瑰花给她，然后二话不说转头跑了。

郑灵犀瞅了眼手里的塑料玫瑰：同学，丢垃圾不是这么丢的。

舍友们笑得不行。

周可欣："哇，灵犀姐你的人气真的爆棚了，考试还能碰到表白的。"

齐心说："不过这人是谁啊，怎么都不留个名字？"

三人找了一番，才在塑料玫瑰的叶片下发现了一个名字和一串手机号码。

身后不知道什么时候冒出两个同班男同学。

同学A："其他学院的没一个好东西！郑同学千万别被拐走了！"

同学B："咱们班的女生，生是计算机的人，死是计算机的鬼！"

郑灵犀："……"

考试进行得很顺利，不过两天时间所有的科目都考完了。大概是因为非节假日，老师批改卷子也特别神速，不过几天时间，成绩已经贴在班级群里了。

大家都十分期待三个转校生的成绩，特别是人美拳狠的郑灵犀，于是对着表格那么一看——

郑灵犀：40分、50分、52分……

"你们天天跟我一起上课吃饭，怎么还能比我多十分？"郑灵犀一副不可置信的表情。

赵成十分小心地把自己的考卷折起来，给了她一个不可说的表情："灵犀啊，我跟敦敦每晚让小卢帮忙补习到深夜，这汗水可不是白洒的。"

张敦敦点头："是啊，为了这考试，我人都瘦了半斤。"

郑灵犀愣住了："我以为你们跟我一样看不懂考卷，结果我确实是没看懂，可你俩竟然看懂了两道选择题？"

她觉得，赵成和张敦敦跟自己那么多年的革命友情大概彻底要宣告完结了。

那可是过命的交情啊！

她有了一种被背叛的感觉，说好的一起挂科呢，结果我留下了，你俩跑了？

"拜拜，算我没你们这兄弟。"她挥挥手转身就走。

"别走别走啊。"赵成拉住她，"秦总说了，补考及格也算成绩，要不你赶紧找个外挂去补习啊。"

郑灵犀回头："就小卢那样，他行吗？"

"他估计是不够用，但你可以找别人嘛。"张敦敦压低声音，"听隔壁大三宿舍的男生说，全年级成绩最好的你猜是谁？就是邵天冬。"

郑灵犀板着脸："不行，绝对不行！我都拒绝要他帮忙了，现在又回去找，我不要面子的啊！"

赵成面无表情："那这就是你的事了，请想想秦总生气的样子。"

张敦敦一脸满不在乎："请想象一下明年你留级和下一批小队员一起上课的模样。"

郑灵犀："！！！"

行吧，日子照常得过，面子照常得破。人活在世上，最重要的就是狠心。

郑灵犀在内心纠结千百回，终于下定决心去邵天冬班级里堵人，正好上次社团大典的时候四眼男的事情她还没问结果，可以拿这个当由头。

郑灵犀先在微信上问好了他在不在，然后一下课就赶过来了。

高年级学生的教室在学院的三楼，说起来她还是第一次踏足其他人的班级，背着书包上来的时候，莫名有点忐忑。

郑灵犀蹑手蹑脚地走到门口，发现里面静悄悄的，似乎并没人在。

"都怪赵成出的馊主意……"郑灵犀扒着教室的门框踮起脚往里看，但木门的窗户太高了，对矮个子的人十分不友好。她灰头土脸地作罢，一转眼见身后站了个人。

"请问，你找哪位？"一个高个子的男生笑眯眯地看着她，手里抱着本书。

"啊，"郑灵犀被他的笑容晃花了眼，愣了下才反应过来，搓了搓手，"我来找邵天冬的。"

听见这个名字，男生的笑容似乎淡了些，但又马上恢复生机。他走过来打开门，十分绅士地朝她伸出手："他应该还没有来，不介意的话你可以进来等。"

这男生虽然和邵天冬是同班，但风格太不一样了。他和普通的计算机学院男生的画风也非常不同，要知道那多是一群穿起球的毛衣、破了洞的裤子、半年不刷的鞋子的人。而他，头发修剪妥帖，穿着件黑色的休闲西服，长腿长脚跟刚从 T 台下来似的。

郑灵犀从未见过这样的异性，实在是她身边除了肌肉澎湃的保镖部成员，就是毒舌洁癖神经质的亲哥哥，乍一见外人，有点束手束脚不知道说什么。

"谢谢……不用麻烦了，我就站在门口等一会儿。"郑灵犀抱着自己的包包微笑，颇有一番淑女气质。

她不暴力的时候外表是真的很能唬人，因此那男生几番谦让务必让她进屋去等。

两人在教室门口说了几句话，突然被人打断了。

"灵犀。"邵天冬从楼道拐角走出来，表情看起来挺沉的，"我不是发微信告诉你在楼道口见吗？"

"我忘了看了。"郑灵犀终于等到正主了，松了口气，下意识地快走几步到他跟前站定，"你跑哪儿去了，我等了好久。"

胡尊的眼睛一直盯着她，见她这番举动，了然于心地笑了："天冬，你女朋友？"

"不是！"郑灵犀抢先答道。

邵天冬侧身站在两人中间，隐隐有把她挡住的意思，开口："朋友。"

胡尊长长地"哦"了一声，他清秀的五官如春风，衬得面色不虞的邵天冬像尊铁罗汉。

胡尊歪头看向郑灵犀，语气打趣："同学，还不知道你叫什么名字呢，下次来班里要是没人你就来找我。"

"啊，好的，谢谢。"说实话，郑灵犀是个粗人，这种温和有礼貌的年轻人其实挺戳她的心，缺什么补什么，她对斯斯文文的男人一向没有抵抗力。

"我叫郑——"

"我们走吧，你不是有事要跟我说。"她话还没说完，就被邵天冬拉着胳膊转了一圈，一句自我介绍卡在喉咙口上不来下不去的。

胡尊"啧"了一声，抱臂靠在教室的白墙上，似笑非笑地看着他："天冬，你护食太过头了吧，我又不是老虎会吃人，用得着看这么紧吗？"

邵天冬拉着郑灵犀往前走了几步，闻言回头瞥他："还是管好你自己的事吧。"

邵天冬看似心情不佳，长腿迈得飞快。郑灵犀勉强跟了几步，走到学院门口的时候才回想过来："你刚才叫我什么？"

"灵犀不是你的名字吗，名字不就是让人叫的。"

"话好像也没错……"

他们沿着春光烂漫的林荫小道走了一会儿，邵天冬才从刚才那种情绪里冷静下来，他找了个饮料贩卖机，用手机扫了码，然后"咣咣"两声饮料落地。

"说吧，有什么事要求我。"他随手抛过来一瓶。

郑灵犀条件反射地接住，低头一看——旺仔牛奶！

"怎么就是求你了呢，我那是双方平等互利的协商！合作懂不！"她举着牛奶气急败坏，像只跳脚的猫。

"好好好。"邵天冬拧开瓶盖仰头咕咚咕咚灌了几口能量饮料，低头笑着看她，"请问郑老师有何指教啊，小的洗耳恭听。"尾音勾人。

虽然心里气不过，但郑灵犀不得不承认这家伙真的有张好皮相，不管见过几次，还是会被他的颜值给闪瞎眼。邵天冬今天就是平时上课的打扮，除了背上的书包，鼻梁上还戴着一副眼镜，使他身上除了年轻人特有的运动阳光外，还多了些青年人隐藏的沉稳聪慧。

郑灵犀别开眼，把管子插进牛奶盒子里吸了一口，慢吞吞地说："听说你成绩还过得去，组织上特别赋予你一个光荣而伟大的任务，你考虑看看要不要接受？要是接受的话，上哪儿姐姐都罩着你。"

邵天冬听她含糊地说完，眨巴了下眼睛："你期中考挂了吧。"

"少废话！"

"更要命的是你的同伴没挂，只有你自己挂了。"

"你小子装监控了吧你！"

郑灵犀那点脆弱的自尊心碎成了渣渣，她几口喝干了旺仔牛奶，昂着头看他："那你到底教不教我？"

郑灵犀的气质是烈日狂风，是初春开放的山花烂漫，势要让所有的目光都汇聚在她脸上一样，但她的眼睛很干净，里面闪耀着纯粹的光芒。

邵天冬存心逗她，故意一本正经道："我的收费可是很贵的，你要哪个套餐？"

郑灵犀傻了："什么套餐……你小子竟然还要收费？"

邵天冬掰着手指头："60分飘过套餐五百块，70分包过套餐一千块，往上还有80分90分学霸套餐五千块！"

"你怎么不去抢！"郑灵犀疯了。没错，她其实是很穷的。

母亲早逝，父亲常年在国外游荡，哥哥郑飞翼已经结婚了，几乎不来管她，她的工资不是拿来和赵成他们喝酒撸串就是付房租了。

正纠结着要不要砍个价，邵天冬开口了："行了，给你个特殊情况免费入学吧。"

大概是看出她的窘迫，他刻意压低了声音，饶是如此，她也觉得面颊发烫。她扭过头避开他的视线，摸摸鼻子："哦……那谢谢了。"她一脸红，彼此忽然尴尬了起来。

两人商定了补课的时间和地点，邵天冬一路送郑灵犀到女生宿舍楼下。

因为之前隔壁宿舍发生的死亡事件，很多女生不愿意再住在宿舍里，所以这会儿宿舍门口格外门可罗雀。要说以往，光是依依惜别的情侣都有好多。

郑灵犀正打算走，忽然想起来什么回头问道："对了，刚才那个男生是谁啊，看你们两个好像很不对付的样子。"她不怀好意地笑了，"难道是他欠你钱吗？"

邵天冬一路上的好心情一下子蒸发了，他脸色未变，淡淡道："他叫胡尊，没你想的那么复杂，我们只是互相不对盘而已。"

"可我觉得他人还不错，有礼貌长得又帅，还斯文绅士。"郑灵犀夸起人来滔滔不绝。

邵天冬脸都黑了，他止住她说不完的话头："这个人在学院里的名气很大，你只要随便问问就能知道，但你最好不要接近他，这是我的忠告。"

邵天冬很少有这么严肃的模样，郑灵犀没了开玩笑的心思，草草应付："知道了知道了……小孩子家家这么开不起玩笑。"

站在一边的邵天冬瞥了她一眼："我的独占欲很强，眼里容不得沙子。"

怎么突然感觉毛毛的？郑灵犀摸了摸胳膊，也没有搭理他，三步并作两步冲进了宿舍楼。

被留在身后的邵天冬没有立刻走，他站在树下吹了会儿风，直到有来往的女生对他行注目礼了，才转身离开。

越来越多的人看到她了，他们会发现她的美丽、聪慧与善良。这是好事，但为什么此刻他的心里那么不舒服。

"我真是疯了。"邵天冬被脑海里一瞬间出现的念头震惊了。

回到宿舍以后，三个舍友都在，郑灵犀自己找到一把空凳子坐下，发了会儿呆开口："你们知道羽尊这个人吗？"

"知道啊，百人斩嘛。"齐心一边吃辣条一边随口道。

郑灵犀："百人斩？"

"就是万人迷、花心大萝卜。"周可欣补充，她瞅了瞅郑灵犀，"灵犀姐，你不会是看上他了吧？"

后者愣了下："没有没有，我就是今天遇见他了，觉得人还不错啊。"

"确实不错，又高又帅，成绩好家境也好，出手还大方。"周可欣掰着手指头，"这样好的人争着抢着倒贴的女生简直不要太多，可胡学长偏偏来者不拒，别人表白从来没有拒绝过。"

齐心补充："就是因为他不拒绝，你根本没法想象他到底有过多少个女朋友，听学姐们说，加起来可以组成一个军训方阵。"

郑灵犀被这个比喻惊得说不出话，她嘀咕了两句："真是知人知面不知心啊，就是不知道他跟邵天冬有什么恩怨。"

不会是抢了他女朋友之类的事吧？

女人的想象力是无穷的，短短一会儿工夫，郑灵犀已经脑补出了一场家庭伦理多角恋大剧，邵天冬那小别扭的样子也可以理解成嫉妒了。

她兀自瞎想，这胡尊瞧着人模狗样的，怎么专干抢别人女朋友的事啊，她要是邵天冬这口气也咽不下去。

想着想着，她就睡不着了。

突然，手机铃声一响，一条信息进来。

"别靠近胡尊。"

看到这条短信的时候，犹如一阵劲风吹散满面春花，郑灵犀"嘁"了一声，腿一钩翻身夹住被子，像条长虫一样滚了半圈。

这小子管得也太宽了。

Chapter 05
少年身上的味道

孙荣和吴龙觉得邵天冬最近有点不对劲，球场不去，推 boss 打游戏也不去了，每天下了课就跟人间蒸发似的，他们怀疑他是暗地里有了不正常业务。

两人刚从篮球场回来，孙荣抹了把脸上的汗，仰头叹了口气。吴龙瞅他："怎么了大荣哥，一副萎靡不振的样子？"

孙荣扁着嘴："苏青昨天来宿舍楼下找我，搞得我兴奋得连洗了三次冷水澡，结果倒好，人家是为了天冬来的。"

吴龙拍拍他的肩膀："你不也早知道苏女神暗恋天冬，长痛不如短痛。"

孙荣一副欲哭无泪的表情："你是不知道，她来问我和天冬在一起的女孩，他俩是什么关系，这我能咋说啊。我说是吧，估计苏青得去找她麻烦，可那灵犀小姐姐一拳就能把我放倒；我要说不是呢，天冬会不会宰了我？"

　　吴龙愣了愣："想不到你小子心还挺细……"

　　"所以呀，我就随便安慰苏青了两句，可我这心真是拔凉拔凉的。"孙荣垂着肩膀，忽然想起了什么，"要不，咱们让天冬去开导开导她？"

　　"开导到啥程度？"吴龙问。

　　"最好转头直接就爱上我。"

　　"去你的吧。"

　　孙荣越想越憋屈，一拍大腿："走！我们去找天冬讨个说法！"

　　此时，被他们臆想的主人公正坐在教室里给某人补习。

　　他们没有去人多口杂的图书馆，也没有再回他们班的自习室，邵天冬和学生会借来了钥匙，专门开了一间小教室，在不上课的时候用。

　　因为只有他们两人，也不用搞特殊了，郑灵犀坐在靠过道的位置，邵天冬就坐在她旁边。一开始她还能专心地盯着课本看，渐渐地，就开始走神，视线飘移到旁边的人身上，偷偷打量。

　　邵天冬正在垂眸看一本关于计算机编程的书，右手捏了一支黑水笔，腕上戴了款运动手表，显得骨骼格外精致漂亮。

　　郑灵犀偷偷瞥了他几眼。

　　邵天冬正经起来的时候真的像个好男人似的。

　　虽然知道胡尊是什么样的人，但她一点也不害怕。相反，她始终对邵天冬怀有别样的想法，说是警惕吧，好像是有一点，见着他就格外紧张，那种奇怪的感觉是任何一个男生都无法给她的。

　　"发什么呆，这题做不出来罚你不许吃中饭。"

　　郑灵犀那点心思飞到天边去了，她在心里狠狠抽了自己一大嘴巴，低头盯紧了课本。

　　"刚才在看什么呢？"邵天冬歪头看她，嘴角带着丝笑意。

　　郑灵犀头也不抬："看你脸上停了一只蚊子。"

"哦——"他拉长声音，"想看我就直说嘛，我不小气。"

"看你个脑壳！"

事实证明，郑灵犀天生就和高智商群体不和，几道数学习题讲得她犹如在油锅里煎熬，偏偏邵天冬在这方面铁面无私，不懂？那就接着讲。

最终，郑灵犀在一堆考卷里挣扎求生，累得像长征回来的小兵，面如菜色。

他们不知道的是，教室门外孙荣和吴龙在听墙脚，嘴巴张得能吞下鸡蛋。

"是我瞎了还是天冬疯了，女的、活的、会动？"吴龙揉了揉眼睛。

孙荣一把捂住他的嘴拖到一边："嘘，你小声点。"

"真没想到，天冬和灵犀小姐姐竟然已经有一腿了，这下苏青可以彻底死心了，真好。"孙荣舒口气道。

吴龙翻白眼："你的庆幸可不可以不要这么明显？"

"不，我是真心为他俩高兴。你想啊，灵犀小姐姐身手那么好，平时他们两人待得无聊了还可以练练左勾拳右勾拳。"

"你这想法很有前瞻性啊。"

郑灵犀在教室里埋头啃数学题，对外面发生了什么一概不知，后来邵天冬接了一个电话，大约是对方想叫他出去做什么事情，他拒绝了，然后那人就不断地打过来，邵天冬不胜其烦，直接把手机给关机了。

郑灵犀看了眼："你有事可以先走啊。"

"没什么要紧事，兼职而已。"他淡淡道。

她忽然想起了什么："之前你来我们公司，也是兼职吧？"

邵天冬眼睛一亮："没错。"

郑灵犀点点头："那你电脑修得很好哦，那么多人排队找你修。"

"……"他哑然失笑。

郑灵犀看他的模样，大概也是从小养尊处优的小孩，他身上的衣服鞋子没有一个价值泛泛的。

"难道你家里人不给你生活费吗，要这么辛苦自己出来修电脑赚钱？"

邵天冬脸上笑意敛了几分，细长的凤眼眯着："是啊姐姐，我饭都吃不起了，不如你养我吧？"

他话语里的戏弄让郑灵犀瞬间红了脸，她别过头倔强道："那就算我请客，今天中午请你吃饭，报答你培训之恩。"

邵天冬趴在桌上，脑袋枕着自己的胳膊，笑得那叫一个颠倒众生："谢谢姐姐。"

郑灵犀没说话，不得不说，她此刻心情很复杂，她竟然有了一丝被勾引的错觉。

"这都叫什么事啊……"

"这不就是小狼犬嘛！"赵成一拍大腿大吼一声，"十三幺！和了！"

张敦敦正在舔棒棒糖，闻言瞪他一眼："小点声，打扰我看韩剧欧巴了。"

郑灵犀坐在他俩中间扫雷，他们一人一台电脑，在网吧一堆乌烟瘴气打游戏的小鲜肉里独树一帜。

"小狼犬？什么小狼犬？"郑灵犀没听懂，"我是说邵天冬这个人我是真拿他没辙，现在的小孩都这样吗？"

赵成麻将和了把大的心满意足，一副过来人的模样看她："时代不一样了，孩子早熟，他这样的男孩子啊就叫'小狼犬'。虽然年纪小，但是气场大、不好惹。"

张敦敦举手："就是年轻版的霸道总裁，不过他也不小了，法定结婚年龄已经过了吧？"

郑灵犀苦着脸叹了口气。看她这个模样，张敦敦想起来了什么："对了，邵天冬这人有背景，你不是说他是练家子吗，小卢说他家双亲貌似是刑警，祖上还是开武馆的，出了不少厉害人物。"

郑灵犀想到他的身手，点头："确实像是从小训练出来的。"

"不过据说他寒暑假从来不回家，貌似是和家里人关系不好。"张敦敦摆摆手，"现在越有能力的小孩越叛逆，这就是个教育失败的典型案例了。"

郑灵犀仰头 45° 思考了一会儿："他不能是把我当成妈妈的角色了吧？"

另外两人沉默了。

赵成突然爆笑起来，猛拍电脑桌："哈哈哈！就你？身高一米五八长得跟未成年似的，当女儿还差不多吧，哈哈哈，还当妈妈？"

"……"郑灵犀面无表情地捏了捏拳头。

玩了几局扫雷，网吧里打游戏的少年始终还是那拨，只不过从吆喝着"团战团战"变成了"吃鸡吃鸡"，她看着电脑屏幕上的黑白格，颇有点被时代抛在身后的苍凉感。

"不打了，我要去操场锻炼了，你们来不？"赵成关了电脑站起来，他随身还带着几件器材，外套一脱露出里面结实的身躯。

郑灵犀挑眉："可以啊成哥，够努力的，秦总知道了肯定表扬你。"

赵成摆摆手："不是啊，下周要举行校运动会了你不知道啊，我是在为比赛做准备呢。"

郑灵犀天天和邵天冬泡在一起感受数学的芬芳，怎么会知道这些事。

"你们都报项目了？"她问。

"是啊，我报了铅球、铁饼、障碍跑、1500 米。"赵成回答。

郑灵犀又看向张敦敦，后者眨眨眼："我是跳远、三级跳、3000 米和标枪。"

你俩可真是物尽其用啊……

张敦敦看她懒洋洋的那个样子："班长说项目没报完，灵犀你做好准备，估计明天就该来找你了。"

"我？我忙着补数学重考呢，哪有时间参加比赛啊。"她如是说道。

他们说校运动会要召开了，其实郑灵犀还是很期待的，因为这两天时间所有的科目都暂停授课，邵天冬似乎也要参赛，所以她的私人补课也暂停了。

郑灵犀终于能当个自由人了。因此后来不管班长使出苦肉计也好美男计劝说也罢，郑灵犀始终坚持不报项目，这样一直到运动会召开的那天，晴空万里，天气很好。

观赛席是分片的，郑灵犀和他们班的同学们在一起，举着傻到家的"四班四班，天下独尊"的横幅坐在看台上。

"上午有项目的同学一定要冷静冷静再冷静！不要喝水了，免得跑一半想上厕所！"体委站在台阶上声嘶力竭地吼，"给我拿出身后有导员在追的气势来啊！"

"那边摇沙锤的用点劲！喊加油的张大嘴！举横幅的——"体委视线与郑灵犀相接，莫名尿了，"举横幅的继续保持就好……"

随着一声声发令枪响，操场上开始出现一个个拔足狂奔的年轻身影，带起飓风一样蒸腾的热力，潜移默化中将所有人的热血都调动起来。

突然，有人从操场跑过来，神色惊慌。

"不好了，周可欣跑800米的时候摔倒了！"

体委和班长还没开口，郑灵犀抢先一步从看台一跃而下，以惊人的速度冲过操场来到休息区。

周可欣坐在地上，小脸还带着汗水，嘴唇泛白，看样子这800米跑得挺辛苦。她膝盖处有块不小的擦伤，冒着血珠。

"怎么样？"郑灵犀赶到她身边，"你怎么这么不小心？"

周可欣可怜巴巴地看着她："不小心踩到了地上的小石头，其实也不是很痛啦。"

这时候体委赶到了，他让两个女生送周可欣去医务室消毒："你就好好休息吧，其他的项目不要参加了。"

"可下午的 400 米，不是一直没人报名吗，我不去就该弃权了。"周可欣答道，一边可怜巴巴地看着郑灵犀。

后者白了她一眼："就你这身体还想跑呢，我代你吧。"

"谢谢灵犀，你最好了！"

"这是号码布，我现在去跟老师说换人。"

"你有跑鞋吗？"

体委一转身就去准备了，郑灵犀看他们熟练的那个样子，怎么感觉自己被坑了呢。

郑灵犀没想到舍友会意外受伤，而顶替她去参加女子 400 米的会是自己，真是造化弄人啊。

郑灵犀换了身运动服，两手叉腰站在看台下感慨人生的时候，脑袋上方传来体委声嘶力竭的叫喊声："400 米马上要检录啦！郑灵犀同学呢？郑——"

"别号了，我在这儿呢。"她从下面探头出来，比了个手势，"我已经准备好了。"

作为班级 A 级替补队员，在全班同学的热烈注目下，体委亲自护送她前去检录。

"郑同学我知道你身手好，我就想稍微了解一下，咱们大概能跑多快啊？"体委搓着手小心翼翼地问，"真的，我们班没有名次要求，参与就好参与就好，当然要是能拿个奖……"

郑灵犀认真想了想："一般吧，我不太擅长 400 米，我们平时训练都是中长跑。"

"噢……这样啊。"体委完全掩饰不住自己的失望，一副丢了三魂七魄的表情。然而郑灵犀没说的是，她口中的一般和正常人的标准可不一样。

检录的地方在操场一角靠近主席台的位置，熙熙攘攘站了一大堆运动员，远远望去一溜光裸的大长腿，画面感爆棚。

体委主动帮郑灵犀点了名，千叮咛万嘱咐后匆匆赶往起跑线去准备了。郑灵犀百无聊赖地站在一群小姑娘堆里，看她们一个比一个纤细的胳膊腿儿，黄莺一样交头接耳。

"小姐姐！"

忽然听到有人在招呼她，郑灵犀看过去，见邵天冬和孙荣两人站在一起，孙荣正猴子一样上蹿下跳地挥手，他们都穿着运动服，胸前别着号码布。

"你们也参加项目了？"她走过去。

在背后一堆少女的热切目光下，孙荣手臂搭在邵天冬的肩上，笑嘻嘻地回答："小姐姐你也太小看我们了，冬哥不光是 IT 大神，也是我们学院的体育担当。"

邵天冬甩开他的胳膊，目光落在郑灵犀的号码布上："你不是说要专心学习吗，难道题目都会做了？"

郑灵犀被说到痛处，默默别过头，脸不红心不跳道："老师都说了要劳逸结合，身心全方面健康发展……"

她仿佛天生带着轻松洒脱的气场，邵天冬莫名心头一动，笑着开口道："你要是能拿奖，我就给你一个奖励，随便你想要什么。"

郑灵犀还未说话，旁边的孙荣疯了："冬哥你说真的？你那把罗技的机械键盘我想要很久了……"

邵天冬一巴掌将孙荣的脸拍到一边，后者就跟橡皮膏一样抱着他不肯松手。

话虽如此，但郑灵犀对邵天冬给的劳什子的奖励半点兴趣都没有，她随便摆摆手："我先去比赛了啊，回聊。"

　　她玲珑的身影走远，邵天冬一直盯着看了好久，孙荣在旁边观察他的神色，试探性地问："冬哥，原来你喜欢灵犀小姐姐这种娇小可爱类型的啊？我一直以为你喜欢苏青那样丰满的御姐女神。"

　　邵天冬收回视线，瞥他一眼："B 和 D 不就是多一横的区别吗？"

　　孙荣傻了，他消化邵天冬这句话的时候，大一女子组 400 米预赛已经开始了。

　　也不知道是不是比赛的紧张感瞬间冲走了刚才与邵天冬闲言的那一丝丝异样，郑灵犀把自己全部的注意力都集中在赛道上。女子组 400 米有预赛和决赛两场，她被分在第二组。原本以为大学的运动会没什么意义，但听到发令枪响起的一刻，她浑身奔腾狂野的血液已经在蠢蠢欲动。

　　去他的高等数学，她就喜欢来武的啊！

　　第一组结束后，裁判站在起跑线挥舞小旗帜，郑灵犀跟着其他人一起朝那边走去，她被分在第一道，这个位置有利有弊。最内道起始位置是最靠后的，但可以在弯道奋起直追。

　　裁判把全部八个女生一个接一个带到起跑点站好，郑灵犀因为站在最后，看前面那些选手一个个搓手搓脚，有的还不停发抖，她活动了下脚踝移开目光。

　　不知道为什么，别人一副非常紧张的表情，而她是真的什么感觉也没有，她发觉自己还有闲情逸致观察观众席里观众的各种表情。

　　很快，她发现苏青也在里面。苏青穿了一条很大裙摆的连衣裙，抱臂站在人群里没什么表情，瞧见她了，瞥过来一个冷冰冰的笑。

　　她可没空搭理苏青。

　　很快所有人都准备好了，体委站在评委席旁边扯着嗓门大喊："加油啊郑同学！"

他旁边的裁判斜眼瞪他。

枪响的一刻，所有人像离弦的箭一样飞了出去。身处最外道的学生因为看不见身后的情况，一开始就只能铆足了劲拼命跑，其他人在内道咬了牙使劲追，很快耳边除了飒飒的风声就只剩下粗重的喘气声。

400米是体育径赛中公认的最难练的项目，介于短跑和中长跑之间，是对运动员身体素质要求最苛刻的一个项目。特别是最后的100米冲刺跑，是人体运动器官和内脏器官在大量缺氧的条件下完成最大强度的工作，属于极限强度运动。

过第一个弯道的时候，第四道的选手暂居第一位，将其他人远远甩在了后面，女生的体能还是不行，这个差距逐渐越拉越大，这时候这位选手几乎已经看到胜利在朝自己招手了。

然后，她就突然听到有个人的脚步声渐渐逼近，仿佛魔鬼的步伐。

郑灵犀匀速赶了上来，在超过第四道选手时还有闲情逸致地挥了挥手，那人心头梗了口老血，铆足了劲还想追，但郑灵犀陡然发力，以极夸张的耐力瞬间提速，像风一样朝终点奔去，这个时候后面的人想要反超，除非装个涡轮发动机。

最后，郑灵犀毫无悬念最先撞破终点线，拿到了预赛小组第一名的成绩。

终点处人群熙熙攘攘，体委像疯了一样嘶吼、热泪盈眶，看台上本班的同学也都爆发出一阵阵欢呼。郑灵犀擦了擦脑门上的汗朝他们摆了摆手，她没好意思说自己其实还有体力保留。

其余的几道选手大多数瘫在地上失去行动能力，郑灵犀拒绝了要扶她的同学，自己拎了瓶水走了，路过零散的群众，看到苏青站在赛道一边，风吹起她宽大华丽的裙摆，跟朵盛开的牡丹似的十分扎眼。

可是这么漂亮的女生，偏偏一脸穷凶极恶，眉头紧皱死死瞪着她，如果目光有实质，就像是要把她看穿个洞来似的。

郑灵犀这辈子不知道"示弱"这两个字怎么写，她一抬头就瞪了回去，大有一言不合就干架的趋势。

正好这时候大一男子组 1500 米决赛开始了，有赵成参加，因此郑灵犀头也不回地跟着几个同学一起往看台走去，留身后的苏青独自咬牙切齿。

长跑因为考虑到体力的特殊性，只进行一次决赛，两边后援和加油的学生格外多，郑灵犀独自坐在观众席，远远望着站在起跑线人群中的赵成。

发令枪响后，一堆人挤挤攘攘地出发，跑了不过半圈，赵成就冲到了第一。他的体格和大一男生们差距太大了，远远望去就像是一只老母鸡带着一群小鸡崽似的。而且他曾经跟郑灵犀吹牛皮，只要有他的比赛，他称第二没人敢说自己是第一，所以郑灵犀一点也不担心。

1500 米决赛结束，赵成毫无悬念拿到了冠军。接连两个项目超常发挥，让他们班学生的信心爆棚，有了种翻身农奴把歌唱的错觉。

"接下来是 4×100 米接力赛，咱们要努力拿冠军！"体委呐喊着。

"好！看我们一举把其他学院都给打垮！"

参赛的四个男生应和着。

男子接力和女子接力他们雷盾保镖部三人都没参加，而且很不凑巧的是第一轮预赛就遇到了体育学院。

四人大汗淋漓、龇牙咧嘴地跑完，成绩 58 秒 45，而隔壁队伍成绩 54 秒 22……就算在半路停下来等他们一会儿也依然追不上。

郑灵犀捂了脸不忍再看，她刚才出了汗，身上衣服被风一吹就干透了，凉飕飕地贴在皮肤上，她差了搓胳膊打算去买瓶水喝，忽然旁边坐过来一个人。

"不冷吗？"一件衣服迎头罩下，带来陌生的成年男性的气息。

郑灵犀呆滞了下，转头就见一张温文尔雅的脸，竟然是那个胡尊，而尴尬的是她刚才差点脱口而出百人斩。

"你怎么在这里？"郑灵犀转了话题，让自己不再盯着他那张招蜂引蝶的脸看。而胡尊把外套披在她身上了，自己只穿了件白衬衣，整个人气质显得格外干净。

"我刚从主席台过来，看到你自己坐在这儿，没有不舒服吧？"胡尊笑眯眯的。

郑灵犀最不擅长对付这种类型了，她把外套扯下来递回去："我没事，你还是穿上衣服吧，让别人看到误会就不好了。"

胡尊从善如流接过，倒也没推辞："谁会误会？我没有女朋友，难道是你有男朋友？"

他这话说得太自然，郑灵犀想都没想就开口："我没有男朋友啊。"话说出口才发现自己被绕进去了，她有点不大高兴，果然别人说他是百人斩一点没错。

"你先担心自己吧，那些爱慕你的女孩子见了怕是要误会的。"

胡尊见她这么说，非但没有尴尬，反而还哈哈大笑起来，搞得郑灵犀有点蒙，她还以为自己说了什么搞笑段子。她问："你笑什么？"

"抱歉，我只是觉得你很直率。"胡尊换了个姿势，一双长腿好像没地方搁，整个人很委屈地坐在那里，"别人觉得我女生缘好，但从来不会当面说出来。"

郑灵犀看了他一眼，见他面色平静，像是完全不觉得这个话题很尴尬似的，然而要让他失望了，郑灵犀也绝不是个害怕尴尬的人。

"那别人说的，你有一个连队的女朋友，是真的喽？"

见她一副求知欲旺盛的模样，胡尊终于没忍住又笑出了声。

春风和煦，胡尊转过来表情专注地看着她，他背后就是蓝天白云，这带来了一种迷惑人的视觉效果。

"其实，我没有女朋友。"他盯着郑灵犀的眼睛淡淡开口。

后者沉默了半晌："你当这鬼话我信？"

胡尊又笑起来，他的目光掠过她汗湿的脸颊、饱满的嘴唇，最后落在那双熠熠生辉的眼眸上："女孩子就像鲜花，我做不到对这种美丽的生物粗暴对待，如果她对我有好感，那我就给予相对的温柔，不让女孩子伤心哭泣不是男生该做的吗？"

上苍在上，郑灵犀觉得自己被洗脑了。如果邵天冬是冬日的暖阳，胡尊就像夏日潺潺的流水，他们两个坐在看台上聊了很久，久到赵成和张敦敦的比赛都结束了她都不知道。

"400米决赛一会儿开始，结束以后我请你吃饭吧，让你对我改观。"胡尊忽然说，"带上你的两个朋友，他们喜欢吃什么，海鲜？"

郑灵犀本来想拒绝的，顺着他的话头想到赵成两人，顺嘴开口："他们爱吃烧烤……"

"那我们六点在校门口见。"

她尚没有回复，一个人影突然挡住了阳光，一抬头，对上邵天冬阴沉的表情。他的声音和平日里一样低沉缓和："胡尊，你找死呢？"

仿佛暴雨来临前的雷声。

胡尊笑了笑，看似很无辜的模样摊开双手："天冬，你是不是又误会什么了？"

邵天冬微微侧头，脸黑得随时要暴走："滚。"

在他面前，郑灵犀一点气焰都没有了。她眼见胡尊从善如流地站起身，朝她露出一个可惜的表情，然后十分潇洒地走下了看台，一路收获注目礼无数。

而邵天冬一言不发，转身坐在她旁边的空位置上，两腿自然分开，手肘靠在腿上，浑身都弥漫了强势的怒意。他应该是刚从比赛场上下来，身上还带着热力蒸腾的汗意，这让他整个人都极具侵略性。

郑灵犀抱着自己的水瓶，酝酿了半天才开口："你又生的哪门子气啊？"

邵天冬乜斜她一眼，她马上就装死了。她挠了挠手腕："我们就随便聊了几句而已。"

邵天冬都要被她气笑了，他冷哼一声："随便聊聊？我之前是说过让你不要靠近他吧，看来你是完全没有把我的话听进去。"

郑灵犀"啧"了一声："你当我是小孩吗，我这是正常的人际交往！"

邵天冬直接转过身来面对她，目光咄咄逼人："你就这么爱跟我对着干？"

郑灵犀想也没想直接就怼了回去："你是我的什么人啊！"

沉默的尴尬弥漫在二人之间，邵天冬垂了头，他伸手胡乱揉了一把自己汗湿的头发，一言不发。

郑灵犀话说出口才有点后悔，她瞥了他一眼，他只穿了件运动员的队服，是类似背心的款式，领口和袖口开得特别大，一眼就能看到少年人肌肉紧实的手臂，和冒着汗的细腻身躯，她瞬间别过头不敢再看了。

她刚才凉下来的身体又有点热了，大概是旁边那个人挨得太近，让她整个人都处在紧张气氛内，心跳得越来越快，比刚才比赛时还紧张。

两人相对无言的时候，体委从下方走过来，喊着："郑同学，快去准备一下吧，一会儿决赛就要开始了！"

她慌忙应了一声，从座位上站起身来就想下去，却被身边的人抓住了手臂。

邵天冬就坐在她左边，右手牢牢握着她的胳膊。男孩的力气很大，郑灵犀挣了两下没挣开，感觉被他握住的那片皮肤冒着难以描述的热气。

大概是他的表情太恐怖，郑灵犀只好示弱："好了，你别气了，我们真没什么，话说你刚才是去比赛了吗，第几名？"

邵天冬臭着脸："你连我有没有比赛都不知道，还聊什么。"

郑灵犀无话可说，现在的小男孩太难哄了。

邵天冬看她一眼，松了手："去比赛吧，晚上我请你吃饭，叫上你那两个同事和舍友。"

郑灵犀对他突如其来的示好摸不着头脑，但她不傻，立马拍着胸脯答应了，走了两步忽然被他叫住。

"加油。"一身运动装的少年站在阳光下，目光沉静如水。邵天冬旁边有不少女生在看他，但他眼里只有她一人。

郑灵犀愣了下，比了个"OK"的手势。

400米决赛是一枪定胜负，一共分了三个组，根据最终成绩来排名。郑灵犀依然被分在第二组，她站在人堆里等待检录的时候，旁边一个小姑娘凑过来说话："同学，你是邵学长的朋友吗？"小姑娘眼睛亮晶晶的，透着光明正大的八卦。

郑灵犀愣了下："算是吧。"

小姑娘更紧张了："那你也是胡学长的朋友？"

想到邵天冬的反应，郑灵犀挠了挠头："不算吧，刚认识……"

小姑娘还是一脸羡慕："同学你真幸运，邵学长从来不和女生说话的，我们想递情书都递不出去，更别提加微信了。"

这小姑娘显然还想再套套近乎，但很快裁判就让她们去排队了，郑灵犀跟着人群走，脑子里被刚才的对话扰乱，本来就不太聪明的神经变成一团乱麻。她站到起跑线，凭着潜意识做准备工作，听到一声枪响后，下意识就飞速冲了出去。

等到冷风呼呼从耳边掠过，她的大脑才回归冷静。

邵天冬跟她有什么关系？还能有什么关系，一个比她小五岁的小孩而已！

郑灵犀想通了，浑身上下都舒畅起来，她全力冲刺，像踩着风一样，很快将其他几道的人都摔在了身后，转过第二个弯道时，站在跑道两边加油鼓劲的人越来越多，眼看就要到终点线了，忽然从人堆里冲出一个身形跟跄的人，一骨碌就站到了跑道中间。

郑灵犀是第二道，因为速度太快刹不住车，她猛地一个转身躲避，险险擦肩而过，很清楚地听到脚踝传来一声"咯嘣"。

郑灵犀皱了眉头一声没吭，她迅速恢复好平衡，全力朝着终点线冲去，最终在学生们的欢呼声中成功撞线。她还是第一名，但是成绩比预计的慢了一些。

"太棒了郑同学！你是我们班的大功臣啊，累不累渴不渴？"体委热泪盈眶想要过来拥抱，被她一掌推开。

"那个，我问你个事。"郑灵犀慢吞吞地走到跑道边，低声道，"你有云南白药吗？"

体委没反应过来，眨巴了下眼睛："你要这个干什么？"

郑灵犀敷衍着："没什么，就随口问问……"

刚才在冲刺最后一段时为了躲避那个突然出现的人，她大半力道都卸在左脚上，导致脚踝扭伤，咬牙冲到终点时没觉得，现在冷静下来只感到脚踝一阵阵刺痛。

体委还没回答，下一秒，一双炽热的大手抓过来，直接绕过郑灵犀的膝盖把她一把拦腰抱了起来。

郑灵犀惊慌间抬头，就看到邵天冬近在咫尺的脖颈，他喉结锋利，下颌形状完美。他身上有股淡淡的甜味，靠得那么近了，她闻得一清二楚。他刚才一定喝苏打水了，郑灵犀瞎想。

"自己脚崴了都不知道，你是铁人吗？"邵天冬没好气，直接抱着她越过呆滞的体委，往操场外走，两边还聚着没散的围观群众直接看呆了。

郑灵犀反应过来，有点羞赧地推他的胳膊："我可以自己走，你把我放下来。"

感受到她的反抗，邵天冬低头瞥她："这里离医务室很远，你打算爬过去还是跳过去？"

郑灵犀抿了抿嘴没说话，他手臂用力把她往上搂了搂，低声道："老实点，别动了。"

感受到两边人群围观的眼神，郑灵犀的脸热起来，她抬头环住他的脖子，干脆把脸埋在他颈窝也不抬头了。

大概是脚踝太疼了，她整个人蔫巴巴的，邵天冬感觉到了，快步穿过人群往外走去，忽略了所有人的目光。

他们中途被老师拦住问了两句话，邵天冬教师缘很好，所以直接得批二人不用参加接下来的活动了。

郑灵犀闻着少年身上的味道，大概是日头太大了有点昏昏欲睡，直到被放在医务室的床上时才反应过来。

小小一间屋子，一张床上铺着白床单，窗帘透进来淡淡的阳光。屋里没人，只有邵天冬抱臂站在床头看着她，目光复杂。

"干吗这么看着我？"郑灵犀心里有点毛毛的。她理了理耳边散落的头发，想要爬下床来，但是一动，脚踝钻心地疼。

邵天冬叹了口气，蹲在她面前，一手抓着她的小腿，一手握着她的鞋子，动作十分小心地把她的运动鞋脱了下来。

郑灵犀感觉十分别扭，她想把腿收回来却动不了。

邵天冬瞪她一眼："别动，我去叫医生来帮你处理。"

郑灵犀只好不动弹了，她等他出去的时候偷偷闻了闻自己的脚，还好不臭。

医务室的医生给开了活血止痛片，在患处喷上了云南白药气雾剂，后又贴上了膏药，千叮咛万嘱咐不能下地，注意饮食清淡。郑灵犀工作以来受伤很多次了，但还是头一回因为扭伤搞这么大阵仗。

医生出去以后只剩邵天冬在了，他给她倒了一杯水放在床头，抬眼问："还疼？"

郑灵犀摇摇头。

他又接着教育："你很厉害啊，都扭伤了还坚持跑完全程，不知道什么叫二次伤害吗？多大的人了，还跟个小孩一样，出现问题谁负责？"

郑灵犀被说得脸又热起来，倔强道："我真没事，不就是崴个脚吗，以前出任务时我还受过更严重的伤呢，骨头都要断了！"但是对上他黑漆漆的眼神，她果断选择了闭嘴，一边嘟囔着，"明明比我还小，怎么跟个小老头似的。"

邵天冬被气笑了："我心理年龄比你大一百岁。"他站起来，把自己的外套披在她身上，"以后我不在的时候记得保护好自己，再让我抓到，罚你做一晚上数学题。"

他的语气很奇怪，有说不出的亲昵，郑灵犀心跳漏了两拍，低下头没搭腔。

两人就在医务室休息了一个多小时，日头稍弱的时候，郑灵犀的肚子率先抗议了。

她试探性地问："我们还吃烧烤吗？"

邵天冬被她逗笑了："还想吃，你能走得动吗？"

郑灵犀皱眉头："我是脚崴了又不是嘴崴了，爬都爬过去了。"然而低头看了眼肿得跟馒头似的脚踝，她又怂了，"那要不还是算了吧……"

邵天冬一脸宠溺地笑了："想吃什么，我给你去买。"

"太麻烦了吧，"郑灵犀假惺惺道，她其实还是有点馋，抠了抠手指，"随便带点好了，我好养活。"

"知道你好养活。"他若有似无地答应，当初是谁说馒头就咸菜都能解决的。

Chapter 06

我就是喜欢她

You're so sweet

邵天冬在食堂打包了几份清淡的菜，想到郑灵犀的伤势，又专门外带了一碗骨头汤，大包小包苛到医务室。

他坐在床头看她狼吞虎咽，兑道："医生说至少两周不能活动，而且忌食辛辣，每天都要换外敷，你记住了？"

郑灵犀嘴里塞满了白饭，瞪大了眼："哈？唔能火动（不能活动）？"

邵天冬瞧了她一眼，她拍着胸口狠狠把饭咽下去了，急切道："我真的没事！你难道让我两周都待在宿舍不出来吗，我的补考怎么办呢？"

邵天冬没想到她还惦记着考试，乐了："放心吧，我会给你补课的。"

得到承诺的郑灵犀看着少年离去的背影，默默塞下一大口饭。

这会儿已经是傍晚了，运动场上所有的项目都结束了，只剩下零零散散收拾垃圾的学生。

邵天冬独自来到观众席，走向外国语学院的位置，几个女生看到他了，你推我搡地窃窃私语。

"苏青苏青，邵天冬来找你了！"有个女生喊了一句。

正坐在位置上发呆的苏青一愣，猛地站了起来，就看到邵天冬比了个手势，自己转身离开了。

苏青咬牙跟上。走了大概几十米远，两人到了主席台后面的空地，此时晚霞醉人，漫天都是橙色云彩，少年人背着光的模样俊俏极了，可苏青却惨白着脸，两只手绞着衣摆，唇色暗淡。

苏青一直是校花级人物，外国语学院几乎无人不知她喜欢计算机学院的院草邵天冬，可奈何落花有意流水无情，邵天冬很注意和异性的距离，所以两人一直没传出什么绯闻。直到上次社团大典，半路杀出个郑灵犀，苏青才知道，原来邵天冬也有对他来说特别的人。

"是你干的吧？"邵天冬语气平淡地问，丝毫不顾及女孩的面子。

苏青僵着脸笑了下："干什么？我怎么听不懂。"

邵天冬点点头，面无表情道："那我就再问一遍，女子400米决赛的时候，那个人是你推出来的吧。"

他语气笃定，虽然声音平静不带有情绪，但苏青就是听出了羞辱的意味，她的脸瞬间就滚烫滚烫，她从来不曾想到，两人单独相处的机会竟然是因为这种原因。

"我说了我不知道！"她尖声喊着，用更大的音量掩饰自己的紧张。

邵天冬两手插在裤兜里，居高临下淡淡地看着她，他本来想讲道理的，奈何对方的反应让他忍不了了："你的态度告诉我，就是你做的。"他上前了一步，神情几乎是冷漠，"你为什么要这么做，你知道这样会让她受伤吗？"

苏青仰面看他，脸上泪水唰一下就流下来了："是、是我做的。可我没觉得自己做错了，我有什么错，我只是因为喜欢你啊！可凭什么她就是特别的？我喜欢了你一年啊，她又来了多久？她受伤了你心疼吧，那你知不知道我的心也很疼！"

邵天冬怀疑这女人的脑子有病，他不想再说下去了。他侧过头，略显暴躁地呼出一口气，盯着苏青的眼睛："你去给她道歉。"

后者满脸是泪，直接被气笑了："凭什么是我去道歉，她配吗？她到底是哪里好让你这么着迷，成绩又差人又粗鲁，还成天和男人混在一块，这样的女人你根本不应该看一眼！"

苏青哭闹得声嘶力竭，这时候运动场上学生们已经走得差不多了，操场上温度降下来，只剩空荡荡的寂静。

邵天冬想起来郑灵犀那块金牌还在他这儿，也不知道她有没有好好休息，他真是在浪费时间。

苏青哭了一会儿，渐渐变成小声抽泣，邵天冬厌烦地摆摆手："就这样吧，你也不用去道歉了。"他转身就走，看都不想看她一眼，"以后不要再出现在我面前。你如果再去为难她，我会让你知道什么叫代价。"

苏青的哭声停了。

回到操场门口的时候，孙荣、吴龙几人正在打闹，瞧见邵天冬了都迎过去："天冬你干什么去了，又接情书接到手软了？"

孙荣调笑着，但是邵天冬一反常态没有理睬他，而是问："郑灵犀呢，你送她回去了没？"

孙荣见他这么问，贼兮兮地笑着："这么担心小姐姐啊？放心吧，刚才我们几个充当护花使者，把人妥妥地送回宿舍了。"

"那就行。"邵天冬点点头，径直往外走去。

孙荣跟在他身边，一脸八卦："天冬，你这算是认定她了还是只是朋友啊，如果真是，那学校里那么多小姑娘可都要伤心死了。"

邵天冬一点也没想隐瞒："我就是喜欢她，那又怎么了？"

几人发出一声哄笑，孙荣勾肩搭背地调侃他："可以啊，咱们冬哥都有难过的美人关，你要是有主了，咱们哥几个以后终于可以不用代收情书了。"

　　几个男生嘻嘻笑着往宿舍楼走，一路上几乎所有人都在回头看他们，尤其是邵天冬，可他几乎是目不斜视。走到女生宿舍楼下时，他忽然听到有人喊他。

　　邵天冬马上抬头，正对上四楼阳台一人探出身子。郑灵犀趴在扶手上，她换了身白色连帽衫，好像对自己不能出门这件事表达不满，小脸写满了沮丧，看见他抬头了，伸出藕臂挥了挥。

　　"你那张卷子我写完了。"郑灵犀有气无力道。

　　邵天冬仰头看着，郑灵犀的长发顺着肩膀流淌下来，宛如一树槐花，他就这么盯着她看了好一会儿也不说话。

　　郑灵犀见底下站着的几个大男孩一个赛一个的傻，皱眉道："干吗，都失忆啦？"

　　邵天冬一笑，嘴角咧出一个好看的弧度："你等着，明天我帮你讲评。"

　　郑灵犀努了努嘴点点头。

　　这下震惊的不光是孙荣、吴龙一群人了，连带着整个女生宿舍楼都被邵天冬驻足的消息给惊动了，密密麻麻的女生出来趴在阳台上看他，场面十分可观。

　　当天晚上，贴吧里两人的绯闻帖子再次被顶到了首页飘红，当然，这一切郑灵犀是不知道的。

　　她脚崴了两周，在宿舍里待了两周，也不知道邵天冬是怎么给她请下假来的，他的舍友们每天变着法给她送饭，有时候还和齐心她们一起回来，那些笑嘻嘻的大男孩看见她了远远喊声"小嫂子"，搞得她一颗心七上八下，一腔郁闷无处可撒。

　　这天，郑灵犀跷着脚坐在凳子上看书，周可欣急急忙忙回来，"扑通"一声坐下，脸上还有些惊魂未定。郑灵犀坐直身体问道："怎么了这是？"

周可欣放下书包，一脸心有余悸的模样，酝酿半天才开口："我刚才好像差点……遇上猥亵狂魔了。"

"什么？"郑灵犀腾一下站起来，声音陡然拔尖，"你有事没有，在什么时候什么地方遇到的？"

周可欣连忙拉住她，小声道："你别急，我只是远远地看见一个人影，马上就避开了，没正面碰上。"

郑灵犀冷静下来，问道："到底是怎么回事？"

原来不知道什么时候起，学校里流传了一个关于猥亵狂魔的传说，经常会有独自出行的女生在傍晚天黑时分遇到一个男人，而且奇怪的是学校的监控从未拍到这个人，只是偶尔有勇敢的女生向老师报案，久而久之就成了一个可怕的传说。

"最近又有女生遇上这个猥亵狂了，昨天贴吧里传的，她衣服都被撕破了在草丛里被发现的……现在女生都不敢独自出门，每次上课都得和班里的男生一起走才放心。"周可欣拍拍胸口，"也不知道这人什么时候能被抓到。"

郑灵犀听完，这才想明白了为什么最近总能见到邵天冬的舍友在楼下晃荡。

"反正我脚也好了，明天开始上课你们都跟着我。我不怕猥亵狂魔，来一个我打一个，来一双我打一双，看看他到底是个什么玩意儿。"她撸了袖子义愤填膺道。

话一出口，没想到第二天她就遇上这事了。

院领导直接找了郑灵犀谈话，附带着其他几位老师，几人坐在小会议室里围着郑灵犀团团坐。她第一次见到这么大的领导，束手束脚不知道说什么。

"小郑啊，我们特意和秦总说过这件事了，因为你身份特殊，校方也觉得这种要求过分了，所以我们需要征求一下你的建议。"

You're
so sweet

院领导很隐晦地说了自己的想法，郑灵犀好半晌才听懂了，敢情是想让她参与校园猥亵狂魔案，当卧底抓人哪。

"您放心吧，我对自己的身手有信心。"她拍着胸脯承诺。

郑灵犀本就没有把这件事放在心上，作为雷盾公司保镖部部长，出入危险区域已经算是他们的家常便饭了，再加上一门心思想着保护舍友和学校的女生们，郑灵犀几乎想也没想就答应了，没想到有个人第一个持反对意见。

邵天冬在学院门口堵她，他强势地把她拉到后面的林荫道。

这个点大家都去食堂吃晚饭了，路上寥寥寂静，夜风中他双眸亮得惊人，看得郑灵犀头皮发麻。

"你跟我说你到底是怎么想的？"邵天冬压着声音，"领导让你去你就去，你是女超人吗，什么都要抢着干？"

郑灵犀别开脸避开他的目光："我不去，难道让大家继续担惊受怕吗？一天抓不到这个人，就有更多女生有危险。"

邵天冬冷笑一声："你是保护她们了，可谁来保护你？万一真出点什么事，我赶来救你都来不及！你大义凛然当老好人的时候能不能先想想自己！"

郑灵犀从未见他这么激动的样子，胸口莫名有点堵得慌，两人站在夜风簌簌中相对无言。

半晌，郑灵犀低头摸了摸胳膊："你，好冷血啊。"

邵天冬的身体似乎微微一顿，然而话说出口她就后悔了。

那天闹得不欢而散后，邵天冬再也没主动来找过她。郑灵犀梗着脖子等了几天，见他题目也不讲了，课也不补了，看样子是真的生气了。

郑灵犀率先认怂，她正想着要不要去道个歉服个软的时候，校方的指示下来了，今晚就下套引那猥亵狂。

"学校是半开放的，我猜会不会是旁边小区的工人摸黑进来的。"赵成说道。

张敦敦插嘴："问题就在于校方的监控竟然都拍不着，要说这人不清楚监控死角的位置我都不信。"

两人皆是黑衣短袖的打扮，露出胳膊上虬结的肌肉，他们手里提着个装满各种贴身搏斗器械的箱子，赵成还架了副墨镜，就像是刚从战场回来的铁血特工。

"行了，等抓到人就都明白了。"郑灵犀今天穿了一条连衣裙，粉红色小碎花的，裙摆堪堪到膝盖上方，衬得她整个人越发娇小玲珑。这身衣服还是向周可欣借的，为的就是迷惑敌人，虽然她这张脸已经很具有欺骗性了。

"可以听到吗？"张敦敦打开麦克风试了下。

郑灵犀比了个"OK"的手势，她耳朵里塞了微型对讲机，像个耳钉似的，不仔细看根本看不出来，是雷盾公司出品的高科技设备。

"真不带上这些？你今天可是没有支援的。"赵成指了指箱子里那些武器，军刺、指节匕首、袖口刀等等。

郑灵犀挑了一把指环匕首别在大腿上，随口道："就这个吧，万一我手重把人打死了就不好了。"

他们三个心态放松，校方和学生们却都心惊胆战，他们集合了所有受害女生的记录，挑选了猥亵狂魔出没最多的地方设陷，在各个角落都装上了雷盾公司的微型摄像头。

郑灵犀独自一人坐在杯荫道的长椅上，风吹起她飘逸的裙摆，露出一截雪腻似的长腿，纤细胳膊宛若白玉，捧着本书坐着不动的时候简直就像画里走出来的仙女姐姐。

结果猥亵狂魔没上钩，路过的男生倒是有好几个过来搭讪请求加微信的。

第二天依法炮制，郑灵犀甚至在埋伏的过程中抓到了一个小偷，到了半夜那个猥亵狂魔也没有现身。

她低着头坐着发呆，身边的路灯投下一片昏黄灯光，几只扑棱蛾子绕着灯火飞舞，也不知道过了多久，面前忽然停了一双男人的鞋。

郑灵犀噌一下就跳起来了，然而眼前出现的却是一张熟悉的面孔。

几日不见，邵天冬还是那个小狼犬模样，但又总感觉哪里不一样了，他这个年纪就和海平面似的，一分一秒都在波涛变化。

郑灵犀表情诡异地盯着他看了几秒："你……就是猥亵狂魔吗？"

邵天冬："……"

他胸口憋着的气被她这句话彻底吹爆，冷不防瞥到她穿着清凉的打扮，又忍不住怼她："别等了，你这样守株待兔，正常人都不会上钩的。"

郑灵犀努努嘴："不用你管。你不是说不想看见我了吗，大晚上在这儿晃什么？"

邵天冬脱下外套扔在她身上，没好气道："我来看看你有没有被人拖去卖掉，而且你后天就要补考了，还有心情在这里闲情逸致，稳过了？走，我送你回去。"他说着就来抓她的胳膊。

被少年炽热的手掌一碰，郑灵犀整个人都不对劲起来，她慌忙避开："我不需要你送。"

邵天冬沉眉："你需要。"

她本来还想再分辩几句，但也许是他的衣服太温暖了，带着少年体温的衣料摩擦她的身体，让她一天的设防都软下来，她面子上怼了几句，就乖乖跟着人走了。

一直到了宿舍，她忽然想到，他是怎么知道她成天一动不动在那儿坐着的？

当天晚上，郑灵犀埋在书本堆里死磕，差一步就该一头撞死了，手机"丁零"一声进来一条消息，她点开来一看，一个署名为"打气筒"

的人给她发了两个 word 文档，分别是"重点考点"与"猜题"。

【打气筒：小笨蛋别睡着了，考前能看多少看多少。】

郑灵犀盯着"小笨蛋"这三个字看了半天才想起来，几天前因为跟邵天冬吵架，她一怒之下把他的微言昵称改成了"打气筒"。

"喊……真是个嘴硬心软的人。"嘴角渐渐勾起，她觉得自己应该道个歉或者道个谢，但是模模糊糊的直觉告诉她，不该去理他。

这一投入学习就到了深夜，第二天郑灵犀早早就抱着书到图书馆啃，啃到头皮发麻、眼冒金星，甚至当晚连睡觉都是枕着书本的，她觉得这已经是她能达到的最佳状态了，再推一把就能成仙了。

趁着这股成仙的劲头，郑灵犀参加了补考，全程奋笔疾书，赶着最后一秒钟放下笔。

"这次要是再不过，下次我就只有到图书馆打地铺去了……"出考场的时候舍友们给她打电话，郑灵犀浑身虚弱脚步蹒跚，"不说了，我快饿死了，先去食堂补个能量再回去。"

下午四点几乎没什么学生在外头行走，郑灵犀在食堂外的小卖部买了个面包，一边吃一边往回走，走到宿舍外不远的小树林时，忽然听到身后多了一人的脚步声。

郑灵犀咬着面包转头看去，见不远处的丁香花丛里走出一个男人，个头很高，一身黑色衣装从头裹到脚。奇怪的地方在于，对方脸上戴着一个面具，是那种舞台剧样式的，雪白一个怪吓人的。

也许是社团活动……郑灵犀心想。

但对方离她太近了，出于保镖的警惕性，她下意识地打量了一番。

他身材看着不如邵天冬结实，但也绝对没有卢鹏飞那样弱不禁风，直觉告诉她，这个人很危险。

郑灵犀放下面包走了几步，再回头时，却发现面具人突然不见了。

丁香花丛里空空如也，仿佛凭空蒸发了一样，郑灵犀吓了一跳，快步走上前看看，忽然耳边传来一阵香风，她猛地弯腰避开。

一切都发生在电光石火之间，在那个面具人还想扔出第二次粉末的时候，郑灵犀伏低身子猛地往前一冲，一记铁拳从下而上命中那人下颌，男人被打得踉跄几步后退到树边。

郑灵犀扔了面包，冷着脸扎好马步，摆出一个武术起势的动作，见那男人伸手摸了摸下巴，摆正好面具后慢慢站直了身体。

郑灵犀越发严阵以待，虽然看不到他的表情，但她就是知道他被激怒了。

"呵！"忽然，面具人笑了一下，然后两只手抄到了口袋里。

郑灵犀猛地弯腰警戒，浑身肌肉都紧绷起来。然而下一瞬，面具人既没有从兜中掏出武器，也没有拔腿就跑，而是解开了风衣。

郑灵犀的脸腾一下就红了，下意识就要别开目光，而那面具人大概就是要等这一瞬间，猛地冲了上来，速度比刚才还要快。

郑灵犀想要避开，却有一瞬间的头晕，不知道是不是吸入了面具人扔的粉末，她觉得自己的四肢跟被强加了重力似的。

她被面具人拧住了胳膊，揪住了长发。因为他比她高得多，她被迫仰起头来，他们两个的身体紧贴在一起，她能感受到他身上炽热的体温，但和邵天冬不一样，现在她只觉得恶心。

"都这样了，还瞪我？"面具人垂眸看了看她，笑道。他的声音经过机器处理，听起来和正常人不一样，但没被面具遮挡的双眼透着邪恶。

郑灵犀扭开脸，她连续几天蹲点，又昼伏夜出准备补考，早就累得身体虚弱，如今被牵制住竟然动弹不得。她感觉对方凑近了盯着她脸看了一会儿，本来揪着她长发的右手渐渐向下，摸到了她肩膀上。

忽然，一道破空的声音传来，她被放开了。

郑灵犀瞪大了眼，邵天冬不知从哪儿跑出来，直接将手里一瓶水投了过来，砸在面具人的脚边。他在看到郑灵犀被钳制的一瞬间就失去理智了，他甚至没有先去掀开那个男人的面具，而是狠狠给了对方几拳。

郑灵犀被推得后退了几步，她见邵天冬冲了上去，好像格外愤怒，每一个动作都透着狠辣。那面具人勉强接了几下，好像是抵抗不住了，忽然从袖口洒出一把粉末，邵天冬捂住嘴，再回过头那人就消失了。

一切都发生得太快了，郑灵犀还僵直地立在原地。

邵天冬回过头，看到她那个模样，简直要被气死了。他双眼赤红，拳头上青筋暴起，但是低垂着头一言不发，呼吸又急又粗。

郑灵犀反应了几秒，低头一看，默默把自己外套散开的拉链重新弄好。她其实根本没注意到自己被撬开衣服了，她整个脑袋都在全心全意准备反击偷袭。

过了一会儿，邵天冬好似是平静下来了，捡起地上那瓶水丢给她。

郑灵犀低头一看，是她爱喝的苏打水。

"走吧，去报案。"他目光冷冰冰的。

郑灵犀追上他的步伐，疑惑道："你不是最不喜欢参与案子的吗？之前那起女生自杀案，你参与进来好像是被逼无奈的样子，怎么今天这么积极了？"

邵天冬低头瞪她一眼，恨铁不成钢："你当我是为了谁？"

郑灵犀心尖一颤，回过头不说话了。这句话里的意思不知道是不是她想的那样，这回换成她面瘫了。

就在这件事发生的同时，电脑屏幕后面有一双眼睛，正通过食堂里的一个监控摄像头观察所发生的一切。

"都这样了，还瞪我？"

他的身体靠上柔软的电脑椅靠背，眼睛死死地盯着屏幕，被电脑蓝光照射的脸上有点狂热。他看着那个女孩身手利索地和面具人搏斗，然后意外被缚。可惜很快邵天冬就赶来了，这一切马上结束，等到看着她的身影离开监控后，他竟然有些意犹未尽。

他很快截取了屏幕，通过人脸识别找到了关于她的一切信息。

"郑灵犀……女，二十七岁，雷盾安全防护公司保镖部部长……"蓝光下的脸渐渐扭曲。

事情发生后，郑灵犀原本打算压下来的，结果邵天冬一副不嫌事大的态度，直接捅到了公安局和院系领导那里去，导致郑灵犀一整个下午坐在一堆人中间，等待十八道盘问。毫无疑问，面具人就是他们要抓的猥亵狂魔。

郑灵犀举手："我先声明，这人戴着面具看不到脸，全程只说了一句话，而且还用了变声器。"

别人还没开口呢，邵天冬一边捧着平板电脑记录，一边抢答："我和他正面交手了，有以下几点可以总结：1. 男性，身高一米八二到一米八五之间，身材偏瘦；2. 他应该是本校的老师、学生或从业人员，对地理环境和监控位置非常熟悉；3. 他不是第一次作案，有类似低级迷药的作案工具；4. 他不是练家子出身，应该不具备专业的格斗能力；5. 他有帮手。"他这么一口气说完，偏头看了看郑灵犀，"你有什么要补充的吗？"

后者果断摇头，郑灵犀心想你可把我想说的都说完了。

一旁被忽视了的警察同志："不是……这位同学你是？"

所有人的目光唰一下聚集到邵天冬身上，他抬头环视了一圈，淡淡回答："我叫邵天冬。"

然后就没有然后了。

在众人沉默的时刻，一个老师站出来帮忙打招呼："警官，他叫邵天冬，是我们计算机学院的学生。"

那警察不知道听没听进去，嘀喃自语："姓邵……不会是邵局的亲戚吧？"

那老师接着介绍："邵同学计算机能力非常强，他现在愿意加入这起案子帮忙，这样我们可以通过网络查找犯罪嫌疑人的线索。"

另一个老师道："之前调查发现所有的监控都没有拍到视频，我们怀疑是监控设备被人黑了，那一段区域都处于盲区，但是并没有找到蛛丝马迹。"

"这是不是已经可以肯定犯人有一个熟知学校监控系统漏洞的同伙？"

在他们展开激烈讨论的时候，郑灵犀坐在人群中强迫自己不睡着，连着那么几天心力交瘁，现在一旦眼皮相碰，她下一秒就能进入梦乡。

那警察思索了片刻，看到她昏昏欲睡的模样，随口问道："郑小姐，你还有什么线索要提供的吗？"

郑灵犀猛地一个激灵，她揉揉眼，在其他人的目光中忽然想到了什么："那变态后来解开了风衣，那玩意儿还挺大的，这算一个线索吗？"

别人没说话，但她看到邵天冬脸黑了。

笔录结束以后，郑灵犀就回宿舍休息了，几位老师和领导各自散场，邵天冬对着陪同前来的孙荣说："晚上跟我去机房加班。"

孙荣本来正在玩手机，闻言马上变成一副便秘的表情："干什么，我晚上有联赛，再说学期论文不是都写完了吗？"

邵天冬面无表情："干什么？破案这个理由够不够说服你？"

孙荣嘴角抽搐："冬哥，平时你不是最讨厌和警察掺和在一起的吗，怎么今儿个主动参与破案了，是转性了还是脑袋被门挤了？"

邵天冬把平板电脑扔给他，头也不回道："我再不参加，你嫂子就要被猥亵狂魔抢走了。"

为了郑灵犀，邵天冬决定早日抓到猥亵狂魔破案，一整个晚上他们宿舍的男生都在机房调取监控记录研究反追踪。

凌晨两点的时候，吴龙已经瘫在电脑前睡着了，孙荣两层眼皮耷拉着，还在不停地敲击键盘，一直到面前的屏幕出现"叮"的一声讯号，他才像触电一样惊醒："天冬，终于找到一个马脚了！"

经过不懈努力，他们最终在食堂拐角的一台监控仪上发现了木马移植的痕迹。

"学校的监控漏洞这么多，哪家公司的程序员都有能力来插一脚，但是能做到跟这个人似的这么滴水不漏的很少。"孙荣难得夸人，"好歹是在这台设备上发现了一丁点的线索，天冬你有办法破解吗？"

邵天冬看着那一串 IP 代码，冷冷笑了笑。他的手指像舞动一样在键盘上敲击，数字和英文符号如同精灵一般来去变换，最终化成了一个活动跳跃的单词——

Hello：）

孙荣呆了，难以置信地看着电脑屏幕："这是……"

邵天冬眯了眯眼："这是他刻意留下的记录，为的就是让我们发现，然后——"

"然后说一句哈喽？"孙荣瞪大眼。

"然后向我挑战。"邵天冬冷哼一声笑了下，"可以，你大可以试试。"

孙荣莫名感觉邵天冬的表情变了，邵天冬眼睛里一直存在的怠懒消失，取而代之的是自信的刀刃，锋芒毕露到吓人。

也不知道邵天冬是如何动作，原本不停变换的单词变了模样，层层叠叠解析后，他最终在地图上定位到了一个地址，位置就在校外的民宅小区内。

"怎么样，要不要我现在去找？"孙荣跃跃欲试，都想把其他睡着的舍友拽起来了，好像现在奔出去他们就能跟 TVB 警匪片似的，来一出惊心动魄的赛车追逐。

邵天冬摇摇头："不用去了，明早再告诉警察吧，你现在去这个地址也已经空了，这个人不会放着这么大的线索不理会的。"

孙荣点点头，试探性问："这黑客很厉害吧，以前在业内听说过吗，他帮那猥亵狂魔干这种事，大变态啊。"

邵天冬一边收拾电脑，一边随口道："业务能力还行，但是心术不正、畏首畏尾，而且自负又自卑，成不了大气候，这种人不可能在业内出名。"他动作一顿，"现在他们两人似乎都对郑灵犀有很大的兴趣，我要是再不出手，事态就控制不住了。你可能没看出来，我现在很生气，我这人脾气一直不好。"

少年沉着脸，黑漆漆的眼眸里装着疲惫和狠厉，孙荣心想我还真知道你脾气不好……但他这时候还不知道，邵天冬今天说的话未来竟然会全部应验。

不久前，郑灵犀还处于天天嘿嘿哈哈训练小弟，日夜和歹徒搏斗的状态，随后，她赫然进入了"大学生日常时代"，然后又过了一段时间，她踏入了"日夜补考啃书时代"，到了现在，她艰难地挺进"边啃书边破案时代"，时光不曾老，岁月不曾好啊。

因为猥亵狂魔的再次犯案，让校领导们有了警惕心，校方直接下通知禁止女生单独外出，外出则需要男性陪同，而且禁止外来社会人员在夜间进入校园，直接和间接地促进了谈恋爱指数的直线上升。

郑灵犀来到会议室的时候，正看到老师和警察们挤在一起研究案子，赵成、张敦敦两人也在，各自抱了一杯豆浆在喝。

"来了啊。"张敦敦抬手打招呼，顺便扔给她一袋牛奶。

郑灵犀单手接了，在他们中间坐下。

"这是案子有了新进展？"她咬开牛奶问道。

"是啊，昨天计算机学院一 IT 大神破解了监控设备上的病毒，都研究出疫苗了！"赵成道。

"什么疫苗，我还流感呢。人家那是破译了木马病毒，找出线索来了。"张敦敦一脸嫌弃。

郑灵犀点点头，她看见站在黑板边激情澎湃唰唰唰写字的某位老师，又看了看他锃亮的脑瓜："服了，这位地中海老师真厉害。"

张敦敦："可不是老师破译的，是邵天冬，听说是花了半个晚上的时间就搞定了。"

郑灵犀吧唧吧唧嘴点头，这小子真的是超级黑客啊，竟然不是在吹牛。

所有人讨论了一会儿，那位激情澎湃的老师咣咣拍着黑板道："现在这个黑客已经露出马脚了，我们有信心下次一定能把他抓住！同志们不要气馁，只要深刻贯彻坚持一个目标不动摇……"

这时候有人开门进来，邵天冬单肩背着个书包，他今天很反常地戴着一副黑框眼镜，整个人就是一副学霸的模样。大概是感受到郑灵犀的目光，他回过头，然后朝她单眼眨了眨。

郑灵犀被这个 wink 吓得一口牛奶喷出来，险险擦着前面一位警察同志的头皮喷出去。那位警察回过头，面无表情地撸了一把发型，郑灵犀连连道歉："对不起对不起……"

邵天冬无声地笑了笑，抓着包坐在不远处的空位置上。

老师介绍案情："我们又详细过了一遍相关资料，这个猥亵狂魔是在一年前出现的，先前只是有目击者称看到了暴露狂，后来在同年 7 月的时候接到一名女生报案说遭到了猥亵，因为没有危险，而且没有监控记录，就不了了之了。"

邵天冬笔尖点着纸面："那名女生后来怎么样了？"

老师话音一顿："年底就休学了。"

大家沉默了一会儿，邵天冬指着黑板上写着的所有报案的日期："平均一个月就有一次目击证明，可是一整年了，遭到猥亵报案的只有那一名女生，照他的作案规律这不合理。"

郑灵犀想得明白，唯一的可能性就是他作案了，然而其他受害女生全都在忍气吞声。

女性是多么弱势的存在，名誉的缺失对男性造成的影响尚不足女性的十分之一，那唯一一名报案的女生，该是下了多么大的决心，又是在何种境地才休学的。

大家在会议室讨论下一次工作重点，郑灵犀听了半天感觉自己帮不上什么忙，干脆出了教室溜达两圈。

外头正对着的就是计算机学院的机房，孙荣趿拉着凉拖打着哈欠从里面出来，两人正巧打了个照面。

"哟，小嫂子。"孙荣摔手打招呼。

郑灵犀听到这个遭人硌硬的称呼眼皮跳了跳，说："谁让你们这么叫的，我怎么就成嫂子了，你们大哥是谁，让他出来跟我单挑。"

孙荣闻言笑了："大哥为了嫂子的事正忙着呢，再说了，你俩不早单挑过了嘛。"

这个年纪的小男生就是活力四射的太阳，郑灵犀没听懂他的话，不知道怎么跟他们打交道，干脆就不搭腔了。毕竟连唯一一个走得近些的邵天冬的脾气她都没摸透呢。

"你怎么了，一副没睡醒的样子？"她问。

孙荣揉了揉鸡窝头："还不是昨晚被天冬拉着干苦力，在机房奋斗了一晚上。他自己天生丽质难自弃，搞得我们跟老了十岁似的，太不公平了。"

郑灵犀点点头："那可辛苦你们了。不过你们真厉害，一晚上就能把老师都破解不了的病毒给破了，案子有了大进展。"

孙荣听了这话臊得直挠头："小嫂子可别夸了，大部分其实都是天冬的功劳，他反追踪的能力强到离谱，全国都拿过奖的。要不是他家里的原因，大一就该被警校找去了，我们也就是帮把手筛查数据而已。"

郑灵犀别的没听懂，倒是听出了点野史小道消息。她头一回听说邵天冬的私事，莫名来了些兴趣。

"你说他家里的原因，是什么原因？"

孙荣得知郑灵犀不知情，有点惊讶："他竟然没告诉你呢，不应该啊。"

原来邵天冬出身武术世家，父母都是警察，且都是一生奉献为人民的好警察，他们年轻的时候抓了不少穷凶极恶的犯人，其中一个犯人出狱以后来寻仇，趁着他们不在挟持了家中年迈的奶奶，虽然老人家最终被救下来了，但因为患有心脏病，受了惊吓之后就那么一去不复返了。

养他长大的奶奶去世这件事给年幼的邵天冬留下了深深的心理阴影，他从此和父母不再联系，也发誓不会当警察。因为和双亲不睦，他上大学后就一直一个人住在外面，经济上也完全独立。

听了那么多重磅消息，等郑灵犀神游太虚回归的时候，会议室里的大家已经进入到第二阶段。

警方和校方打算联手实施抓捕行动，因为之前郑灵犀曾充当诱饵进行埋伏，但收效不好，考虑到猥亵狂魔有一个黑客的同伙，大家觉得埋伏的举措不合适。

"我觉得可以先进行目标排查。"邵天冬忽然开口。他坐在桌前拿着一支笔，眼睛低垂，因为戴着眼镜所以看不清神情。

"他对于目标的选择，我们可以从之前受害的各个女生身上发现。"邵天冬语气冷淡，他面前的电脑在幕布上开始投影，"他偏爱大二以下年龄的女生，身材纤细，身高不超过一米六，长发，面容姣好。"

"这样说来的话其实范围很广泛，但是这个猥亵狂魔有一点特殊的地方。"他顿了顿，"这位叫孙艳的女生报案了两次。"

一位警察插嘴："那就是意味着这个猥亵狂魔会重复作案？"

"没错。"邵天冬沉吟，"恶心就恶心在，这人恐怕有些特别的执念，对于没有得到满足的情况会再次盯紧目标下手。"

邵天冬沉默了一会儿，才道："从现在来看，他很可能对郑灵犀还存在不满足的情况。"

所有人都沉默了。突然，邵天冬啪地关了投影，嘴角微微一勾好像在笑似的，会议室里没了声息。

邵天冬这时候的脾气，说白了就是等待一个发泄郁闷的契机，这猥亵狂魔就是撞在枪口了。而就是他捡上这个没有丝毫笑意的笑容，让郑灵犀觉得他是真的生气了，哄不好的那种。

会议结束的时候已经差不多中午时分了，窗外艳阳高照，天气一点也没有被案子影响，随着夏天的到来，逐步火热了起来。

郑灵犀收拾了东西，和赵戒、张敦敦一起走了出去，她往对面机房扫了一眼，看见四仰八叉躺着打瞌睡的孙荣几人，没瞧见邵天冬。

结果视线一转，就看见这人背着包靠在墙上等人，身影淹没在来来往往的行人中。

郑灵犀走过去："你在这儿站着喝西北风呢，孙荣他们都睡着了，怎么不叫他们？"

邵天冬摘下眼镜，无声地看了她一眼。

他尚没有说话，张敦敦忽然察觉了什么，猛地拉了赵成就走："对了，灵犀我想起来我们约了小卢一起吃饭来着，这位邵同学就麻烦你送我们灵犀回宿舍吧，她现在可属于重点保护高危人群！"说完，他们飞快地消失在人流中，比奥运冠军跑得都快。

郑灵犀愣了下，回过头去。邵天冬站直身体，慢慢地将背包换了个肩膀背着，然后朝她伸出一只手。

少年的掌心又大又宽厚，五指指节分明，匀称修长，郑灵犀看着他这个动作，差点就要伸手牵上去了……

"你干什么？"她嘴角扯搐了下，大白天的就拉拉扯扯成何体统！

邵天冬眉毛一挑："书包给我。"他指了指她背着的大包，然后忽然靠近了一步，压低声音道，"不然你以为我要干什么？"

"……"

没见过这种小屁孩，什么人哪！郑灵犀没好气地瞪了他一眼。

他们在楼道口胡言乱语的时候，下课的学生们从他们身边路过，各种羡慕、八卦的眼神绕着二人打转，也许是邵天冬的表情惬意，大家的目光都变得肆无忌惮。有个男孩子趴在栏杆上朝两人喊："嘿——能不能别在这儿秀恩爱了，一会儿狗粮吃饱了还怎么吃午饭！"

邵天冬笑着回答："让你看了吗，路人闭上眼。"

那男孩也很上道，做出一个小宫女行礼的姿势，掐着嗓子："得嘞，冬爷冬嫂！"

郑灵犀的脸颊唰地就红透了，直接快步走了出去。

她走得飞快，温暖的热风在耳边呼呼地吹，然而邵天冬很快就从后面追上来了，走到她身边并肩而行。其实，她刚才一加快脚步就后悔了，她书包还在人家手里呢，这样闷头冲出来就很像是小女生使小性子。

但这不是重点。

两人在林荫道里行走，邵天冬心情愉悦，把她的书包随手搭在肩头，一点也不介意当苦力。

半晌，郑灵犀面无表情地开口："你这什么意思啊，就好像是我喜欢的女生我怎么打情骂俏都可以，别人看一眼都不行，我告诉你小弟弟，你这思想很危险啊。"

她这句话说完，两人间的气氛陡然凝滞。

郑灵犀的性格就是直来直去的，不开心的不满意的都会直接说出来，可如今她这张口就来，换来的却是莫名心虚。

郑灵犀默默回头，正对上沉默不语的邵天冬，他眼睛黑沉沉的，仿佛有暗光流动。

"那个，我就打个比方，你明白吧？"她打着哈哈。

林荫道一侧有学生们走过的声音，嘈杂而活泼，衬得这边两个人跟冰火两重天似的，郑灵犀觉得自己身上可以做烤肉了。

半晌，邵天冬开口："我就是因为不想自己喜欢的女孩子陷入危险，才这么劳心劳力，不然你当我是为了什么？我喜欢的女孩，管别人怎么说。"说完，他看了她一眼。

这一眼意味深长，看得她整个人毛骨悚然。

"那天运动会说要请你吃饭的，还来吗？"他又问。

还吃个大头鬼啊！郑灵犀一点也不想回答，她也不想再继续待下去了，离他越近她的脸就越烫。

郑灵犀直接抢了书包就走，飞奔的脚步有点逃跑的意味。

冲到食堂的时候，她往后看了一眼，邵天冬没跟上来。

哎……他怎么能没跟上来呢？

郑灵犀怀着这种莫名其妙的失落，买了碗牛肉面坐在桌前发呆。

学校的食堂饭菜分量都很足，这么大一碗牛肉面才八块钱，汤面上漂着油花，郑灵犀拿着筷子搅和了几下，对着如镜面般的汤面发呆。

"郑灵犀，你疯了吧你。"她拿筷子戳着碗里的面条，"人家可比你小五岁啊，五岁！你能打酱油的时候他还没出生呢！是不是就因为他给你补了几回课就飘了，我告诉你，这种心态不能有，你必须树立牢固的年龄意识，不能被敌人洗脑！"说完，她狠狠扒了几口面条，食物入口之后，空虚的胃得到充实，整个人的气势却像皮球漏气一样泄了。

那些过去的画面在脑中循环播放，还自带香风徐徐。她能看到他坐在教室里朝她笑的样子，打架时凶狠的模样，又想到了在操场上被他一把抱起时脸红的自己。

我真的不是因为他长得好看！那是因为什么？她问自己。

Chapter 07
典型的吃醋案例

食堂里人来人往的，郑灵犀本来吃饭速度挺快，但因为此时心头念着某个人，所以同桌的人都换了一拨了她还坐在那儿没挪窝。

手机响了一下，郑灵犀下意识地点开，见那个始作俑者给她发了条微信。

【打气筒：你的补考成绩出来了，出来跟我见面就告诉你结果。】

郑灵犀呼吸一滞，差点把手里的筷子捏断。什么情况，之前邵天冬还没有这么明目张胆的风骚啊，他这人脑子里装的到底是什么东西啊？

郑灵犀被少年猛烈的攻势搞得有点蒙，但更多的是羞涩和无所适从，她一个年长五岁的姐姐，竟这么被动地被压制了？郑灵犀越想越气，于是把他的备注改成了"小屁孩"。

她一筷子一筷子戳着面条，仿佛戳的是某个人的脸似的。心不在焉的时候，身边桌面一声响动，有人坐在了她身边。

郑灵犀下意识地转头一瞧，见竟是胡尊端着餐盘坐下了，正朝着她笑。不知道为什么，他的外貌虽还是清秀绅士的模样，但气质总感觉不同了。

"你好啊小学妹，一个人吃饭？"

他话语里故意的亲近让她不舒服。

放在以前，有个这么清秀可人的大男孩跟她同桌吃饭，郑灵犀一定会多吃两碗，但现在她莫名多了些不自在。可食堂是公共环境，也不能让人家走不是。

郑灵犀点点头"嗯"了一声，闷不吭声地低头扒面条。

其实胡尊也没做什么事，他很自然地坐在旁边吃饭，却不知道从哪里掏出一根糖来，放在郑灵犀面前。

她抬头看了看，是那种裹着透明糖纸的棒棒糖，彩色的，很精致。

胡尊脸上挂着温柔的笑："买来给我妹妹的，结果多了一根，我也没有别人可以送，你吃吗？"

他这话说得挺有技巧，既撇清了自己身边有一堆莺莺燕燕的传言，也暗地里拉近了两人的关系，如果郑灵犀收了糖，这种甜蜜的礼物更会提升暧昧感，没有哪个女孩会对糖没有兴趣。

可惜了，郑灵犀不是一般女孩，她只对扫雷有兴趣。

正好这时候牛肉面也吃得差不多了，郑灵犀仰头豪迈地一口干了面汤，在胡尊震惊的表情里沉默地瞥了他一眼，撂下"不用"两个字就端了餐盘站起身，高贵冷艳地离开了。不知道是不是邵天冬"上眼药"在前，她现在怎么看胡尊怎么不顺眼。

食堂附近开了家甜品店，贩卖奶茶咖啡和自制甜点，有很多小姑娘经不起诱惑，会买一些蛋糕面包的带回去。

今天大概是搞活动，店员小姐姐摆了一桌子的杯装蛋糕放在外面，

· 125 ·

郑灵犀不经意间驻足看了下，那些点缀着草莓和薄荷叶的小东西精致可人，购买者也不乏男孩子。

郑灵犀不由得想，邵天冬那个小屁孩吃不吃这玩意儿？要不拿个去贿赂贿赂他？

她低头细细看着，冷不丁，某个阴魂不散的人又出现了。

胡尊刚才追了她几步没追上，这会儿却在这里发现她了，心里简直欣喜若狂，不过他学乖了没有马上上前，等到她开始挑选小蛋糕了才凑上去。

"想吃哪个？"

郑灵犀一脸惊讶地回头："你怎么还在这儿？"

胡尊没理会她话语里的嫌弃，露出一个自认为最温柔帅气的微笑："是呀，因为我还想和你多待一会儿。"

这话已经非常露骨了，一般女生遇见这言情小说男主角才会说的话，正常反应是红个脸，再不济心头微动或者稍微羞涩一下都是可能的，但郑灵犀只有满心满意的别扭和厌烦。

她也懒得搭理他，随手指了几个小蛋糕："请帮我把这几个都包起来。"

"好的，一共四十八元整。"

郑灵犀还没反应过来，胡尊很快掏出一张纸币："我来付吧，之前就说过要请你吃饭的。"

她当然知道他想干什么，婉拒道："不用了，谢谢。"说完自己扫了微信付款。

那卖蛋糕的小姐姐笑眯眯地看着二人，眼神颇有点像在看吵架的小情侣。

然而郑灵犀根本不关心别人怎么看，她也感觉不到尴尬，拎了蛋糕就走，胡尊加紧脚步追了上来。

"郑学妹，你好像对我有些误会？是不是天冬说了什么，我都可以解释的。"清秀的青年脸上带了些受伤的表情，如果换成其他任何一个女生，大概就要败下阵来了，但郑灵犀不会。

她停下脚步，侧过脸用一种微妙的表情看着他，大好的午休时间，我就非得跟你站在食堂门口唠唠叨叨吗？

"你想多了，他什么也没说。"她压下心头的烦躁。

胡尊跟人精似的，既然被称为百人斩，他自然能从女生的分毫动作里发现端倪，明白她话里的意思。

"那好，既然这样我就放心了。"他也不知道从哪里变出来一只纸折的千纸鹤，放在她提小蛋糕的袋子里，"听说你补考成绩出来了，祝你好运。"说完一阵风似的潇洒飘走了。

郑灵犀看着那不知道用什么破纸叠的玩意儿，神经病吧。

邵天冬对郑灵犀被胡尊缠上了这件事一无所知，他还记着她来学校的任务，所以第一时间去帮她看考试分数了。

第二次补考的成绩单张贴在了学院一楼楼道的墙上，是最显眼的地方，一堆学生挤在那儿看。

"让一让，让一让啊。"孙荣带头往里头挤，他看着白色纸上一堆密密麻麻的名字，很机智地选择了从下往上数。

"嘿，有了有了！"在大概中间偏下的位置他终于瞧见了郑灵犀的名字，她补考的几科都顺利及格了，甚至数学一门还拿了 70 分。

孙荣指着那成绩单，夸张地吹道："嫂子厉害啊，这分数四舍五入一下简直是进入了'中等学生'的领域呀，我大一时候还没这么多分呢。看到了吗，这也就是冬哥能教出来了，冬哥教得好啊！"

还有人捧场鼓掌："厉害，冬哥厉害，嫂子也厉害。"

邵天冬看着郑灵犀的名字嘴角勾起，舍友的吹捧让他很受用，整个

·127·

You're so sweet

人都散发出慵懒满足的感觉，连带着气质都柔和了不少。

"走，我们去告诉小嫂子这个好消息。"孙荣欢乐道。

"你们先走吧，我去找她。"邵天冬随手招呼了下就快步离去了，留下一堆舍友看着他的背影嘿嘿傻笑。

而这边郑灵犀摆脱了黏人精，一边快步往教学楼走一边愤愤地想，她是脑子被门挤了才给那个小鬼头买蛋糕吃的吧，他有那个资格吃吗他！

这么一想之后，她干脆一屁股坐在路边的长椅上，随手打开包装就吃起来，叉子切开柔软的蛋糕送进嘴里，弥漫而来的奶香味馥郁，像是春天里少年浅浅的笑，芬芳到蝴蝶都忍不住靠近。

郑灵犀动作缓慢下来，她咬着叉子侧头看座位上包装精致的小盒子，看他好像不太喜欢吃甜食，这块海盐的留给他好了……

正想着呢，微信"丁零"一声进来条消息，郑灵犀打开一瞧，确实是那个曹操发来的。

【小屁孩：你的补考成绩。】

下面跟着一张图片。

郑灵犀心惊胆战地点开一看，见成绩单上"郑灵犀"三个字后面跟着的文字全都被打上了马赛克，细致到连一个字都没漏出来。

给他吃蛋糕？吃个屁！

郑灵犀气鼓鼓地站起来，拎了蛋糕就走，一个补考成绩而已，老娘还不会自己去看？

她大步流星，满脑子都是邵天冬发微信时那个欠揍的表情，他大概还在嘲笑她吧？不过到底及格没有？

计算机学院在学校里比较偏僻的一侧，背靠着很大的一片杏子林，这个季节树木郁郁葱葱投下一片片阴影，天气热起来后就没多少人在路上走动了，路上只有郑灵犀自己急匆匆的脚步声。

快到学院的时候，她恍惚听见了什么甫一回头，忽然在墙面玻璃的反光下看到了一个熟悉的身影——那人一身漆黑的装扮，衬得脸上的雪白面具格外瘆人。

郑灵犀瞬间感觉头皮发麻，几息工夫出了一身冷汗，她忽然想起那天邵天冬说过的话：这个猥亵狂魔会重复作案，目标就是那些他有兴趣的，又得不到满足的对象。

女人精准的第六感告诉她，这个猥亵狂魔今天不是白来的。正巧，周围静悄悄的，并没有旁人，非常适合发生一些危险的事情。

顿时，郑灵犀那点紧张感就被汹涌而来的愤怒打败了，她用力捏了捏手指，关节骨头发出"咔吧咔吧"的可怕响动。

"好啊，你竟然还敢来，看姑奶奶我不揍得你满地找牙，让你知道花儿为什么这样红！"郑灵犀冷笑一声，一手丢开背包慢慢朝面具人走去。

站在对面的男人只是悄然静立，面具后的双眼紧紧盯着郑灵犀的动作。自那日一别，他到现在还记着女人头发上淡淡的芬芳和柔软的身体，所以就算她身边围绕了一群讨厌鬼，他还是在没有 X 允许的情况下自己出来作案了，冒着被抓到的风险偷偷跟踪了她一路。

"是你这个猥亵狂太自信了还是姑奶奶的拳头不够硬，上次被邵天冬收拾得还不够，今天还想来被我收拾是吧？"郑灵犀活动了下四肢，缓慢摆出一个稳稳的武术起始动作，"那你大可以来试试。"

虽然那人戴着的面具一直是笑脸的表情，但郑灵犀明显感觉这猥亵狂魔的心情变坏了，不知道她刚才哪句话戳到了他，此时她的心情很微妙。

"你就那么信任他？"变了声的男音缓缓开口。

郑灵犀没听懂，她莫非看起来那么有耐心，能陪着个变态聊天？

郑灵犀瞬间冲上前，一拳打向那人的腹部，他条件反射用双手护住

You're so sweet

来抵挡，但她完全不给他喘息的机会，重拳像雨点一样落下来，伴随回旋踢、横扫踢等，几息之间就把猥亵狂魔完全揍蒙了。他恼羞成怒，一手放进衣兜，就在他要挥手撒出可疑粉末的半秒前，郑灵犀敏捷地躲开，顺便给了他一脚把他踹到一边。

"你觉得我还会再上当一次？"郑灵犀意气风发地笑了。她现在已经完全进入了状态全开的 buff 模式，这个状态下没几个人能打得过她。

戴面具的男人爬起来，掀开一半面具往地上啐了口血沫。郑灵犀只看到一个白净的带血的下巴，隐隐有些熟悉的轮廓。

"可我对你越来越感兴趣了。"面具人完全没有害怕，他一手放进衣兜，摸出一把弹簧刀，锋利的泛着银光的刀尖对着她，像是吐信子的蛇。

"放弃吧，你再能打也没用，我的迷药能通过风来起效，过一会儿你就会不能动了，而且周围没有摄像头，你迟早是我的瓮中之鳖。"面具人看着她，"到时候是死是活，你可都得求我了。"

郑灵犀抿了嘴没说话，只是默默握紧了拳头。她刚打算冲上去打爆对方狗头，忽然，一道声音从身后传来——

"你确定？"

邵天冬不知道从哪个小树林里钻出来的，身上还落了几片叶子。他看到郑灵犀一脸见了鬼的表情，瞪了她一下，转而走到距离那面具人不远的地方，隐隐有将她挡在身后的意思。

"你已经被包围了，投降吧。"邵天冬冷艳道。

那男人明显僵硬了下，然后将手里的刀尖对准了邵天冬，语气恶狠狠："我没有时间跟你开玩笑，马上滚开！"

邵天冬面无表情地拍了拍手，随即有好些人突然从四面八方出现，大多数是拿着警具的学校保安，还有几个计算机学院的老师，孙荣也在里面，围剿阵容可谓浩大。

这下那面具人彻底傻了，也警惕地左右看着，手里那把刀已经抖得不成样子，他吼叫着："不可能，这附近根本没有摄像头！"

邵天冬已经走到了郑灵犀面前，他低头捋了捋她因为打斗变乱的头发，随口说："以前没有不代表以后不会加，而且谁让你平时犯案总戴着这个面具，只要一个小小的面部识别程序，你的行踪就无可遁形了。"

郑灵犀被邵天冬撸毛撸得有些恼怒，怎么跟撸狗似的呢。邵天冬被她甩开手又瞪了眼，直接乐了。

然而那面具人可没有这么轻松的心情，他望着邵天冬的背影，语气里满是嘲讽的意味："好啊，原来这一切都是你预谋的，你算计我。"

"不完全是，我也不知道你会这么愚蠢，在没有告诉那位协助者的前提下自己出来作案。"邵天冬回过头一脸戏谑地看着面具人，"没有他的帮忙，你觉得自己还能逍遥法外吗？"

面具人最终垂死挣扎了一番，被几个保安合力擒获，摘下面具的时候谁也没有料到会是——胡尊。虽然那白面皮上有好几处瘀青，大概是刚才被郑灵犀揍的，但原本清秀绅士的气质早已被破坏了，取而代之的是满脸疯狂。

郑灵犀一脸惊悚，然而看邵天冬那平静的模样，她想他大概早已发现端倪了。

胡尊被抓住的时候昂着头，一副宁死不屈的样子，然而就在警察到来的时候，他终于绷不住了，两条腿颤抖不已，旁人抓都抓不住，直接摔在了地上。

郑灵犀：原来就是一个外强中干的胆小鬼！

警察把胡尊带走了，浩浩荡荡的保安团和老师团退走之后，杏子林又恢复了冷清。郑灵犀跟在邵天冬身边往学院走去，一路上沉默寡言好像变了个人似的。

邵天冬看她那个样子，问道："你又在想什么？"

郑灵犀头也不回："没什么。"

"你又不跟我说。"

"知道我不会说还问？"

"好，那我不问了，反正肯定是在想我。"他两只手插在裤兜里，仰着头随口道。

郑灵犀一口老血憋在喉咙口，她转头瞪了他一眼，从没见过这么不要脸的人。

邵天冬一直走在郑灵犀身侧，身高腿长的少年恍若一堵墙。她默默跟着他的步伐，忽然想到一件事，他几次三番都及时出现救了她，那这小屁孩岂不就算她的大恩人了？他万一要求她报恩呢？但她身无分文、两袖清风，他又好像有些觊觎她的绝世美貌，难不成要以身相许……

郑灵犀被自己这个想法吓得不轻，然而邵天冬根本没发现她的脸色变来变去，兀自说道："猥亵狂魔落网，我也能松口气了，我真怕你哪天就赤手空拳跟他们起冲突，你这冲动的脾气十匹马也拉不住。"

他一说这话郑灵犀就垮了脸："你怎么说得我跟个智障似的，至少我的身手还过得去吧，而且别人都主动找上门来了，我揍他两拳出出气怎么了。"

邵天冬被她的话逗笑了，眯了眼："哦？既然你身手这么厉害，哪天让我见识见识，切磋两下？"

他一直靠在她身侧，两人挨得很近，前面又正巧在人行道上横了一辆共享单车，他想要过去就必须挤到她旁边来。

郑灵犀把目光从他胸口的衣服 LOGO 上挪开，那里被少年饱胀的肌肉撑得有了好看的弧度，她抠了抠脸："你不是早就领教过了……"

"那会儿人太多了没看清，我想单独和你切磋切磋。"邵天冬弯下腰，在她耳边轻轻说道。

这话怎么听起来这么古怪呢？

郑灵犀摸了摸胳膊上的鸡皮疙瘩，快走几步逃离他身边："你这个神探还需要跟我切磋？我以为你已经天下无敌了呢，连神神秘秘的猥亵狂魔都能抓住，你下一个小目标是不是要取代名侦探柯南了？"

提到这个，邵天冬玩笑的神情稍敛，他站直身体："不，我不会成为柯南的。"

他这么一说郑灵犀才想起来他家里什么情况，暗中吐了吐舌头后悔刚才一时嘴快。

但邵天冬好像并不在意，他想了想："至于胡尊，其实他不足为虑，只是他那个背后的同伙藏得比较深。如果没有黑客的帮助，胡尊想要作案不留马脚是不可能的，可这未免也太干净了。"

说起这个话题，郑灵犀来了点兴趣："你难道早就发现他行为可疑了？"所以当初知道她和胡尊说舌时，邵天冬才会表现得那么抵触，生那么大气。

"我不知道他就是猥亵狂魔，但也八九不离十了，以前我们宿舍曾有一个家伙的妹妹被他骗过——所以我们几乎水火不容。"邵天冬说，"一想到你跟这样的家伙在说话，甚至他还觊觎你，我就犯恶心。"

郑灵犀：这就是典型的吃醋案例吧？

"啊哈哈，你这就和被抢了相好的单身汉一个反应。"她乐了，随口打趣了两句。谁让他们平时保镖部门里糙老爷们那么多，随口开个荤段子的玩笑都是寻常事，郑灵犀笑了会儿，见邵天冬没反应。

他一声不吭地看着她，眯着眼象只小狐狸。正好这时下午第一节课快要开始了，学院门口的汉白三石桥上来来往往的学生越来越多，欢声笑语由远及近，他们两个躲在否子林里搞得像是偷情。

"是啊，我是单身汉没有错。"邵天冬眨眨眼，"但那个姑娘，她愿不愿意当我的相好还不好说，我得问问才知道。"

这下，傻子也知道他在说什么了。

郑灵犀眼皮跳了一下，条件反射开始左右乱看，面对这么一个小她五岁的男孩子，她莫名有点慌："你想问谁啊？"

邵天冬又低低笑了下："谁在我面前我就问谁。"他后退了半步，拉开两人的距离，两手插在兜里一边倒退着走一边看着她笑，"小姐姐，你愿意当我的女朋友吗？"

郑灵犀直接宕机了没说话。等不到她的回答，邵天冬转过身离开："对了，还要恭喜你补考及格。"

邵天冬知道自己长得好看，也完全懂得利用自身条件的优势来勾引郑灵犀。郑灵犀哪里面对过这样的男人，她觉得自己要熟了。

神游天外了一下午，到临近下课的时候张敦敦给郑灵犀带来了消息，说胡尊全招了，而且他们得到了一个令人惊讶的消息：之前女生宿舍出现的死亡事件，竟然也跟他有很大关系。

"你隔壁宿舍的女生叫刘露，还记得去年死亡的两人吧，我们把他仨搞混了。"张敦敦说道。

警方显然是被校园贷迷惑了，将另外两起自杀事件和刘露的案件串联在了一起，因为其中还有一名男性被害者，大家的视线就没有往另一方面去考虑。

"你哥哥验出来刘露有过人流的迹象，警方顺着这个方向一查，果然发现她曾在市里的私立小医院做过人工流产。"

郑灵犀张大了嘴，所以这不是校园贷款自杀案，而是感情纠葛命案。

"而且还不是简单的感情纠葛呢，我听里面人透出来的口风，胡尊那真是个人面兽心的禽兽啊。"张敦敦拉着她随口道，"你知道吗——"就在他要开始八卦的时候，肩膀被人拍了下。

邵天冬来到他们身边，扫了一脸求知欲强盛的郑灵犀一眼："别在这儿聊天了，下堂课是郑教授的。"

"我去，我没带书！"张敦羲变了脸色，风一样滚动着魁梧的身躯跑走了。

郑灵犀被抛在身后，她扫了邵天冬一眼："案子到底是个什么情况，胡尊为啥要杀人？"

后者却没想要告诉她："这是警方机密，不会轻易外传的。对了，下个礼拜末我们学院组织晚餐会，你来吧，很好玩的。"

郑灵犀满心是对案子的好奇，哪有什么心思去想晚餐会，她随口搪塞了两句，跟着自己的舍友去上课了，一直到吃晚饭遇见赵成了才告诉她原因。

"邵天冬没告诉你啊？正常啊，这事女孩子听了都不会舒服的。"虽然部长比男人还刚，但赵成不得不承认郑灵犀本质也是个黄花大闺女，"今天中午警察就已经封锁消息了，因为咱们是雷盾的人所以才能知情。

"你知道胡尊这个人有多恶心吗，他一年前就开始到处当暴露狂魔找机会猥亵女生，因为身后有个电脑黑客的高手在，每次都能制造漏洞躲过监控，后来这家伙变本加厉，大概是逍遥法外太久了，竟然不知道从哪里搞到了药。"

郑灵犀知道胡尊的迷药，吸入一点会让人降低行动速度，不算很厉害，但对于手无缚鸡之力的女孩子是很致命了。

"半年前他用迷药猥亵了一个女孩，就是刘露，然后一直用艳照来要挟她。"赵成说到这里也说不下去了，只觉得那些句子难以启齿，"一个小姑娘，被长时间勒索，攒下了高额贷款的债务，又那么长时间遭到猥亵，不敢和家里人和同学说，这心理压力累积到现在崩溃自杀也不奇怪了。"

静默了几秒钟，"咔嚓"一声，赵成看到郑灵犀把手里的筷子掐断了。那不是一次性筷子，而是食堂的实木筷子，很粗的那种。

看到部长那阴森的表情，赵成一米八的魁梧身躯忍不住打了个寒战，连忙转移话题："关键在于，这变态也不知道幕后帮助他的黑客是谁，说是在网上认识的，连真名叫什么都不知道，他一直就称呼对方为 X。那么我们假设这个电脑高手 X 是存在的，他就是实力不输给邵天冬的超级黑客了，从市里也找不出来几个，妥妥的大反派啊，很难搞的。"

郑灵犀笑也不笑，冷着一张脸："这样一个人，为什么要盯上胡尊这个百人斩？他既然实力这么强，干吗要帮这种猥亵狂魔，有种去黑雷盾的防火墙啊！"

也许人家黑过了呢……赵成心想。

"警察猜测 X 和胡尊或者计算机学院有些关系。"赵成又说，"你知道邵天冬的家世吧，他们认为 X 是他父亲邵局以前抓过的穷凶极恶的犯人之一，出狱了来报仇的。现在他们铆足了劲在网上追查这个 X 呢。"

郑灵犀把断了的筷子随手扔了，兀自想了一会儿，如果是邵天冬父母的敌人，这黑客 X 的做法未免太小儿科了，她觉得不像。

这个时候，郑灵犀还没有意识到这个人在很长一段时间里将会成为所有人的心头刺。

胡尊落网，震惊校方的女大学生自杀案和校园猥亵狂魔案都暂时了结，但这不是结局，那个足以威胁社会安定的幕后帮凶还逍遥法外，仿佛一双活在网络系统中的邪恶之眼。然而在警方的强压追踪下，这个幕后帮凶的线索依然断断续续，找不到任何真实的信息，至此，这个代号为 X 的黑客成了谜。

郑灵犀熬过了补考、熬过了案子，得到了雷盾领导层的一致好评，人力经理还偷偷透风声给她说等毕了业回公司，老秦肯定会给她加工资。

郑灵犀很想超凡脱俗一些，但她做不到视金钱如粪土，天知道老秦那铁公鸡一年半没给她涨过工资了！所以连着一个礼拜郑灵犀都沉浸在"加工资"的美好幻想中，时间过得飞快。

周五晚上下了课，老师前脚刚出教室，学生们后脚就已经如飓风般夺门而出了。郑灵犀打了个哈欠，背上包正打算去食堂吃饭，正巧遇见两个舍友打扮得花枝招展的出去。

"齐心、云慧你们去哪里啊？"

她们打扮得和平时不太一样，穿了高跟鞋不说甚至还描眉画眼，小脸通红一副娇羞的模样，郑灵犀预感今晚有节目。

"灵犀姐，你还不知道啊？今天晚上计算机学院大四的学姐学长组织了一个聚餐，也邀请了几个低年级的学生参加，地点就在校外不远的绿意楼。"齐心羞涩道。

郑灵犀上大学这么点时间，专业知识没学进去多少，学校附近玩耍的地方倒是都摸了个透，比如这个绿意楼，就是一家比较有格调的中餐厅，她虽然没进去过，但听舍友说过几次，无非是人均消费三位数，出入的学生都是家境比较殷实的那种。

郑灵犀自诩是个粗人，平时的奢侈就是和赵成、张敦敦两人下个馆子撮一顿烧烤，让她在装修豪华的地方正襟危坐，吃一晚上也许还吃不饱，简直要疯。

"我们是跟着社团的部长去的，灵犀姐，邵学长没邀请你吗？不可能吧，你们关系那么好。"云慧问道，眼睛里写着满满的不相信。

事实是郑灵犀早把邵天冬说的这事忘到九霄云外去了。

"我们的关系有很好吗？你想多了，再说这种小孩子的聚会我怎么会去，有这时间不如多做几组体能训练，练几套——"她话还没说完就被打断了。

"练练练——灵犀姐，你是个女孩子，机会难得就别成天练练练了！"齐心摇晃她的胳膊撒娇道，"你就去吧，今晚的聚餐是邵学长请客的，我们跟他说不上话，蹭吃蹭喝多不好意思啊。"

云慧也加入进来，可怜巴巴地说："对啊，而且猥亵狂魔那事才结束，晚上回来要经过一段没什么人的路，我俩好害怕呀。"

郑灵犀："……"你俩这苦肉计用得绝了。

最终，郑灵犀被舍友连哄带骗、连拖带拽地弄到了绿意楼。

果然是高档消费的场所，连服务员都是古装美女，虽然是个饭店，但进门后小桥流水、绿竹环绕，每个隔间还都有绿植围开，十分雅致的布局。

这次聚餐的人主要是各社团和学生会的核心成员，他们混到大四也差不多是学生里一把手的人物，所以人数不多，带来的低年级学生不是像齐心、云慧这样社团的下一任部长候选者，就是他们的好朋友或者同班同学，像郑灵犀这样"来路不明"的人只能算少数的奇葩。

最大的一个包厢叫"梁祝"，服务员把她们引到门口。隔着门，郑灵犀就能听到里面传来的谈笑声，舍友们瞬间变成活泼的小蝴蝶，化作一阵香风飘了进去，她连忙快步跟上。

这些人大多数在喝酒聊天，饭菜还没上，但桌上气氛已经很热烈，郑灵犀在群魔乱舞的人堆里一眼就看到了邵天冬的身影。他今天穿得比较正式，白色衬衣扎在裤腰里，衬得文质彬彬、身材优越，被同学环绕着时宛如众星拱月。

看惯了篮球背心运动服的打扮，乍一眼瞧见这样的邵天冬，郑灵犀脸颊瞬间燥热起来，她是鬼迷心窍了吧。

"我不吃了，我现在就回去打拳！"她猛地停下脚步转身就走。

"别别别，打什么拳啊，美好的夜晚多浪费啊。"两个舍友反应更快，一左一右架住郑灵犀的胳膊，郑灵犀觉得自己变成了烤熟的羔羊，撒上孜然就能吃了。

她坐在离邵天冬不远的一桌。桌上的人男孩居多，似乎还有学生会会长，已经有了一些社会人士的气质，但她完全没心思搭理他们。

就算再怎么不去注意，她的目光也难免落在那人身上。她发现邵天冬是真的很受欢迎，这一会儿工夫，逮着空和他搭讪的女孩子络绎不绝，环肥燕瘦各有千秋，包厢里开着空调，风吹来饭菜的香气，也吹来了女孩们单恋的酸臭味。

郑灵犀咬着杯沿瞪着那边，同桌一个大四的学姐注意到她，笑着招呼："这位……就是'郑邵'的那个'郑'吧？"

郑灵犀完全没听懂，好半晌，见同桌的人忽然不说话了，她才皱着眉回头："什么，喊我吗？"

那学姐大约是个学生会的高层人物，平时都被人捧着的，被郑灵犀这么一忽视没了面子，脸色就不太好看了。

"还挺有脾气嘛，你们俩的绯闻都满天飞了，现在藏着掖着给谁看呢。"

正好这时候服务员来上菜了，一大盘烤鸟蛋，底下放的全都是干草，小小的半个蛋壳里头就那么一丁点蛋白。郑灵犀咂吧了下嘴，没尝出什么味儿来，她觉得绿意楼再不转型也许真的会倒闭哦。

而那学姐见郑灵犀埋头苦吃，完全不搭理她，语气就更不好了："亏我以为和天冬传绯闻的会是个什么样的人呢，结果，真是一朵鲜花插在了牛粪上。"

同桌的男孩们大约见惯了女孩子们斗嘴，一点都没有阻止的意思。

郑灵犀此时正在跟一只烤鸽子搏斗，她胃口很好，一顿吃得比男生还多，刚才一门心思观察邵天冬没觉得，现在动了口，才觉得腹中空空如也。这鸽子烤得色香味俱全，就是个头实在是小，而且肉还很硬，她用筷子戳了两下没开，直接上了手。

旁边约莫是那学姐的小姐妹看见了，跟着一起奚落："你们瞧她那个样子啊，连怎么吃饭都不知道。"

郑灵犀一只手撕下条鸽子腿啃着，慢悠悠道："这位姑娘，你是不是暗恋我？"

那女孩愣了下，皱眉："你胡说八道什么。"

"那你这么关心我干吗，食不言寝不语不知道啊？别人吃饭还一个劲盯着看，你很闲哦？"郑灵犀说得那女孩子脸色白一阵青一阵，她兀自拆鸽子，"不好意思哦，我不爱女生的。"

桌上旁人一阵闷笑。

郑灵犀十分斯文地用手把那只小鸽子给吃完了，骨头堆在一起，她打算用这些小骨头再拼只鸽子标本出来的时候，桌上猛然一静，她感觉身旁伸过来一只手。

邵天冬不知道什么时候坐在她旁边，他没在意她满手的油腻，顺手抽了张纸巾，抓住她一只手开始仔仔细细地擦，纸巾划过每一根指尖和指缝，他极具耐心："鸽子这么好吃吗，都不来找我说话了。"

郑灵犀浑身僵硬，像个木头人一样任由邵天冬动作，而同桌的众人同样鸦雀无声，默默盯着这位计算机学院的风云院草就这么给一个女孩擦手，眼神温柔流转。

之前那位出言不逊的学姐脸色苍白，一声也不敢吭，倒是旁边的一个男孩子，约莫是学生会会长的开口了："天冬啊，都快毕业了才转了桃花运，没想到你的缘分来得这么晚。"

邵天冬笑了笑："来得晚没关系，记得来就行了。"

"哈哈哈，那可得把握住啊。"

"是啊，"邵天冬回过头盯着郑灵犀，眸色漆黑漆黑，"可得看紧了，省得我一转头，她就因为一只烤鸽子把我忘了。"

郑灵犀如坐针毡，脸色通红，她猛地站起来："我出去上厕所！"然后像风一样冲出了包厢，服务员追都追不上。

"小姐！这位小姐！那边是男洗手间……"

郑灵犀在洗手间里待了很久，她猛地扇了自己几个巴掌，把旁边过来洗手的小姑娘吓了一跳。

他什么意思？他到底什么意思？那天胡说八道一通之后那么久都不来找她，是打算挑战她吧，是吧？

她在镜子里看到自己的神色，水珠从脸上一滴一滴滚落，滑过红润的脸颊和含羞带怯的眼眸。

郑灵犀作了好长一段时间心理斗争，所幸她回去的时候，邵天冬已经不在她那桌了。

同桌的人已经喝高了，那位学姐满脸通红浑身酒气，她举了杯面向郑灵犀："我这辈子都没想过邵天冬会主动去追一个女生，你让我大开眼界了！是你，就是你！"

她嗓门很大，整桌人都双目炯炯地盯着郑灵犀，郑灵犀虎着脸一言不发。

"别想让我承认你，我王凤花这辈子就没承认过其他女人比我美！比我美的人根本不存在！"

郑灵犀举了举自己的茶杯，假笑了下："客气了，我也从来没说过要比。"

王凤花干了一杯啤酒，大声道："我既然承认你了，你以后就是有身份的了，那些小姑娘谁还敢往上凑，老娘第一个不答应！明天，明天你俩就去登记！"

郑灵犀一口茶水差点没喷她脸上。

吃吃喝喝到晚上八点，开始陆陆续续有人离场，郑灵犀看见两个舍友站了起来，也走过去："走吧，我送你们回宿舍。"

"别啊，明天又不上课，我们去 KTV 吧！"齐心喝了点酒小脸通红。

云慧抱着郑灵犀的胳膊直撒娇："走吧灵犀姐，他们都打好车了。"

她们两个苦口婆心地劝着，软硬兼施，好不容易把郑灵犀拽上了出租车，等到了地方，是个装修金灿灿的量贩KTV。

郑灵犀以为她们就是去唱唱歌，结果进了包厢发现不对了，男男女女竟然都是分好了的，男生殷勤地给齐心、云慧她们倒饮料、点歌。

门一开，一个她此刻完全不想看见的人走了进来。

"你们要不要吃水果？"邵天冬笑眯眯的，看似是在问大家，其实眼睛直盯着她。

郑灵犀浑身僵硬，把齐心拽过来："你怎么没说他也在？"

齐心眨了眨大眼睛："咦，我没说吗，聚餐完之后是计算机学院的3对3联谊。"

郑灵犀脸上大写了一个"哎？"。

KTV包厢里灯光梦幻，两个舍友和其他两个男生凑在一起唱歌去了，郑灵犀抱着膝盖独自坐在长沙发上，邵天冬端了两杯饮料，将其中一杯放在她面前。郑灵犀低头一看，乖乖，蓝色玛格丽特。

"千年等一回……等一回啊……"舍友们穿透力极强的歌声荼毒着郑灵犀的耳朵，更糟糕的是她身边还有个活体炸弹。邵天冬坐得很近，他舒展的长腿差一点就要碰到她了，难以忽视的荷尔蒙汹涌袭来，好像每个动作都在撩她似的。

郑灵犀开始默念观音心经。

这时候舍友们唱累了，聚在一起打牌，邵天冬随手取过茶几上的话筒，在她面前晃了晃："跟我合唱一首吗？"

郑灵犀：唱个屁！唱个鬼！你有病啊！

邵天冬完全没被她的眼神吓住，他从善如流地站起身，点了一首歌。

郑灵犀甚至都有心理预期了，就怕他来一首什么《对面的女孩看过来》，她已经绷好表情了，绝对不会笑。

邵天冬放了歌以后没回到郑灵犀旁边坐着，而是坐在了屏幕边的转椅上。灯光打在他身上，把他头发染成了橙色，说实话，画面挺养眼的。

这番美色看得郑灵犀晕头转向，很快曲子响起。

"世界很大，而我很小，还在拼命寻找；

"我想要和你遇到，在某个天涯海角，在猝不及防的一秒；

"爱的路绕啊绕，我的心飘啊飘，也想有个停靠；

"有你就好——"

包厢里不知道什么时候安静下来了，打牌说话的声音也消失了，郑灵犀还沉浸在歌声里没回神，冷不丁有人叫了她的名字。

"郑灵犀。"她精神一震，差点就条件反射性喊了"到"。

而邵天冬还捏着话筒，目光步步紧逼："做我女朋友好不好？"

这一刻天崩地裂，上帝和佛祖在她脑袋里穿比基尼跳肚皮舞。

郑灵犀晕了几秒钟，深吸一口气保持镇静，努力找回语言："你是得病了吧……我告诉你一个秘方，你回去拿 999 胃泰和 999 感冒灵一起泡水喝，过一晚上就好了。"

"你不信？"邵天冬眯了眯眼"我是在向你表白，很正式的表白。"

郑灵犀：可我觉得你在说胡话。

大概看出她在想什么，邵天冬站起来，一步步走到她面前："我就是喜欢你，我想要拥抱你，想吻你，想和你永远在一起，就是男人对女人的那种喜欢，占为己有的喜欢，要是你和别的男人多说两句话，我会嫉妒得发狂。"

郑灵犀咳嗽了一声，装模作样道："你还小，我们不合适，你大学还没毕业，而我已经工作好多年了。"

邵天冬弯腰撑在她面前："你这样说不公平，我又不能决定我出生的时机，难道就因为比你小几岁，我就没有追你的权利了？"

You're so sweet

郑灵犀觉得脑壳疼，皱眉："我说过不会喜欢比我小的人吧。"

"你说说看我哪里小？"邵天冬眉目如画，笑道，"我保证我一点都不小。"

郑灵犀："……"

其他人：咱也不敢听，咱也不敢说话。

邵天冬脸皮异常厚，见郑灵犀脸色通红不说话，直接挤到她旁边坐着，一只手还抓着她的手掌摩挲。

郑灵犀崩溃了，用力把他往一边推，两人你来我往有点像在打太极。

快到十点的时候，KTV屏幕上的提醒出现了，有个男生提议："时间也不早了，我们送女生们回宿舍吧。"

郑灵犀求之不得，像兔子一样弹起来就往外冲。

然而，天公不作美，外头竟然下起了淅淅沥沥的雨。3对3联谊的众人当然发挥了男生的绅士风度，各自送女生回寝，也不知道是有意无意，等郑灵犀回头的时候，两个舍友早已消失无踪了。

"她们会有人送回去的，我们也走吧，再晚你们宿舍关门了，你就只有在外面住宾馆了。"邵天冬状似无意地说，"我倒是不介意一起……"

"快点走吧！"

出租车上，郑灵犀怕邵天冬接着发疯，颇有些提心吊胆，但他好像是转了性，注视着车窗外的街景一言不发。

这个点的校园已经很安静了，眼看快走到宿舍楼下了，邵天冬也没说话，郑灵犀忍不住开口："送到这里就可以了。"

邵天冬说："再远一点。"

郑灵犀张了张嘴："你再走，宿管阿姨就要看到了。"

"那就只到拐角。"他两只手抄在口袋里，淡淡道。

她还想说什么，默默咽下去了。

一高一矮两道影子在灯光下显得很细长，像两棵树，夏日的夜晚微微有些凉意，郑灵犀跺了跺脚，赶走心中那股别扭的错觉。

"回去吧，早点休息。"邵天冬开口，声音很平静。

"哦。"郑灵犀没瞧他的神色，转过身噔噔噔跑上了楼。

她回想了一下小说中告白的场面，男主在操场上围一个蜡烛爱心，手捧玫瑰花单膝下跪，旁边还有人弹吉他吹泡泡，换成他了，就只是在KTV 包厢里那么吼了一嗓子。

走到二楼的时候，郑灵犀鬼使神差顺着窗口往下一瞥，见邵天冬还站在那里，少年的身材颀长，路灯昏黄的光洒在他身上，光线有些暗，五官模模糊糊的。

但看见她以后，他忽然笑了，仿佛确定了什么。

郑灵犀猛地被电了一下，收回了目光。

然后，她一晚上都没有睡好，在床铺上翻来覆去摊煎饼到凌晨，满脑子都是那个男孩的笑脸，她一定是疯了。

Chapter 08
"山田君"的拜访

早上七点多齐心爬起来上厕所，看到的就是郑灵犀顶着两只熊猫眼在床上盘膝打坐，她吓了一跳："灵犀姐，又练神功哪？"

郑灵犀缓缓睁眼："该修空调了。"不然为什么一点也不凉快？

她在卫生间里打了水洗完澡，出来就接到郑飞翼打来的电话。

"喂，今天中午到我家来吃饭，爸爸回来了。"哥哥的声音一贯冷冷清清，着实浪费了那把先天的播音腔好嗓子。

郑灵犀撇撇嘴："老头子这回是从哪儿回来的，美国还是俄罗斯？"

"他去日本看樱花，说要给你勾搭一个天皇后裔回来。"

"我可不想要个秃头武士丈夫……"

两人说了几句就把电话挂了，郑灵犀对着镜子擦了擦头发，脑中乱七八糟涌过一堆纷杂的画面，最终定格在某个人的笑脸上。

天哪，竟然是邵天冬的脸！走开走开！

快到午饭时间，郑灵犀打车前往自家哥哥郑飞翼的家，他外表看起来是个花花公子、斯文败类，本职工作却是十分严谨严肃的法医。和两袖空空的郑灵犀不同，郑飞翼的家坐落在市里地段最好的小区，几步就有一个保安的岗哨值守。

到了地方付了钱，郑灵犀往三单元门口走去，微信进来一条信息，是邵天冬。

"我在你宿舍楼下，去哪儿了？"

郑灵犀不敢面对他，心里又纠结，忍不住还是回了："我来我哥家了，晚上才回去。"

"具体地址在哪儿？"

她一想，这小屁孩黏人的功夫还长进了，你还能跟到这儿来是怎么着？她想也没想就发了个微信定位过去，存心试探。

发完，郑灵犀也没多想，直接推开门进去了。

屋里的摆设还和以前一样充满少女心，一看就是大嫂的喜好。

"灵犀来了啊，饿了吧，一会儿就能吃饭了。"宋依然从厨房出来，身上还系着围裙，笑吟吟地看着她。

"嫂子好。"郑灵犀从善如流地喊了声。

没一会儿，郑飞翼从客厅出来，冷淡道："自己换鞋洗手，让我知道你不消毒，我非得打断你的腿。"

郑灵犀冲他比了个鬼脸。

兄妹两人一前一后进了客厅，郑灵犀立刻就瞧见一个中年男人跪在地上，埋头不知道在找什么，瞬间笑了："爸，你也喜欢扫雷啊！"

郑国强从沙发缝隙里抬起头，严肃着一张脸道："快过来帮我找找，电视遥控器不知道掉哪儿了！"

郑灵犀寻思好歹是自己亲爸，不好放着不管，只好走过去一起找。郑飞翼冷眼瞧着父女二人跪在地板上地毯式搜索遥控器，一言不发。

没一会儿，宋依然做好饭了，擦了手出来叫人："可以吃饭了……灵犀、爸，你们在干什么呢？"

郑灵犀趴在地上灰头土脸："找电视遥控器呢。"她刚把沙发都搬开了。

宋依然眨了眨眼，好像有点没反应过来。她看了看坐在一边悠闲自在地喝茶的郑飞翼，走过去拿起放在茶几底下的遥控器："不就在这儿吗……"

灰头土脸的两人以一种震惊得看见鬼一样的目光看着她。

郑飞翼站起来，施施然带着妻子往餐厅走："走吧，我们去吃饭。"

餐桌上一家四口对刚才的窘迫只字不提。饭毕，郑国强给亡妻上了一炷香，又坐到沙发前对着电视絮絮叨叨。

"隔壁老石又开始炫耀他那孙子了，说已经会走路了，走路有什么难的吗？我五个月就会跳了！"

"爸，你是青蛙呀，天生会跳。"郑灵犀吃着西瓜插嘴。

郑国强怒目而视："什么青蛙，我还不是在说你，一把年纪的人了，也不知道多出去找男朋友，就说前段时间介绍给你那个德国的小伙子，多英俊啊！再之前那个埃及的年轻人，人家还有法老血统呢！"

郑灵犀呸呸吐着西瓜籽："有法老血统的都成木乃伊了……"

郑国强眼睛瞪得跟铜铃似的，郑飞翼坐着喝茶假装自己听不到，宋依然只好出来打圆场："爸，灵犀才多大呀，咱们不着急的。"

"多大？她都二十七岁了！四舍五入都三十了！"郑国强皱着眉头挥挥手，"我今天下午给她安排了一个相亲对象，是日本人，据说有皇室血统，算算时间也该到了……"

郑灵犀翻了个白眼，真敢来，看她不打得他满地找牙。

正巧这时门铃响了，宋依然小跑着去开门，见门口立着一个年轻帅气的男人，手里还提着一篮子水果。

“你是……”

“我找郑灵犀。”

郑国强探头一看，高兴道：“啊呀，你就是山田君吧，怎么来得这么早？”

郑灵犀歪头一眼就瞧到了邵天冬那张脸，“噗”的一声喷出一口西瓜籽。

“山田君你到得好早，不是下午两点的火车吗？”郑国强从来没有这么敏捷的时候，他挤开郑灵犀，冲到大门口搓着手嘿嘿直笑，“你跟你哥哥长得真像啊，就是个子比他高多啦。”

邵天冬眨了眨眼没说话，只是站在那里微笑，他外貌本就出众，这样故作乖巧时宛如一棵芝兰玉树，长辈基本上没有能抵挡的。

郑国强见他不语这才反应过来，回身顶了顶郑灵犀的胳膊：“你会不会说日本话？”

郑灵犀扔了西瓜皮翻了个白眼：“萨瓦迪卡。”

“欺负我年纪大啊，这明明是泰国话。”

而客厅里，郑飞翼的目光终于从手中茶杯上挪开，他戏谑地看了眼站在门口的邵天冬，口中吐出一串流利的日语：“どなたですか（你是哪位）？”

后者毫不示弱，淡定地回答：“縁のある人（有缘的人）。”

他们两个一来二去，搞得郑灵犀和郑国强这两个真文盲晕头转向。

邵天冬看了眼一头雾水的郑国强，干脆加深了脸上的微笑往前进了一步：“叔叔您好。”

这一开口，郑国强惊喜坏了：“哎呀，你这中文说得贼溜啊。”

郑灵犀撇嘴，还隐隐带了一口地道的方言味道。

郑国强把邵天冬迎进屋子里，就安置在沙发上坐着，大嫂宋依然端上了茶水和点心，两人跟围观国宝似的看着邵天冬，就差要个签名了。

郑飞翼捧着茶杯看医学解剖刊物，一副超凡脱俗要成仙的姿态，对外界充耳不闻。而郑灵犀窝在单人沙发上，像防贼一样盯着某个人。

"你这中文可比你哥哥强多了，我认识他几个月，他连我名字都叫不出来呢，一句'你好'可以有八十种语气和用法。"郑国强想起来就乐。

他还记得有次跟山田君的哥哥一起坐出租车，下车的时候他走得快，没注意到红绿灯，山田君的哥哥在身后拔高了嗓子，那一串九曲十八弯的"你好"把他吓傻了。

邵天冬好似一点也没有说谎的不安，正大光明地喝了茶吃了点心，还和郑国强商业互吹了一顿，哄得老头子红光满面，好像下一秒就能拍板定亲了似的。

"山田君不瞒你说，我这女儿哪里都好，就是脾气火暴、人又毛躁、粗手粗脚，还没记性，除了这些缺点真的没啥。"

郑灵犀心想我这辈子是没有优点了。

邵天冬却仿佛听到了什么有趣的笑话，他看着郑灵犀意有所指道："叔叔说笑了，在我看来这都是她的优点。"

郑灵犀从小到大都是孩子王、捣蛋鬼，体育成绩破校纪录，文化课成绩跌破纪录，老师眼中的混世魔王，家人眼中的不良少女。她母亲去世得早，郑国强又当爹又当妈把他们兄妹两个拉扯大，不知操了多少心，如今听到有人这么说，一把老泪就要下来了。

"山田君，你真是不错。"郑国强动容道，拍了拍他的肩膀。

邵天冬适时开口："叔叔，你可以喊我天冬，这是我的中文名。"

"好好好，这中文名取得不错，一听就有文化。"

郑灵犀倒吸一口凉气，这人胆子可真是大，还打算演全套的！

郑国强忽然转头问："灵犀啊，你有英文名没有？"

"有啊，"她闷闷回答，"Android！"

郑国强：你咋不叫 ios 呢？

"天冬，你千万别误会，灵犀就是这么一个喜欢开玩笑的人。"

"我知道的，叔叔。"邵天冬装傻，他状似无意地问，"你们对灵犀是怎么看的？"

宋依然："单细胞的小姑子。"

郑飞翼："单细胞的妹妹。"

郑国强："我单细胞的女儿呗。"

郑灵犀："……"

邵天冬看郑灵犀一脸不爽的表情，走过来温柔地问："你的茶喝完了，我去帮你添一杯吧？"

郑灵犀一点也不客气，伸手举起了杯子："谢谢啊。"

邵天冬自己寻到厨房添了茶又给她送过去，在众目睽睽下问："怎么样？"

郑灵犀吹了吹漂浮的茶叶，冷淡地回答："凑合吧。"

这下郑国强直接怒了："什么叫凑合吧？你是不是忘了自己才是东道主，还让人家客人去给你添茶，过分不过分啊，我就是这么教你的吗？"

郑灵犀："是啊，每次不都是你让客人喝光了茶自己走，都不用主动赶人。"

郑国强："……"

邵天冬见父女二人气氛不对，很识趣地站起身来告辞："叔叔，时间差不多了，我今天就先走了，下次有空再来拜访。"

"天冬啊，留下来吃晚饭吧，大老远从日本来一趟多难得啊。"郑国强挽留道。

始终一言不发的郑飞翼此时冷哼一声："是啊，不如直接住下来好了。"

大老远从距离三十分钟车程的学校来一趟的邵天冬面色分毫不改：

You're so sweet

"不了，谢谢叔叔好意，我回去还有工作要交代，今天打扰了。"

"噢噢，灵犀啊，快送人家下去啊，扫什么雷快别玩了！"

被提着领子丢出去的郑灵犀勉强稳住脚跟，就瞧见那个少年含笑站在面前看她。

她白了他一眼，抬脚下楼。

两个人的脚步声一前一后回荡在楼道里，半晌，郑灵犀先绷不住了："你到底怎么回事，来这里干什么？"

"我还想问你怎么回事呢，为什么不回我的信息？"邵天冬居高临下地逼问道。

郑灵犀别开眼："认真学习没看见，手机没电了，宿舍没信号，移动和联通又打起来了。"

见她张口就来，邵天冬微微一笑："那我今天来的目的也很简单，拜访一下未来的岳父大人。"

他口出狂言的次数多了，郑灵犀渐渐也就摸到了他的套路，没那么容易脸红了。她哼了声："那你到岳父家拜访，两手空空很可以啊。"

邵天冬笑了笑，郑灵犀从他那不怀好意假惺惺的表情里，预感到会发生什么大事。

"那叔叔喜欢什么，下次我都带上。"他笑了笑，随即上前一步，郑灵犀条件反射后退，却忘了他们此刻是在楼梯上，直接一脚踩空险些摔下楼去。

电光石火间，一条胳膊搂住她的腰。

"好险好险，你爸说得没错，你可真是毛手毛脚。"邵天冬喘了口气，半抱着她倚在墙上，她扶着他的肩膀睁大了眼，两个人的心跳都达到了最高功率。

她盯着他的眼睛，半晌没说出话。

"怎么，看傻了，现在才发现我帅？"邵天冬嬉笑着。

郑灵犀低下头，闷闷道："放开我，我要回去学习了。"

"说谎，你根本就不学习。"

被鄙视的次数多了，郑灵犀渐渐也大萝卜脸不红不白了，邵天冬看她那个样子，心里爱到不行。

"我也知道你们秦总的套路，我给你铺一条路好不好。"他凑近她耳边说话，声音化成气痒痒地挠着，"牵手换讲题，拥抱换重点，要是让我亲一口，我给你押题押满 80 分。"

少年的声音甜蜜，郑灵犀哪里被这么撩过，一张脸涨得跟苹果一样红，她用力推开面前人的胸膛，咬牙道："你小子，要点脸吧。"

邵天冬装无辜，摊手道："我还没说完呢，要是答应当我女朋友，以后的作业我全都帮你写。"

郑灵犀：我看起来是那种会为了成绩出卖自己的人吗？

她僵硬了一下，默默垂下头不说话了。

怎么回事，郑灵犀你能不能有点出息？？

她当然知道邵天冬不是说说而已的，可她已经在不知不觉中慢慢习惯他的这种霸道了。

从单元大门出来的时候，郑灵犀正对上站在门口看着他们的郑飞翼，跟个幽魂一样，穿一身白静悄悄站在垃圾桶旁边。

"六层楼走了半个小时，我来看看你俩是不是在里面穿越了。"郑飞翼扯了扯嘴角嘲讽道。

郑灵犀理了理衣服，别扭道："你下来干吗？"

"丢垃圾。"郑飞翼看了眼她通红的脸，又看了看恢复成衣冠禽兽模样的邵天冬，声音冷得像冰，"回去，老爸找你。"

"哦。"郑灵犀应了一声，转身的时候瞥了眼邵天冬，后者朝她眨了眨眼。

郑灵犀走了以后，气氛从原本的微微暧昧变成了凝滞寂静，像是乌云密布的阴天，邵天冬若无所觉，抬腿往小区外走。

郑飞翼还抄着手站在原处："你小子，胆子很大啊。"

邵天冬脚步停下，笑道："第一次见面的时候，大舅子你也这么说。"

"你喊我什么？"郑飞翼皱眉。

邵天冬又重复了一遍："妻子的兄长，从亲疏远近应该叫大舅子。"

郑飞翼气极反笑，一张清俊的脸庞盈满怒意："口出狂言，现在的年轻人都是一个德行，不知道天高地厚，以为头脑冲动就能什么都得到。"

邵天冬闻此也收敛了笑意，两个外表出色的男人正面相对，郑飞翼不屑地冷笑一声："你想追她？你连工作都没有，你能给她什么？

"你要是想玩，大学校园里年轻的小姑娘那么多，随便哪一个都比她年轻，可郑灵犀和你想的不一样，不是你能随便碰的人。

"我劝你趁早收手离她远点，不然，我让你付出代价。"

郑飞翼长着一张娃娃脸，和郑灵犀一样看不出年龄，但此刻板着脸，浑身散发的气息说明他显然不是在开玩笑。

邵天冬脚动了动，突然露出一个微笑："大舅子，不要这么充满杀气嘛，我应该不欠你的钱，我也不想和你为敌，至于诚意，将来会让你们看见的。不过有一点我很高兴，你既然都这么说了，看来灵犀心里是真的有我。"

"拜拜，我回去上课了。"邵天冬挥挥手潇洒地转身离去。

郑飞翼：这小屁孩真气人！

另一边，在火车站迷路了的真山田君：中国真是太大了……

都说男人三十一枝花，女人三十豆腐渣，郑灵犀距离变成豆腐渣还剩两年半。

虽然年龄摆在那儿，但事实上她还真的没有太多的恋爱经验，不过是重复"相亲——吃饭——不合适"这样的无限循环而已。

女人面对高大帅气的年轻小伙子的追求，要说没有心动是假的，但郑灵犀不想让自己看起来太弱势，太容易被撩，果然还是"学校"这个地方充斥了太多的年轻荷尔蒙与冲动。

说白了，她的理性并不相信这段爱情。

从郑飞翼家回去，到学校的时候已经快要赶上下午第一堂课了，郑灵犀打了个哈欠往教学楼走，经过教师办公室门口的时候，看到前方杵着两个障碍物。

赵成和张敦敦站在墙角，像两尊不动如山的铁塔，耳朵贴在墙上，双手双脚扒着墙好像长在上面似的。

郑灵犀走到他们身后，开口："你俩干吗呢，cosplay壁虎啊？"

"嘘——"两人猛地回头朝她瞪眼。

郑灵犀被那放大的脸吓得一个激灵，忙后退两步："嘘什么，真做贼呢？"

两人一言不发，沉着脸一左一右架着她往旁边楼道里拖，她半点没有反抗任由他们动作。

等到躲到角落里了，赵成才开口："我看到老田来学校了，刚进导员办公室。"

张敦敦满脸愤怒，愤怒中又带着惊恐，惊恐中还有点肃穆。

郑灵犀一愣："他来干什么？"

张敦敦牙齿发抖："他还能来干什么……肯定是秦总想盘问我们的期中考试成绩，要是太难看，就给我们扣工资或者降职……我早知道队里有几个小畜生对我大队长的位置蓄谋已久，天天在秦总耳边吹枕边风。"

赵成："敦敦，枕边风不是这么用的。"

郑灵犀作为唯一一个不及格的，还补考了一回的部长，顿时觉得自己的位置岌岌可危，她恼怒道："他不能就这么来查我们！"

赵成："事实上他可以。"

郑灵犀："学生的成绩是保密的，他得走程序！"

赵成："事实上他不用。"

田安全是雷盾公司技术部部长，也就是公司最重要的核心模板的负责人，人称老田，郑灵犀听说他在国内名牌大学毕业后又上国外深造了几年才回来的。虽然外表长得比较着急，但老田其实是个八〇后，看过他身份证以后，郑灵犀深刻意识到头发旺盛真的是衡量程序员工作年限的唯一标准。

老田是秦总的心腹，平时几乎坚守公司技术部机房不动摇，外派也轮不到他，但是有资格来打听保镖部部长学习成绩的，除了他也找不出来第二个中层管理了。

张敦敦眼睛左右乱看，疯狂流汗："灵犀，我们该怎么办？"

半晌，郑灵犀轻哼了一声，高贵冷艳道："和以前一样，办了他。"

"收到。"

田安全已经很久没有出门了，这次因为是亲自来学校见人，他还特意穿了一件去年买的新 T 恤，空荡荡地挂在他瘦弱的身躯上，像个塑料袋。再加上那啤酒瓶底厚的眼镜和数量稀少的头发，从后面看仿佛风一吹就要倒的稻草人。

旁边一个背着书包的学生匆忙跑过去，不小心撞到了他的肩膀，他身体颤颤巍巍往旁边一晃靠在了墙上，那学生回头看了眼他大喊着："对不起啊叔叔！"

田安全艰难地爬起来，流下两行清泪——现在的大学生都这么没有素质吗？随便一个男人就管人叫叔叔，我也没比你大多少啊！

受到了身心双重打击的田安全欲哭无泪，他拖着步子走出学院，找了门口小广场上的一条长椅坐下来，拧开茶壶喝泡好的菊花茶。

旁边投下一片阴影，似乎走过来一人站在那里。

听那人叽里咕噜讲了几句电话，田安全心不在焉地看着脚下的野草。

"目标独自行动，没有帮手，目前没有察觉到我……正在排查是否携带武器——应该是没有携带。"

田安全听着听着有点回过神了，他侧目看去，见自己旁边站了个打扮奇怪的男人，大热天的戴着帽子墨镜，身材扎实。看见他了，对方迅速像只兔子一样躲在树后："目标发现我了！赶快行动，赶快行动……目标穿了一身白衣服和黑裤子，手里拿着一壶菊花茶。"

田安全有些慌乱起来，他左右看了看，然后听那人吼叫着："目标想跑，快开枪！"

"啊啊啊！"田安全大叫了一声猛地站起来，像只被拔了羽毛的鸡。

田安全绕着长椅连跑了两圈，才气喘吁吁地停下，就见"三座铁塔"站在不远处沉默地看着他，几个路过的学生对他指指点点。

田安全一张脸红透了，他指着摘下墨镜的赵成鼻子就骂："你想干吗？戏弄我这么有意思吗？上个学是不是把你们都读傻了！"

他这么一开口，赵成一肚子气也上来了："我还没说你呢！田安全你想干什么，跑到我们学校里偷窥我们成绩！是不是技术部想造反了？"

田安全一脸蒙："谁说我是来找你们的！"

郑灵犀正打算理论一番，闻言也傻了："那你跑这儿来干什么？"

"我在这儿读的研究生，导师生日了我过来庆贺一下有错吗？啊？"

这句话喊得声嘶力竭，郑灵犀从田安全那尾音里听出了悲愤和被羞辱的意味，连忙咳嗽一声换了话题。

"咳咳，田哥，误会啊都是误会。"郑灵犀把他重新请到长椅上坐下，赵成端来了菊花茶，张敦敦在后面打扇，郑灵犀赔着笑，"田哥，我们绝对没有冒犯你的意思，全公司上下谁不知道技术部是保镖部的强大后援，保镖部是技术部的忠实朋友，咱们是亲人啊。"

You're so sweet

被吹着捧着一阵，田安全的呼吸才算平复了点，他挠了挠自己的头发道："其实我今天来看导师是一回事，另一回事是替秦总来挑一挑好苗子，听说计算机学院里有几个不错的学生，我就来考察一下，结果没见着人。"

他话音刚落，郑灵犀就不可控制地想到了邵天冬。

不管是恋爱或者计算机天赋，他确实是个不可多得的人才，她都有点想推荐他了。

"怎么，公司还缺人了？"赵成问。

"哎呀，是不缺人，可我们缺人才啊。"田安全又挠了挠头，随风飘落几根秀发。

"你们不知道自从上次事件以后，我们技术部过得有多惨，又要不断追索病毒源，又要开发新的防火墙，还得防着秦总摔门撒气，没一个月就秃了好几个，都是大好的年轻小伙子啊。"老田掏出片纸巾默默地擦眼泪。

郑灵犀依稀记得，那回全公司上下的电脑都中了黑桃心的病毒，连她的老爷机都不放过。后来还是请了外援 Winter 出来帮忙，才解救了危机。而那个 Winter 就是邵天冬。

"放宽心老田，我发现现在的大学生是真的厉害，总能找到需要的人才的。"张敦敦善解人意地拍拍他的肩膀。

赵成也点头："是啊老田，头发的问题也不要着急，我认识一家不错的理发店，我把那边的 Tony 老师介绍给你吧？你听他的去做 2 万 8 的全面护理，没准能重新长出头发呢？"

赵成刚正不阿的表情看得田安全一口气卡在嗓子眼——我谢谢您关心嘞！

下午上完课，郑灵犀、赵成、张敦敦三人带着田安全去校门口撸了串，好吃好喝把人送走。

看着那挤满人的公交车渐渐远去，赵成打了个哈欠："应酬可真累，我还是喜欢体能训练。走吧走吧，回宿舍洗洗睡了。"

"是啊，都七点半了是该睡了。"两人相伴离去。

郑灵犀心神恍惚地走了几步，忽然脚步一顿，她在校门口看到了一个熟悉的人。

邵天冬两手插兜懒洋洋地站在那里，他旁边是个卖棉花糖的小摊，几朵粉白色的棉花糖飘在他身边。见她发现自己了，他挥手打了个招呼，嘴角扬出一个荡漾的微笑。

他们隔得不算近，中间还有不多来来去去的行人，这让郑灵犀心情有点复杂，如果很讨厌，她其实可以装作没看见走开，可是犹豫着犹豫着，她还是走了过去。

"你站在这儿干吗，拉客呢？"一张嘴就是句骚话，郑灵犀差点咬了自己舌头。

邵天冬习以为常地哈哈大笑："是啊，小姐今晚有什么吩咐，我都听你的。"

郑灵犀沉着脸，呸呸呸！她忽然想起刚才老田的话，就势问道："你不是快毕业了吗，准备以后去干什么？"

"你在关心我？"邵天冬眨眨眼看她，"老师让我先留校帮忙一段时间，之后应该会去工作。放心吧，我能养活你，不会让你饿肚子只吃馒头咸菜的。"

郑灵犀原本表情严肃，听他这么说也维持不住了。

学习压力这么大，还面临就业压力，自己还跟家里决裂，就这条件还坚持不懈地想谈恋爱，她都忍佩服他了！

"我是说真的，你毕业了以后如果找不到工作可以联系我。别看我这样，好歹也是在社会上摸爬滚打好几年的人了。"郑灵犀没说假话，作为雷盾保镖部的一把手，再加上在各项比赛中都得过奖，要说不认识一些单位的中层管理那都不可能。

"我还认得夏纳影后呢，之前有段时间负责她的贴身保镖，近距离看那是真漂亮啊。"郑灵犀低头打开手机，"你等我给你找找照片。"

邵天冬看她挺来劲，也存心戏弄："好啊，那灵犀姐姐你介绍我去你们公司吧，我的实力估计可以当保镖部部长？"

郑灵犀笑脸僵住：跟老娘抢饭碗是吧？

"逗你的。"邵天冬懒洋洋地抬头看了眼黑下来的天空，"哎呀，不过被你这么一说，我发现我是真的没有职业规划，这可怎么办呢，会不会毕业就失业呀。"

郑灵犀狐疑："大学老师不教这个吗？"

邵天冬存心装傻，张口就来："学校里给安排的实习工作就是去网吧里修电脑呀，隔壁商学院的学生是去饭店端盘子，机电学院的人去打铁，播音主持的去当婚庆司仪。"

郑灵犀深信不疑，震惊道："那我帮你物色物色。"

邵天冬眼睛一亮，像是晚霞染上了色彩："好啊，那明天我俩单独做做职业规划，完了我请你吃饭看电影好不好？"

郑灵犀：好心机啊小屁孩，都是套路……

"看个屁，我明天要跟舍友去逛街。"

"可以带着我一起逛。"

"变态吧你。"

郑灵犀没有说谎，她是真的要跟舍友出去玩，而她完全没有意识到的是，一个还在读大学就已经被专业级别安防公司请来当外援的人，他根本就不用担心职业规划。

最近学校里接连破获大案，隔壁宿舍的三人也终于能从刘露被害的后遗症中解脱出来了，女孩们高高兴兴一起组团去逛街。

郑灵犀是被拖着捎带上的，她从被这群莺莺燕燕包围的时候起表情就没放松过。美丽的少女们成群结队、巧笑嫣然，场面不可谓不养眼，一路上回头看她们的路人不少。

"姐姐我累了，我先回去练功了，你们慢慢玩……"郑灵犀脚步一顿想要回头，就被一左一右抱住了胳膊。

"这才刚走了几家店就累了，灵犀姐你的体力也太差了吧。"齐心埋怨着。

"是啊，一会儿我们还要去吃甜品，晚上还要接着看电影，不到九点不回去哦。"云慧问，"我们的目标是什么？"

"买爆整条街！"

姑娘们的回应，让郑灵犀腿一软。

女孩子们一碰到漂亮的衣服首饰就走不动道，郑灵犀麻木地看着，不但内心毫无波动甚至还有点想睡觉。

"啊——"她眯眼打了个哈欠，揉了揉眼睛，见几个女孩子都回头看着她。

"怎么，准备回去了吗？"郑灵犀来了精神。

齐心："我发现灵犀姐打扮得好素，白白浪费这张校花脸。"

云慧："灵犀姐你的皮肤好白，眼睛好大，这个蝴蝶结戴你头上肯定好看……"

不，我不好看，我就这样挺好的——你们别过来。

郑灵犀的身手在她们跟前毫无用武之地，她站在原地任由她们动作，仿佛一只木偶娃娃。头上戴上了粉红色的蝴蝶结发夹，脖子挂着珍珠水晶的项链，从上到下焕然一新，但郑灵犀觉得这些东西比锁链还沉重。

她低头看了眼手腕上的手镯，这真的不是手铐吗？

女孩们一家店接着一家逛过去，郑灵犀不知道那些看起来差不多的衣服鞋子为什么她们选起来就那么纠结。

忽然，齐心好像看到了什么，抻长了脖子看过去。

"怎么了？"郑灵犀问。

"你看，那个人是不是有病啊？"

她们所在的购物中心是个环形，中央一圈绿植旁边放着几张长椅。顺着齐心手指的方向看过去，只见一个推销员拿着张宣传单正在不遗余力地营销，口中唾沫星子都飞到对面那人脸上了。另一个男人，垂首坐在椅子上仿佛一个木头人一动不动，因为他是佝偻着腰坐的，显得整个人像个句号。

如果仔细观察，就会发现这男人嘴里好像念念有词，加上脸色青白，瞧着神智不大好。

郑灵犀直觉这是个精神病患者，她轻声道："你们待着，我过去看看。"

对面是家理疗养生馆，门口竖着个人体穴位的等身广告牌子，店铺名字也挺忽悠人的，叫"云仙"。

"说了半天你到底买不买啊，不买就别坐在这儿了，一副苦瓜相，挡着我家店门业绩都被你带差了，一会儿店长回来我又要挨骂。"推销员小妹抱怨着，用手中宣传单页轰人，"快走快走吧，上别处坐去，浪费我时间。"

她挥到一半的手忽然被人从旁边截住，来人力气很大，不过抓了半秒钟不到就松手了。

"你干吗呀？"推销员小妹大叫起来。

郑灵犀收回手，冷艳高贵道："这是你家椅子吗？"

说实话，郑灵犀的出场方式是酷帅狂霸拽的，只是不论她表现得再怎么凶悍恐怖，先天条件放在那儿。推销小妹看着比自己还矮一个头的郑灵犀，刚才那一点点说服力也烟消云散了。

"你是谁啊，从哪里冒出来的？"推销小妹有点生气，"你肯定认识这个人，正好，你快点把他带走，别妨碍我们做生意！"

郑灵犀低头瞧了一眼，那个男人身上穿了一件半新不旧的亚麻短衫，脚上是双掉色的运动鞋，听见她们的对话，他条件反射地抬头和郑灵犀对视了一眼。

那一眼恍惚让郑灵犀坠入冰穹。很快，男人又挪开目光重新低下头装死了，好像一切没有发生过似的。

郑灵犀皱了皱眉，虽然没细看，但这男人年纪应该在二十五到三十岁之间，皮肤有点超乎常人的惨白，好像常年晒不到太阳似的，如果不是身体有问题，那就是精神有问题。

"我不认识他，但购物中心是公共区域，人家坐在这儿怎么了？就因为不买你家的产品，难道还违法了不成？需不需要我联系保安，或者干脆找消协投诉一下？"郑灵犀冷淡道。

郑灵犀这话一出口，其实推销小妹就有些后悔了，但实在是因为郑灵犀的外形太出众了，很容易让抱有敌意的同性产生敌对感。

推销员小妹嘴硬道："你们这些人没有了解过，根本就不知道清淤对人身体有多重要。你看看他，脸色这么差，一看就是静脉里淤积了许多污垢，浑身上下神经都堵塞了，需要来个全身的调理套餐才能治，我那是治病救人！再说你吧，外表看着好像挺健康的，实际上因为缺乏运动又爱吃垃圾食品，身体里不知道藏了多少脏东西呢，年纪轻轻可能五脏都已经坏了。"推销员小妹带点嫉妒的目光划过郑灵犀的脸颊，心中想象着郑灵犀起码涂了三层的粉底液才会有这么白。

"你们自己不在乎不重要，别堵在我家店门口耽误其他顾客治疗。"推销员小妹趾高气扬道。

郑灵犀挑了挑眉，正好这时那个低头坐着一言不发的男人动了，十分缓慢地抬头瞥了她一眼，好像在等她怎么反应。

郑灵犀笑了下，走上前半步："好啊，那劳烦你快帮我看下，我哪条血管淤积了哪个内脏坏了，还能活多久。如果真的是这样，多少钱的调理套餐我都做。但是如果没有，我要求你们门店赔偿我的精神损失费，并且要以欺诈罪把你们带去公安局审讯哦。"

推销员小妹到底学历不高，对着郑灵犀那理智冷静的语气，气势马上就弱了，她有点匆忙逃脱的意思，不耐烦道："懒得搭理你！"然后脚步飞快地回了店里。

解决了事情，那个男人还坐在长椅上一动不动，丝毫没有要向郑灵犀道谢的意思。见她打量自己，他慢慢抬头和她对视，不知道是不是错觉，这会儿他眼神没那么冰冷了。

"你是自己一个人来这里的，没有朋友陪你吗？"郑灵犀问。

那男人嘴巴嚅动了一下，才轻轻点头："我一个人。"

"你叫什么名字？"

"任同济。"

郑灵犀的本职工作是高级保镖，身边的队员不是体育健将就是各个武术领域的冠军，她常年训练，面对普通人基本上一眼就能看出来对方身体素质如何，面前这个男人，是个典型的缺乏运动的亚健康废宅，她很怀疑他每天的步数有没有两位数。

"时间不早了，你快点回家吧。"郑灵犀说完，见那男人慢慢站了起来，因为躯干实在太细，她都害怕他大点动作的话腿骨会不会折断，而且应该有低血糖吧……她猜想。

"你没有吃晚饭吗？"郑灵犀问。

那男人愣了一下，缓慢地摇了摇头。

郑灵犀皱了皱眉，撂下一句："等着。"

任同济乖乖坐在长椅上等待，半晌之后，郑灵犀从不远处的食品店跑回来了，她给他买了一条水果糖。

"以后可以随身备点糖块，就不容易低血糖了。"郑灵犀见这男人又开始发呆，不远处舍友已经在拦手呼唤了，她转过身，"我走了，以后多多运动吧哥们。"

任同济见她要走，忍不住道："等一下……我，怎么称呼你？"

郑灵犀回头皱眉瞅了他一眼，因为这一眼，这哥们又低下了头，她道："你叫我神奇女侠吧。"

然后，她转头就走，半点留恋也无，长而柔顺的头发披散在身后，像只雨后飞翔的小燕子。

郑灵犀和舍友们离开很久以后，一个油腻的中年男人赶过来，恭恭敬敬地凑到任同济身边。

"等急了吧，今天路上真是太堵车了，都是出来玩的小孩子。而且为什么要选在这里碰头啊，人实在太多了。"他絮絮叨叨，从公文包里取出一个笔记本递过去。

"给，里头夹着一张银行卡，密码你知道的。我要的病毒呢？"

任同济慢吞吞地在裤子口袋里掏啊掏，掏出什么东西丢给了他。

那男人满脸精光，捧着上下左右看了好一会儿，才注意到任同济手里的糖块。

"你喜欢吃糖？我下次给你带德国进口的大牌软糖好不好？"男人赔着笑。

"不好。"任同济把玩着手里的糖纸，他只喜欢这一个。

吃了瘪后，男人的脸色难看了一点，他见任同济吃了糖又拿了钱，晃晃悠悠地准备离开，忙问："对了，合作那么多次还不知道怎么称呼您呢？"

任同济笑了笑，一副阴恻恻的模样："叫我 X，其他的你不需要知道。"

中年男人看着他的背影，又看了看手中小小一枚 U 盘，暗骂了声："怪胎一个。"

Chapter 09

受伤的小狗崽

郑灵犀对于在校外偶遇的这个神秘男人一点想法都没有，她唯一有一点担心的是这么一个精神病患者要怎么安全回家，不过在她回到学校以后就很快把他遗忘在脑后了。

邵天冬自从和她表白以后，脸皮越发见厚，平日里堵不到人，干脆就跑到她班级里去打游击战，美其名曰指导作业，实则语言骚扰。

他每次出现，以郑灵犀为中心半径一米内的座位一定没有人坐，台上的老师都一副见了鬼的表情，郑灵犀深受其害，没有办法，只能躲着他。

幸好很快到了毕业生答辩的日子，大四的学生们忙起来，邵天冬也没那么多时间来纠缠她了。

郑灵犀过了舒舒服服自由自在的一周，差点把这么个人给忘了。

夏天过去的时候，某天郑灵犀正在宿舍里洗积攒了一礼拜的衣服，冷不丁，门被敲响了。

"谁啊？"

"是我。"

她瞬间从地上弹起来，躲都不行了，还学会送货上门了？

她凑到宿舍门前，小心地开了一条门缝，见邵天冬真的站在门口，一副光明正大的样子。

"这里不是女宿舍吗，你是翻墙进来的？"

邵天冬微微笑，看着只露出一对眼睛的郑灵犀道："我就是从门口走进来的啊。"他晃了晃手里的一张工作证，上面写着"学生会"三个大字。

"你还不肯放我进去吗？"邵天冬低声道，"你再不开门，一会儿整个学院都该传遍了，说我到女生宿舍来找……"他四周已经有很多女生在明里暗里地围观了。

话未说完，面前的门猛地被拉开，把他拽进去以后又迅速合上，发出"咣"的一声巨响。

郑灵犀装模作样地拍打了下自己的衣服，回过头咳嗽了声："你来找我有什么事吗？"

邵天冬没有回答，他颇有兴趣地瞧着自己身处的方寸之地。女生宿舍一共有四张床，每张都挂着帘帐隔绝私人空间，而只有他右手边的那张床此刻敞着，露出上面叠好的被子——是豆腐块形状的。

郑灵犀觉察他的视线，猛地跳到跟前，伸长了双手挥舞："不许看不许看！没人教过你进到女孩子的闺房不许乱动眼珠子的吗！"

邵天冬哈哈笑着："我没有乱看呀，我一直只盯着你呢。"

郑灵犀被撩得满脸通红。

他越过她的头顶，饶有兴趣地问："这是你的床吗？"

"是又怎么样，再干净舒服也不会让你躺的。"

邵天冬挑眉：'你这么希望我躺下来，我不实现你的愿望岂不是不好？"

"你给我要点脸吧。"

她气急败坏，他镇定如初。

邵天冬自然而然地走到属于郑灵犀的书桌前，长腿一跨坐到她的椅子上，随手把玩一本习题册。

"我明天举行毕业典礼，你来看吗？"

"你毕业我去看什么。"

"来看热闹嘛，而且我都毕业了，你见我一次就少一次，我不会在这里留太久的。"

郑灵犀手指停住，她转头看他，忍不住吐槽："干吗，你终于要去网吧修电脑啦？"

邵天冬笑了笑，站起身越过她走过去，擦肩而过的间隙揉了一把她的脑袋。

"为了某个人，当然要努力修电脑赚钱喽。"

他离开了，顺便带走了一室荷尔蒙，郑灵犀蹲下继续搓那盆衣服，回过头的时候，她忽然在桌上发现了一个小东西。那是一朵用荧光纸叠的玫瑰花，花朵带着馥郁的香气，仿佛是他身上的味道，让人不由自主想到那个少年的脸。

最终，郑灵犀还是去参加大四学生的毕业典礼了，那是全校性的活动，一群穿着不同颜色学士服的少男少女挨坐在操场上，头上戴着学士帽，帽檐的红穗子被风一吹飘飘荡荡。

可是她发现了一个问题……人太多了，她根本不知道邵天冬在哪儿。

"我真是疯了，来凑什么热闹。"郑灵犀絮絮叨叨。

她正满世界找人的时候，忽然赵成给她打过来一个电话。

"喂？"

"灵犀，出大事了！"赵成的嗓门比平时还高个八度，惊悚中带点畏惧。

郑灵犀一蒙："怎么了，你冷静点说。"

"刚才导员说，因为今年学校里案子太多了，他们聘请了专家老师来做案件警示分析的辅导课，你猜这个老师是谁？是你哥郑飞翼！"

"什么！"郑灵犀的声音瞬间也高了一个八度，她也不管毕业典礼了，拔腿就往学院跑，"他这就已经来了？"

"听说已经到东门口了，顶多还有三分钟就进来了！"

什么突发事件都比不上空降一个老师来得震惊，问题是这个老师还是自己的亲哥哥。

郑灵犀从小就在郑飞翼的压迫下长大，他聪明机灵学习好，老师家长人人夸，在他文绉绉地修习毛笔字时，郑灵犀已经在沙地里撂翻了附近院落的所有熊孩子了。因此每次当别人说起他们这两兄妹的时候，总会戏称为"美女与野兽"，当然，她才是充当野兽的那个。

化身飓风吹回计算机学院，郑灵犀远远地就看到一个模糊的人影站在汉白玉石桥上，那穿着笔挺西装的背影像一幅画，来来往往的学生有不少对他行注目礼的。

"郑飞翼！"郑灵犀猛地冲过去站在他面前，望着那张跟自己极其相似的脸吼着，"你来这儿干什么，你是不是嫌我学校生活太好过了所以要给我找点事？"

郑飞翼垂眸瞅了眼她："你怎么还是一副炮仗的样子，学校没教你学乖一点？"

郑灵犀拳头都捏出"嘎嘣嘎嘣"的声响了，郑飞翼恍然大悟："我猜你是因为以后得叫我老师，所以心里不舒服吧？"

"……"

郑飞翼看着脸色不佳的她，问道："你觉得我是来干什么的？"

郑灵犀闷闷地回答："找麻烦的。"

"不，我是来监视你的，一把年纪被个小男孩迷得神魂颠倒，你真是越活越回去了。不然你以为我何必要浪费时间泡在这里教什么公开课？"

郑灵犀脸色一变，仿佛被人戳穿心事似的面色通红："你从哪儿听来的小道消息，我跟你说绯闻八卦都不能相信的。"

郑飞翼冷哼一声："我有眼，会自己看。你难道天真地以为可以瞒天过海吗？你觉得老爸知道事情的真相后会怎么想，一个小你五岁的大学生。"

郑灵犀哑然。

郑飞翼盯着自家妹妹由红转白的脸，皱了眉头试探着问："你们……不会是已经……"

"我们什么也没有！"郑灵犀忙着澄清，顿了一下又道，"你别瞎猜，我们什么关系也没有，我对他也没有感觉。"

风吹来，吹散了鼻尖花草的芬芳，郑飞翼冷冷地看着面前的人仿佛变成即将破茧的蝴蝶，柔软脆弱。他忍不住意味深长道："你确定？"

郑灵犀抿着嘴："我确定我不喜欢他！"

这句话说出，仿佛一块巨石的落地。她长呼一口气，忽然心头一凛，回身看向某个方向。

身后不远处站着一个人。

邵天冬也穿着那身毕业生学士服，这让他变得非常具有文艺气息，郑灵犀觉得他穿这身衣服的样子是她见过的最好看的，但此刻少年的表情说不上友善，她被他的目光看得后背发麻，猛地回过了头。

"你自己想清楚了就好，有事情记得找我。"郑飞翼淡淡道。

"嗯。"郑灵犀点点头，再回过头的时候，邵天冬已经不见了。

邵天冬临走的时候，好像深深看了她一眼，不过那会儿郑灵犀面对着郑飞翼，根本没注意到他是什么神情。

她也不知道自己是怎么接着去上课的，最后还是旁边坐着的学生拍了拍她，她才回过神来，发现自己已经在这间教室坐了两节课，现在早已不是属于他们班的课堂。

郑灵犀抓起书包飞快赶去新的教室，里面人声鼎沸，学生们聊天说话的声音很大。

好巧不巧，这节课就是郑飞翼的公开课，投影仪上放着什么警戒案例，郑灵犀一眼也不想看，找了个靠后的位置坐下。

赵成自郑灵犀进来起就一直在观察她，在她搬出书包来当枕头趴下公然打盹的时候，终于忍不住偷偷凑过来捣了捣她。

"你咋了，受刺激啦？"

郑灵犀扭头换了个方向趴着，从鼻子里发出哼的气声。

赵成以为她是因为当了自己亲哥哥的学生而感到愤懑，随手拍拍她的肩膀，开导道："算了，想开点吧，谁让你比他小呢。"

郑灵犀这会儿根本听不了"谁比谁小"这几个字，她郁闷地埋起脸，但讲台上那人的声音还在不断往她耳朵里钻，跟紧箍咒似的。

有学生举手问："老师，我们是计算机学院的学生，为什么要学解剖青蛙啊？"

郑飞翼冷淡的声音飘过来："正因为你们不会才要学，你们学院有哪个老师会解剖青蛙吗？"

底下鸦雀无声，好像是这个道理？

郑灵犀用脚指头想都知道郑飞翼肯定还是那副面瘫样，他根本就不会理睬别人在想什么，他就是这么独断专行。

You're so sweet

风和日丽，但这天气看在某些人眼里还不如阴雨连绵。

邵天冬回到了毕业典礼上，他浑浑噩噩地随便找了个空位坐着，旁边的人影晃来晃去，看在他眼里像是鬼魅，连人脸也分不清。好像是有个女生走到他旁边说话，一边动一边笑，声音软绵绵的，听不清楚。

"邵天冬，我喜欢你两年了，今天是毕业典礼，我希望你能收下……"

他站起来，径直从那女生身边走过，连眼神都欠奉，这还是他第一次对异性这种态度。

邵天冬完全不在乎了。

他胡乱摘下头上的学士帽，学士服扯下来随意丢在一边，学生们的欢呼呐喊声钻入他的耳朵，他忽然觉得很烦。

运动全能、超高智商的他第一次产生了一种做什么都是徒劳的错觉。

有几个毕业了的男生嬉笑着凑过来，勾肩搭背缠住他。

这几个都是问题学生，肆业的那种，某种意义上在学校里也是出了名的。

"冬哥，怎么自己在这儿坐着呢，你的小女朋友呢，你俩不是传得挺轰轰烈烈的？"为首的一个男生说道。他穿着一件黑色短袖 T 恤，露出两条胳膊上明晃晃的文身。

邵天冬一贯不予理睬。

那几人却不依不饶，嬉笑劝着："冬哥，你平时不跟我们玩，这都要毕业了，赏脸跟哥几个出去喝一杯吧。"

"我们知道一家店，那里绝对有好酒，而且没有人打扰。"

邵天冬听到"酒"这个字，眉头有些许松动。那几人顺势推搡着他往外走："别憋着了，你们好学生就是虚伪。"

孙荣在后头看到了他们一行人，有点担心，然而邵天冬根本没有注意到旁人的眼神。

邵天冬跟着这几个男生到了一家地下酒吧，从外面看没有门牌，里头却坐着不少的人，有中年人，然而更多的是流里流气的小年轻。明明是大白天，里头却能感觉到一阵阴森凉意，混着酒精和烟草的气味，像个地狱里生出来的酒池肉林。

"给他来一打啤酒，要最烈的。"男生们笑着向老板打招呼。

很快，有人拿来了一箱啤酒，都是比利时黑啤。邵天冬看也没看，直接仰头就往下灌，他酒量还不错，但人一旦自己想要喝醉，那就什么办法都没有了。

"难得看到我们冬哥喝闷酒的样子。"那文身男笑了，观察怪兽一样看他，"发生什么事了，不会是被个妞给甩了吧？说出来哥几个保证不笑话你。"

身边人絮絮叨叨，音乐声也很响，但邵天冬全都听不进去。头顶水晶灯光彩迷幻，他仰头靠在沙发背上发呆，他需要一种失忆的药，吃了就能忘记刚才看到了什么、听到了什么。

因为出色的外表，有浓妆艳抹的女人走过来，细声细语说着什么，用夹烟的手指戳他的胸口，邵天冬完全不为所动，只有旁边坐着的男生们发出一阵阵兴奋的哄笑。

这时，酒吧的另一边走过来几个人，像堵墙一样横在前面。

"又是你们几个，上次已经警告过了吧，这里是我们的地盘，尚城理工的人给我有多远滚多远，看来你们是存心来挑衅了？"

一个身材高大的男人站在卡座前，他个头大概有一米九，长得一身虬结的肌肉，就像个铁塔似的，普通人在他面前宛若没成年的孩子。

这几人的出现让文身男暗道不好，但他想起来今天身边人也不少，于是站起来反驳："体育大学的怎么了，这店是你家开的吗，老子就是挑衅你怎么着？有本事动手啊。"

两拨血气方刚、一点就着的年轻人对峙着，附近无关的人早就躲远了，但又没有离开酒吧，他们一边喝酒一边观望，仿佛这边在上演一出好戏似的。

那体育大学的男生知道文身男是什么货色，他扫了眼在座的其他人，哼笑着："好啊，就你们这群弱鸡，一起上吧，我一只手就能把你们全给弄死。但我实在很好奇，你们学校的男人尽是这种娘娘腔货色吗？哈哈哈，那女生可真憋屈啊……"

他话未说完，忽然一个啤酒罐被掷在他脚边，发出"砰"的一声响，把所有人都给吓了一跳。

那体育生愣了一下，低头一看，那啤酒罐体扁扁的，已经被人给徒手捏烂了。

"叽叽喳喳的，烦死了。"邵天冬还坐在沙发上，他一脚蹬在茶几上，抬眼丢给那群体育生一个冷淡的目光，"知道什么叫闭嘴吗？"

年少轻狂的男生最受不了这样明晃晃的挑衅，他们捏着拳头围拢过来，但邵天冬完全没有示弱的意思，他还是一口接一口地喝着啤酒。

文身男是知道这群体育生的厉害的，他们一个个肌肉发达，难对付得很，他有些不确定地小声问邵天冬："你要打架？你不是好学生吗？"

头顶的灯滴溜溜地转，光影照在邵天冬脸上，他无所谓地笑笑："那重要吗？"

下一秒，一罐没喝完的啤酒被狠狠掷在为首那体育生的脸上，洒出来的酒液在空中划出一道优美的曲线。

这突如其来的动手让所有人都没反应过来，而邵天冬宛如夜里的鬼魅，飞快地冲上去，对着那人的肚子就是一拳。

这位身高一米九，和尊铁塔似的男人就这么被轻易击倒了，"轰"的一声瘫在地上。

一切都发生得很快，等到对面的人反应过来，举着啤酒瓶子冲上来的时候，邵天冬已经将人放倒了。

所有的顾客都在叫，有的是在惊恐地尖叫，有的是在兴奋地吼叫。

酒吧老板淡定地站在吧台后面擦杯子，他一点也不担心没有人赔偿，只是一群大学生而已。

之前有人说练体育的男生是单细胞、易冲动，其实热血当头的时候，所有的男生都抛弃了智商，只知道挥舞拳头了。

邵天冬几下子放倒一个冲上来的人，他根本都不知道自己是为什么动手的，只是在酒精作用下彻底失去理智了，他需要一个发泄的渠道。

与其说是一帮人打群架，不如说是其他人被单方面群殴，最后还是文身男拉住他的。

"冬哥……你别打了，警察来了！"文身男这会儿是真怕了，他低声道，"你小心把他打残，你就只能跟我们一样肄业了！"

邵天冬喘着气站直身体，他推开身边人跌坐回沙发里，这时候那些不知道被谁叫来的警察走过来，带来一阵涤荡污浊的风。

一个年轻些的民警看了下被打得最惨的几人："都跟我回公安局做笔录，把你们家长叫来！"

有些还能动的体育生浑身瑟瑟发抖，满脸惊恐，在警察面前他们都变成了灰唧唧的普通学生。酒吧里瞬间安静下来，只有灰尘还在欢快地舞蹈。

那个年轻的民警跟身后另一个警察说了什么，颇不好意思的样子："邵局，半路接到出警，还麻烦您一起来处理这些小屁孩打架的事情，真是太不好意思了。"

邵国强没说什么，一张严肃的国字脸板着，让那民警连着在场所有顾客都浑身发冷。

"没事，你先把他们带走吧。"他点点头，声音犹如洪钟。

闹事的小屁孩们被叫起来排成队往外走，而邵天冬依然坐在沙发里一动不动，他面前放着一个玻璃的啤酒瓶，里头还剩小半黄澄澄的酒液。

"邵局？"民警驱赶学生们往外走，见邵国强没跟上来，回头看了眼。

邵国强却停在邵天冬面前，居高临下地瞪着他："一段时间没见你，倒是进步不少，都学会和小混混厮混打架了，当不良少年有意思吗？"

邵国强伸手理了理衬衣袖口，说道："如果你口中的独立生活就是这样，那我还真是高看你了，你奶奶在世估计也会惋惜，自己辛辛苦苦养出来的是个什么废物孙子。"

酒吧里瞬间鸦雀无声。

邵国强不动声色地打量邵天冬，后者垂着头，过长的额发挡住眼睛，他对于父亲误会的事情一点也不想反驳，只冷笑一声："奶奶是被你们间接害死的，你现在有什么资格提她？"

邵天冬此刻宛如一只浑身竖起了刺的刺猬，只想把别人和自己弄得一片狼狈。

诸如此类的对话在邵天冬的奶奶去世之后，已经发生过无数次了，每次都让这个支离破碎的家更加分崩离析。

有着身居高位、将人生都投身于正义事业的双亲，邵天冬从小就没有体验过什么来自父母的关爱，他的童年就只停留在父亲匆匆离家的背影。唯一带给他温暖的，只有奶奶苍老的手，那双手是他童年的全世界，然而他却亲眼看着世界崩塌。

邵天冬到现在都清楚地记得那个暑假的下午，他从好朋友家里玩耍回来，推开门看到的除了打翻的绿豆汤之外，就是倒在地上不省人事的奶奶。

来来往往不知道多少警察拥堵在他家，120救护车很快来了，但奶奶进了急救室，他就没有再看到她出来，他一直等着、等着。

"那个人出狱会寻到我们家复仇，我是没料到的，他在狱中一直伪装得很好，是我的疏忽。"邵国强低声道。他不愿意在外人面前过多提及这件事，刻意避开了这个话题，"一码归一码，今天的事你就是不对，自己好好反省吧，一会儿跟王警官回去做笔录。"

他说完后，邵天冬沉默了一会儿，随后站起身，也没有跟别人说一句话，径直坐进了警车。

那年轻民警有点没反应过来，而体育生们直接蒙了。

邵国强看着儿子的背影，里面有明显的痛苦和挣扎，但他对此无能为力，只怪一家人都太要强了。

郑灵犀下了课，终于能逃离郑飞翼的目光，她果断地躲到了食堂。

远远地在熟悉的位置看到孙荣一行人，唯独没有邵天冬，郑灵犀想到他离开时的神色，本来就不怎么好的心情更糟糕了。

"灵犀，你是不是很担心他啊？"舍友齐心碰了碰她的胳膊，"不然你就给他发条微信问问，有时候男生也许就只是需要一个台阶下。"

"我不。"郑灵犀梗着脖子抿嘴道，"我为什么要发，我又没做错什么。"再说了，他要是不回复，岂不是显得她很傻，这种落面子的事情她才不会干。

窗外开始飘雨了，凉飕飕的雨丝飘落，让空气变得更沉闷了。

郑灵犀用筷子搅了搅碗里的面条，忽然察觉不远处的孙荣好像是接了个电话，然后神色突然焦急起来，猛地站起来打翻了水瓶。

他三两步蹿过来，瞪大了眼吼着："灵犀姐，不好了，天冬进局子了！"

"什么？"郑灵犀直接拔高了八个音。

他们这种大学生，特别是临近毕业了的，一旦有了案底那以后的前途基本上就废了，郑灵犀好歹也算是经常和警方搭边工作的，非常了解内情。

"这浑蛋是干了什么？是猥亵女同学了还是抢劫小卖部了？我真想

把他的耳朵拧下来！"郑灵犀咬牙切齿道，但她的目标也很明确，就是赶紧去把邵天冬给捞出来。

孙荣跟在一边像条可怜的小狗，他一副要哭了的表情："天冬会不会没饭吃呀，我是不是该给他带个窝窝头……"

他见郑灵犀表情严肃，忍不住小心翼翼地问："灵犀姐，你有计划吗？"

她点头回答说有。就是和孙荣想象的有点差距——郑灵犀没有动用什么高层的关系，而是直接打出租车到了公安局，门也没敲就闯了进去。

她原本以为需要找一会儿人的，或者干脆要去审讯室里提邵天冬，然而事实却是，公安局一层大厅里坐满了年纪轻轻的大学生，一个个灰头土脸的，有的身上还带伤，正在被警察叔叔们谆谆教导，郑灵犀远远地就在人堆里发现邵天冬了。

"你小子是真能折腾啊，你到底想干吗？"她人还没过去呢，手里的包就先飞了过去，"砰"的一声砸在邵天冬背上。

后者像慢动作回放一样，转过头直愣愣看着郑灵犀不知道眨眼，像是没想到她会出现在这儿似的。

就是郑灵犀出场的方式和他想象的不大一样，她此时眼睛很红，气鼓鼓的，浑身上下都散发出王霸之气，走路带风，仿佛要一脚在地板上踏出个洞来似的。

郑灵犀冲到邵天冬面前，伸出一根手指狠狠指着他，气得说不出话："你你……"

邵天冬反手就拉住了郑灵犀的手，郑灵犀挣了挣，没挣开。

"你给我放开！"

他紧紧拉着她的手腕，随后又变成双手捧着的姿势，哑声道："我不放……"

这一声里的低沉受伤把郑灵犀满心满脑的火都给浇灭了，这时旁边有位民警走过来询问："你是？"

郑灵犀臭着脸道："我是他姐姐。"

邵天冬："……"

警察很快将事情原委一五一一地告知了，郑灵犀看着坐在不远处，死活不肯挨着邵天冬的一堆体育学院的大高个，此刻却跟几只鹌鹑似的。

好歹没出什么大事，就是聚众打架，批评教育过也就差不多了，但是民警们也没有贴心到给这群人到水拿纸巾，因此大部分男生就还是保持着头发凌乱、眼角瘀青、嘴角沾血、衣服破烂的状态。

这里头杵着个一尘不染的邵天冬就挺扎眼的。

郑灵犀瞪他一眼："还不走，等着在这儿喝西北风呢？"

明明前不久还在冷战，彼此谁也不理谁，他甚至还为了她的一句话去买醉、打架，现如今这随意的语气却带来多么怀念的熟悉感。

她这一瞪眼就把他的心揉碎成团。

他的坚持全都没了。

郑灵犀看邵天冬跟傻子似的一动不动，有点怀疑他是不是被揍坏了大脑，这可不得了，这可是天才 IT 高手的大脑，不是赵成、张敦敦那种水平的。

她招招手叫孙荣："你回去找你们医务室的老师开点药。"

孙荣不停地点头："嗯嗯，我知道的，买点碘酒和创可贴，天冬可能擦伤了。"

"我是让你买点精神类的药……"

就在他们两个牛头不对马嘴说话的时候，邵天冬忽然站了起来，他轻轻拉住了她的手。

"对不起。"他还垂着头，发丝轻轻挡住了眉眼，"对不起，让你担心了，原谅我好不好？"

这尾音略微上挑，像只钩子挂在了人心上，又痒又麻。也许是旁边围观的人太多了，郑灵犀有种说不清道不明的别扭感，她低声道："有什么原不原谅的，我都没放在心上。"

她说完，明显感觉那只拉着自己的手攥得更紧了。

最后两人并肩走出去的时候，原本蹲在附近的男生们都不自觉地瑟缩了下，躲避邵天冬的步伐。郑灵犀完全没有在意他们，因为这个人攥住了她就真的不放手了啊……

男生的大手炽热而干燥，她甚至还能感受到彼此剧烈的心跳，和他身上传来的淡淡的烟草与酒的气味。

邵天冬一直没有松手，他脚步慢而迟缓，走出公安局大门的时候，他忽然开口："你告诉我，那句话是气话，不是真的。"

郑灵犀正在等红绿灯，没听清他说什么："哪句话？"

邵天冬表情僵硬了下，木着脸："你和你哥说的。"

郑灵犀想了下没想起来，无辜道："我跟他一天也说不了两句话啊。"

然后，她明显感觉到了邵天冬手上的力气加大了，他狠狠瞪着她，一脸被背叛的表情。

"哎哎，你放开手，把我捏疼了！"郑灵犀皱眉"啪啪"拍着他的手背嚷着，回过神才发现附近等红绿灯的路人都在回头打量他们，目光透着善意的暧昧。

郑灵犀的脸噌地就红了。她甩开邵天冬的手，快走几步过了马路，听见他的脚步声不紧不慢地跟在后头。

"你必须要告诉我，说的那些话都不作数。"邵天冬执着的声音在身后响起。

郑灵犀觉得这家伙怎么能这么轴呢，她随口敷衍："好了好了，不作数就是了。不过你下回可不能再打架了，我可没那么闲每次都能去局子里捞你。"

阳光洒在她身上，像是格外青睐那头秀发，映着光变成了金色的模样，邵天冬想伸手碰一碰这画一般的美好，又怕她会消失离去，于是只好跟随在后头默默看着，将这一刻的美丽铭记在眼睛里。

郑灵犀带邵天冬回了学校，后者出去这一趟好像变了个人，也不耍流氓了，只是拽着她的手死活不松开，她要是甩开，他就用一副受伤的小狗崽的目光可怜兮兮地瞅着她。

这家伙终于想起来自己有副好皮囊了。

"你赶紧回去洗洗吧，一身汗味臭死了。"郑灵犀把人送到宿舍楼下，依依不舍的那个反倒是邵天冬，但被心爱的姑娘嫌弃是难以忍受的，他二话不说转身就上楼洗澡去了。

郑灵犀站在原地看着少年离开的背影，刚打算走，忽然被人喊住了。

"灵犀！"邵天冬从二楼的楼道窗口探出头来，看着她比了一个深情的飞吻。

郑灵犀：脑子被打坏了吧这孩子……

路人：恋爱的酸臭味。

郑灵犀在男生宿舍楼下遭到了多人围观，回去的一路上脑壳生疼。

女人的直觉，邵天冬似乎又进化成了新的物种。之前的他顶多耍耍流氓过过嘴瘾，如今似乎已经到了没脸没皮的极限……

郑灵犀想着事情从林荫道路过，她没有注意到墙角的摄像头在跟随她的步伐轻轻转动，仿佛一只偷窥的眼睛。

暑假悄然过去，送走了一批大四学生后，学校又迎来了一批新生。已经毕业的邵天冬没有选择立刻去工作，而是在学校当起了助教。

邵天冬每天都来学院报到，除了计算机助教的工作之外，最多的就是在郑灵犀的班级里蹲点。

这堂是理论课，郑灵犀对着厚厚的课本本来就有点想睡了，可身后还有个存在感十足的人，她有感觉，他肯定在盯着她。

坐在旁边的齐心偷偷玩手机，刷着校园论坛，过了会儿捧着脸道："怎么办，虽然来了很多小鲜肉，可我还是觉得邵学长最帅。"

云慧也搭腔："是呢，感觉痞痞的，特别冷酷。"

郑灵犀被邵天冬死缠烂打的攻势弄得神经衰弱，也不想睡觉了，低头用课本挡住脸，磨磨蹭蹭地拿出了手机刷朋友圈。

后台跳出了一个信息提示，显示她捡到了一个漂流瓶。

郑灵犀有点茫然，什么东西？

漂流瓶可以是匿名的也可以是实名的，能收到的多为附近的人。郑灵犀点开那个小瓶子，见里头弹出来一封信，洋洋洒洒竟然还不少字。

致远方的你：

其实我一直在偷偷在意你，你那甜蜜的微笑让我心跳加速，你比云朵还轻柔的脸颊让我思绪不宁。对不起，我知道我不应该这么做，我应该把你藏在心里。可总有不期而遇的温暖，给我带来此生不忘的希望，在不经意间出现在我们的世界里。

亲爱的姑娘，你能不能成为我人生的解药？

——纯黑的 X

郑灵犀看完以后第一反应这是个文化人，第二反应这人肯定不是邵天冬，依照他的做派，面对面耍流氓比这种暗搓搓递情书更适合。

郑灵犀看着这措辞优美的匿名情书，想到对面也许是个大一的脸上长满青春痘的小男生，那点尴尬的心情也全没了，正好这两天是秋分了，她顺便就回复了一句"秋天快乐"。

非常不走心也完全没有诚意的回复。

那边没有再返回漂流瓶，郑灵犀也转头就将这封莫名其妙的情书忘在了脑后。她没想到的是，在漆黑的屋子里，闪着蓝光的电脑前，一个

小哥哥你
甜反爆表啦

人露出了欣喜若狂的表情。

天气渐渐冷下来，学生们换上了保暖的衣服，爱俏的女生不惧寒风，她们喜欢在厚厚呢大衣的下面只穿一条短裙，黑色丝袜包裹纤细小腿。

郑灵犀淡淡地瞧着舍友美艳冻人的打扮："你感冒了我也不会背你上楼的。"

齐心打了个喷嚏，佯装镇定："为了美，这些都是值得的。"

郑灵犀用行动表示非常不理解，她紧了紧脖子上的围巾，把自己裹进了冲锋衣里。

齐心十分嫌弃地看了眼："灵犀姐，你穿的是什么，雨披吗？"

郑灵犀瞪大了眼，张开双臂展示身上的衣服："这可是最好的冲锋衣，世界品牌！狼爪的！保暖又防水，还有配套的靴子，野外生存王牌，我花了大价钱买的！"

几个舍友不约而同地露出嫌弃的表情——

"那顶多是个世界级雨披。"

郑灵犀气到吐血。

她们几个结伴回到宿舍，门口的宿管阿姨递给郑灵犀一个包裹。

"有你的快递。"

不大一个纸盒子，外面套着快递的塑料袋看不清楚，快递单上清清楚楚标记着收件人的信息，发件人却是空的。

郑灵犀拿起来摇了摇，入手特别轻，不知道是什么："谁寄错了吧，我没买东西啊。阿姨，我把盒子放在这里，拒收的话快递就会返回去的。"

旁边齐心凑过来看："不会是邵学长给你的定情信物吧？"

"不可能……他那么神经质的人，如果是他买的肯定会当面拿过来问我喜不喜欢，然后让我说800字感想。"郑灵犀吐槽完，才发现自己竟然这么了解他。

You're so sweet

齐心啧啧两声："懂的懂的，不用当着我们面秀恩爱了。"

"我们不是……"

"懂的懂的，你们只是普通男女朋友关系而已嘛。"

郑灵犀一口老血卡在喉咙里上不去下不来，她觉得自己的脸都憋红了，一定是因为热的。

"说真的灵犀，你打算吊着他到什么时候？"云慧忽然开口，"盯着邵学长的女生可不少呢，你小心出门要被她们生吞活剥了。"

郑灵犀愣了下，吞吞吐吐道："我吊着他什么了，腿长在他自己身上……"

"他对你是真的不一样，你对他不是也和普通男生不一样吗，你自己感觉不出来？"

这发自灵魂的拷问让郑灵犀整个人都不自在起来，幸好楼道里灯光不强，别人看不见她脸上的羞涩和尴尬，但她不得不承认，他们说的似乎是真的。

她对一个小自己五岁的男生产生了莫名的感情。

·184·

而一旦看清自己心态的变化，郑灵犀就有点头重脚轻的不真实感，这种感觉在见到邵天冬本人时尤其突出。

"你跑什么？"他迈着长腿三两步赶过来，一手拉住郑灵犀的胳膊，她整个人就脱力似的以他为圆心转了半圈，最后被固定在身侧。

"大白天别拉拉扯扯的，我只是想起来饭卡忘拿了。"郑灵犀木着脸道。

邵天冬笑了："不用拿了，我请你吃不就行了。"

"我又不是吃白饭的……"郑灵犀撇撇嘴，对彼此之间这种熟稔的态度感到焦灼又无可奈何。

"我知道，但我想请你吃。"邵天冬笑了，过了会儿想了想说，"万圣节的晚上有化装舞会，算是寒假前最后的狂欢，你来吗？"

"多大的人了还玩化装舞会？"

"那你想去哪里？"

郑灵犀心不在焉："起码得是马尔代夫、阿拉斯加、拉斯维加斯……"

"好，那就说定了！"邵天冬语气很欢快。郑灵犀没反应过来，忽然被一把搂住了肩膀。

少年身上热力蒸腾，肌肉的弧度隔着不厚的秋衣还能清楚地传递过来，他的气味让她瞬间无法冷静，她挂拒着他的胳膊，惊慌道："你干什么，快放开我！"

邵天冬拨通了不知道谁的电话，一只手搂着她一只手大声讲话："喂，我记得你家有私人海滩，我要带个人去玩……"

郑灵犀秀逗的大脑已经快跟不上他的反应速度了，她伸出手推他的脸，恼羞成怒："小屁孩你快放开我！"

"那你答应我一起去化装舞会，不许爽约。"

郑灵犀低下头不再看他，少年的眼眸比阳光灿烂，碎发随风飞扬，此刻她的脑海里只剩下那些不停发光的画面，比过去那么多年加起来的还要明亮。

"好吧，我答应你。"

化装舞会是在万圣节那天，郑灵犀二十七年来第一次知道原来11月1号还是个节日，感叹洋人可真会过日子。

"不知不觉都过了快一年了。"张敦敦和赵成坐在一起，郑灵犀就坐在他们对面。

"听说秦总已经安排了下一批进校学习的名单了，你们猜有谁？"张敦敦忽然开口。

郑灵犀反应了半秒钟，慢慢问道："是谁？"

"技术部的老田，哈哈哈！"

You're so sweet

"他这算不算返校复读啊，毕竟是自己母校。"

"老田剩下的几根头发不保。"

几人笑得前仰后合，郑灵犀托腮看着面前的书本，一点也笑不出来。

时间就快到了啊……

"幸好咱们考试都及格了，不然回去要被秦总弄脱一层皮。"赵成心有余悸，他摇摇头，"当个成年人真难，当个学习好的成年人更难。"

"成年人的世界哪有'容易'二字。"

"有啊——容易胖。"

张敦敦伸手抚着胸口："虽然只有短短一年，这场青春的马拉松我却似乎走过了十年。"

"可惜了灵犀一年了也没脱单。"

郑灵犀翻白眼：那可真是让你们失望了啊。

张敦敦托腮看着她："哎，过了这个村可就没这个店了，上哪儿找一个又能打、嘴又甜、又有能力，关键是长得还帅的小伙子，这年头，女人啊就是面子太重！还真以为自己是琼瑶剧女主角呢，错过他未来也许就剩下个垃圾男配给你了啊，那可就真成某些家长口中的大龄剩女了。"

郑灵犀被他夹枪带棒指着鼻子骂，心里那口气忍不住就上来了："我能有什么办法，学期都要结束了！"

张敦敦一掀桌子："那有什么啊，时间不是问题，心态才是问题！"

"再说了，不是还有化装舞会吗，多好的机会……"两人不断怂恿。

被这么一激，郑灵犀很干脆地上当了。

Chapter 10
我的小狼犬

You're
so sweet

"行不行啊？"

"行！你不信你自己也得相信我啊！"

万圣节化装舞会的当天，郑灵犀被张敦敦拖着进行全方位改造，他们称之为剩女营救计划，成员包括她的舍友三人和隔壁的舍友三人。

"为什么你们都来了啊？"郑灵犀有点羞涩，众目睽睽之下，她觉得这种事情被开诚布公地说实在是有损威严。

"灵犀姐需要帮忙，我们当然是鼎力相助啦。"齐心摸着下巴，"现在首要任务是怎么把邵学长迷得神魂颠倒。"

"其实我觉得他已经被灵犀姐迷得走不动道了，她只要往西边一站，邵学长都不会往东边去。"

"哎呀，要的就是更进一步嘛。"

郑灵犀听得面红耳赤，她站在原地握紧了拳头，感觉自己从上到下都烧起了一把火，然而这把火却让她越发亢奋。

张敦敦搬来了学校里社团的服装道具，舍友们帮着挑选造型，赵成在门口站岗。

更衣室的帘子拉开，郑灵犀从里面走出来，张敦敦拍着手激动道："制服诱惑，小护士在线听诊。"

郑灵犀低头看了看自己的白短裙白袜子，听诊器往地上一扔："心理变态啊你们，驳回！"

第二套衣服，郑灵犀从更衣室走出来，朝着众人摆了个 Pose。

"神奇女侠经典造型，长剑配盾牌怎么样？"

众人纷纷摇头。

她很自然地耍了两下剑："其实我还蛮喜欢的啊……"

"驳回！"

接下来，戴兔耳朵的女仆、水手服的女高中生、穿披风的女超人，郑灵犀觉得自己已经在神经质的道路上越走越远了。

"我还是不弄了，跟个变态似的。"她被这种如临大敌的阵仗搞得很紧张。

"有点耐心嘛，就当是为了那个他。"齐心劝她，"最后一套，咱们再试试吧。"

面对大家期盼的目光，郑灵犀勉强点了点头。

她从更衣室出来以后，见所有人目光都有点直。

她问："怎么样？"

"Perfect！"

郑灵犀一个人去参加化装舞会。

她很紧张，就算是面对期末考试时也从未有过，她不知道是因为穿着这一身衣服，还是因为心里的目的。

晚上风很大，云朵被全部吹开，夜色晴朗，月光全然没有遮挡，明亮得像一颗小灯泡。

化装舞会的地点在社团活动中心的地下一层，她到的时候已经有很多人，各种奇形怪状打扮的男女走来走去，有外星人，有古代人，甚至还有打扮成不是个人的，像是穿越到了一个异世界。

门口有工作人员坐着，大约是要登记入场。

郑灵犀从包包里掏出门票递过去，对方双手接过，眼睛亮闪闪地看着她。

她问："有问题吗？"

"没有没有……"

他们虽然脸上带着笑，眼神却十分炽热，郑灵犀总觉得他们要在她身上烧出一个洞来。

会场里是一个巨大的椭圆形舞台，旁边围绕了一圈自助式冷餐，摆放着一些糕点饮品，已经有不少的人在里面游走，伴随着舒缓的音乐和断断续续的笑声，叫人紧张。

入目的人大多戴着面具，还有戴头套的，根本难以分辨谁是谁。郑灵犀找不到邵天冬，也没有一个熟悉的人，她轻易就会被这样的场面扰乱心神，总觉得似乎有人在若有似无地看着她，浑身上下都怪别扭的。

她只好一个人坐在角落里。其实她自己也不知道，她美丽纤细的模样在多少人心里留下了印记。

"你上……"

"还是你去吧。"

两个男生在不远处推推搡搡，对着郑灵犀的背影有点按捺不住。终于，其中一个男生鼓足勇气，正了正身上的西装领口朝她走去。

他还没开口，一只手横空出世，强势地扶住了郑灵犀的椅背。

"等好久了？"邵天冬微微笑着，他没戴面具，身上穿了一套骑士服，腰间配着长剑，这番动作好像把她纳入到自己怀中似的。

他淡淡瞥了眼不远处准备搭讪的两个男生，他们愣了一会儿，默默退后了。

郑灵犀有些惊艳地看着邵天冬，但随后很快反应过来，低头咳嗽了一声："也没有等很久。"

她告诉自己要冷静，一定要冷静。

邵天冬给她要了一杯果汁，杯沿点缀了一颗小樱桃，自己拿的却是一杯鸡尾酒。

郑灵犀莫名就想起他们初遇时他送给自己的那杯蓝色玛格丽特，湛蓝得像是加勒比的海。

"你今天很漂亮。"邵天冬忽然说道。

"唔……谢谢。"

他们两个面对面坐在矮桌前，头顶的灯光洒在她身上，衬得那圆润肩头雪白可爱。她穿了件齐肩的洋装，层层叠叠的蕾丝从裙身一直蔓延到裙摆，巨大的裙托显得那细腰不堪一握。

她脸上蒙了半片黑色面具，虽然遮挡了半张脸，却让人的目光更不可抑制地聚焦在那双眼睛上。

邵天冬觉得自己有点失控，他饮下整杯鸡尾酒，问："你打扮的是什么？"

"吸血鬼女伯爵。"郑灵犀回答，"不像吗？"说完还张了张嘴，向他展示自己嘴里那两根细细的尖牙。

邵天冬失笑。

正好这时音乐声响起，一对一对的男女滑入舞池，郑灵犀看着他们像花朵一样纷纷绽放，忽然身边伸过来一只手。

邵天冬向她弯腰行礼，头颅低垂："女士，你愿意和我跳一支舞吗？"

郑灵犀心头猛地一跳，她此刻觉得这个少年应该是天使，猝不及防带给她无与伦比的浪漫。

舞池里播放的音乐是《列克萨之恋》的主题曲《While your lips are still red》，男生女生们相对而立，随着音乐缓缓舞动，宛如流水一样。

郑灵犀的双手靠着他的胸腔，她到现在才知道，原来他不是一个小屁孩，他高大健壮，肩膀很宽很有安全感，她感觉他圈着自己的腰，温暖厚实的手掌贴着她，两人的脸距离很近，淡淡的暧昧在蔓延。

不知不觉中，其他的人都为他们让出了一个圈子，像是一个独立的小空间。

郑灵犀觉得他的嘴唇越来越近了，她偏过头假咳了一声："你寒假以后打算去哪儿？"

邵天冬轻嗅她发丝的味道："不知道。"

"这还能不知道，你舍友他们呢？"郑灵犀皱眉问道。

他揶揄道："你说孙荣他们？都在数码城修电脑装系统呢。"

"……"

这没有营养和氛围的对话让郑灵犀以为今晚是该吹了，她有些丧气地靠在邵天冬肩膀上，几乎是写借他的力量在行动。

"你是在舍不得我吗？"

头顶传来他闷闷的笑意，郑灵犀不搭理，她没觉得有一点好笑。

"要是我失业了，没有地方可去，你会收留我吗？"他忽然问。

郑灵犀撇撇嘴："我家只有一室一厅，住不下你这尊大佛。"

他伸手捏了捏她的腰："我很好养的，会做饭会做家务，吃苦耐劳能暖床，要不要考虑一下？"

郑灵犀听他这么说，不可救药地就顺着他的话头想象了一下，会做饭会做家务还比较正常，吃苦耐劳能暖床……她脸红了。

"你不是吸血鬼女伯爵吗，我还可以当你的口粮。"少年凑在她耳边轻轻地说，声音像是诱惑。

郑灵犀这才想起来，今晚到底是谁要勾引谁，如果要她说的话，他才更像是吸血鬼，引诱人犯罪的那种。

这时候属于她的年长者的自尊心才苏醒。

郑灵犀伸出手指捏了捏他的下巴，动作有宠溺和暧昧。

忽然得到回应，邵天冬一下就愣住了。

他缓缓靠近她，双手轻轻抱住她。

郑灵犀脑中掌管理智的小人已经死透了，她再也无法控制地回应他的吸引，她的手也不受控制地回抱住他。

就在两人的目光焦灼在一起的时候，突然断电了。

"啪嗒"一声，所有的光源都应声而灭，有女生短暂的尖叫出声，很快，大厅里乱成一团。

邵天冬反应很快，他立马将郑灵犀搂在自己怀里以防她被人流撞伤，他扬高了声音："大家冷静，不要乱动，备用电力应该很快就会恢复，请大家站在自己原来的位置上。"

他的理智感染了众人，甚至还有心大的人借着黑暗的间隙打打闹闹，谁也没有把这次停电当一回事。

直到三十秒后电力恢复。

"啊！"有女生惊叫出声，她手指颤抖地指着原本雪白的墙体，现在上面不知道被谁用马克笔写上了恐吓的句子——

背叛我的人、羞辱我的人，都要付出代价！

"这是什么人的恶作剧？"郑灵犀皱眉。

邵天冬默默上前看了一番。不止这一处，就连冷餐台上的食物都被打翻了，餐巾上歪歪扭扭写满了"死"。

郑灵犀抱臂不屑道："看起来像是个神经病干的。"

"我去找一下监控。"邵天冬回答，他刚转头，忽然发现入口的大门上一个手写的黑桃标志。

他瞳孔一缩。

X！

任同济今天心情很好，他监视了郑灵犀舍友的手机，得知郑灵犀今天晚上会去参加化装舞会。

她寒假以后就要回到雷盾了，那时候他见到她的机会会更少，如果必须行动，那么一定是把握现在。

他每天都给她发匿名的漂流瓶情书，虽然她没有再回应过，但他觉得那是女孩子的矜持。

他不想监听郑灵犀的手机，虽然如果他想，完全可以做得到，但他想给彼此留点空间，大概这就是别人说的"距离产生美"。

任同济时隔两个月再一次出门了，他要去商场买最贵的西服、最贵的皮鞋，他想打扮得焕然一新去见她。

"先生请问有什么需要？"品牌专柜的导购笑眯眯的，她不动声色地打量面前的人，目光掠过他陈旧的布鞋、洗得发白的裤子和半旧不新的外套。

任同济其实很讨厌这样金碧辉煌的场所，那些打扮得衣冠楚楚的人，他们看过来的眼神却和地沟里的老鼠一样。

他低垂着头，任凭过长的头发挡住眼睛，弯着腰低声说话："我要一套西服，黑色的。"

"好的，先生稍等。"导购小姐训练素质出色，面对这样的顾客也没有表示出轻视，动作十分麻利地挑选出了一套西服送过来，但是她也有一丝小情绪在里面——她选择的是店里价位最高的一款，就等着看这个男人如何反应。

任同济提着衣服进了更衣室，他看着镜子里的自己，被高档衣服包裹的身体像个格格不入的模块，也更像是偷穿主人衣服的奴隶。但此刻的任同济感觉不到，他觉得这衣服就是力量，穿上它以后他才有了昂首挺胸的资本。

"先生，感觉怎么样？"导购小姐笑容还是不变。

任同济点点头："帮我包起来吧。"

"好的，谢谢光临！"

他不缺钱，他的银行卡里躺着普通人一辈子也花不完的钱，那都是别人给他的，有些人想要他手里的源代码，有些人想要拉拢他的能力，那些钱都是脏的，他平时根本不愿意动。

但是，这些钱能让别人对他刮目相看，能让一整排的导购小姐都对他微笑鞠躬。

"先生请慢走！"

任同济脚步迟缓，虽然送他走的时候那个导购笑得都快合不拢嘴了，但他还是从她的眼神里读出了轻视，她根本不相信他会有这么多钱。

所以，他临走的时候黑了这个品牌专柜的收款机，算是一个小小的教训。

任同济在接近傍晚的时候出门，他觉得这个时间最适合他，世界堪堪落入黑暗，象征正义的太阳也落下了，他不需要伪装，或者说他本身就是潜藏在漆黑夜色里的野兽。

穿着一身高级西服的任同济成功混入了学校，他不愿意挑选大路前进，他不想和那些衣着暴露的少女同行，他也不想遇见任何有可能认识的人。

他此夜的目标只有一个，他的鲜花女神。

任同济进了化装舞会现场，他脸上戴着一个白色的面具，静悄悄地坐在角落里好像不存在似的，别人会下意识地忽略他，或者避开他。

"我的……女神……"他自言自语。

旁边的女生们惊觉可怕，悄悄地对他指指点点。

任同济冷冰冰地看着她们，女生们慌忙逃离，他戏谑地笑笑，目光却不可控制地流连在她们雪白的胸口和纤细的长腿上。

"伤风败俗……"他喃喃道。

这里的一切都让他煎熬，但只要想到她会出现，就都不算什么了。

郑灵犀出现了，她打扮得像个洋娃娃，几乎是第一眼他就认出她来。

和他一样，会场里几乎所有男人的目光都在她身上，如果可以，他真想把那些人的眼睛全部弄瞎。

郑灵犀坐在离他不远的位置，他兴奋得手脚颤抖。他用力地握了握手指，口中不断地重复一句话："你好，你还记得我吗，我是任同济，是你命定的伴侣……"他的声音只有自己能听见，然而还未等他准备好，邵天冬出现了。

邵天冬拉着她的手滑入舞池，两人像一对天鹅一样相拥舞蹈。

任同济根本不愿意承认，邵天冬看起来好像一个真正的王子，他光是站在那里，自己就连走上前的勇气都没有。

可这一切本该是我的！任同济的目光追随他们的步伐，他不可控地站了起来，脚步蹒跚地走进舞池。

"灵犀，只要你现在回头看看我，只要你现在回来我身边……"

音乐声到达一个高潮，邵天冬揽着郑灵犀的腰，把她像飞鸟一样托了起来，裙摆在半空绽放成云彩。

任同济目眦欲裂，他把面具扯下来扔在地上，一脚踩碎。

周围的人注意到了，开始议论纷纷。任同济最讨厌被别人关注，他脑袋上冷汗直下，衬衣湿透了，他的模样越来越奇怪，就像个生化怪人。

任同济跌坐在椅子里，他怨毒地瞪着舞池里的人，他在这里遭受这么沉重的煎熬，她却在别的男人怀里笑。

原本的欢喜全都变成了丑陋的嫉妒。

他蹒跚着站起来，沿着墙壁摸索到电闸。

当室内变成一片黑暗的时候，听着众人的惊呼声，任同济觉得自己又能重新呼吸了。零星几道手机的光晃来晃去，他像只幽灵一样飘荡在场地里，他的眼镜有夜视仪的功能，此刻的他就是掌握众人命运的神。

任同济最后看了眼站在场地中央的人，邵天冬把郑灵犀抱在怀里，在她耳边似乎低声说着话，而她垂着眼，似乎很信任。

就是这一瞬间，他迫切地想要站在人前，站在金字塔顶端让所有人看看。

"背叛我的人、羞辱我的人，我都会让你们付出代价。"

化装舞会的停电事故闹得动静不算大，但很快连校方领导都惊动了。毕竟是一件命案的帮凶，又有超群的黑客手段，曾经弄得整个计算机学院焦头烂额，如同一个随时会引爆的炸弹，破坏力不可谓不大。

曾经的专项调查小组再次出山，黑板上贴满了各种线索的打印纸。

赵成疑惑："那个黑客又重新出现了，他这次是要干吗？"

"看他的反应和之前不太一样。"张敦敦想了想，"有点像被抢了老婆戴了绿帽的男人，琼瑶剧里的苦情男主。"

"那这男主也够变态的。"赵成"嘶"了一声。

计算机学院的众人都在追踪监控录像，他们甚至请来了文学院的两位中文博士教授，研究犯人留下的那句话，心理学家也来了。

"他有重要的人就在现场，起码有两个以上。他们应该是和 X 有关联的，对他来说很重要的人，朋友、亲人，甚至情人。

"他当晚受了很大的刺激，所以才做出这么过激的举动，但是从他留下的马克笔痕迹来看，他其实并没有提前计划。如果是 X 的风格，他会事先黑进化装舞会会场的电脑，可他没有。"

邵天冬手里拿着一支笔："他和以前不一样了。"

"胡尊案的时候，X 就像一只老狐狸，用高超的黑客技术戏弄大家。

但是这次我只感受到他的愤怒，他失去理智了。"

一个失去理智的疯子，谁也不知道他会做出什么。众人全都沉默了。

"他要找谁复仇，难不成他老婆就在学校里？"郑灵犀凑到邵天冬身边问，"你们能顺着网线查到他老婆是谁吗？"

邵天冬一把将她按在座位上坐着："你乖乖待着。"

疲惫把少年的声音催得沙哑性感，他悄悄捏了捏她的手掌，有点安抚小兔子的意味。

郑灵犀顺从他的力道坐下，她看着他和一群计算机学院的大学生一起追查犯人的信息，他们要从监控设备里留下的那一丁点线索进行反向追踪，她看不懂，但有人说这无异于沙堆里拣大米。

郑灵犀帮不上什么忙，她百无聊赖地看着天花板上的灯。

"他会不会是你们的同学呀？"

隔着一堵墙，窗外不远处的马路传来自行车骑过的声音，车铃很清脆地发出"丁零"一声。

邵天冬一愣，下意识地问："什么？"

"之前警察不是猜测这个 X 是你父母以前抓过的犯人吗，但我觉得不像。"郑灵犀随口道，"他的举动太小儿科了，如果说是同龄人我倒是觉得有可能。同龄人，可能是在读的或者刚毕业没多久的大学生，跟你们这届还有交集的，又有点感情上的障碍。"

所有人都在冥思苦想。

张敦敦这时候忽然想起什么，小声对赵成说："暗恋天冬的人那么多，如果这 X 是个女的，那好像什么都说得通了……"

求爱不得，因爱生恨，默默观察，偷偷挑衅。

众人一片寂静，只有邵天冬面色严肃。

郑灵犀想不通："就凭那几个字不能证明 X 是男是女吧，我写字也很难看啊。"

"所以才一直有人怀疑你不是女的……"

郑灵犀脸黑了。

张敦敦摸着下巴道: "确实光看字迹没办法判断性别。如果 X 是女的, 从以前的案子来联想, X 帮助胡尊的原因是为了给邵天冬添堵, 或引起他的注意……似乎也很牵强。你喜欢一个男生, 会帮助其他人猥亵无辜的女生吗?"

教室里寂静了片刻, 只有电脑主机呼呼的运作声。

"是男是女还不好判断, 但这个人很骄傲, 又很偏执易怒。从 X 昨晚的行动来看, 他已经忍不住了。"邵天冬缓缓说道, "近期他一定会有所动作, 大家小心做好警戒工作。"

这是示威, 也是复仇, 是在告诉所有人 —— 我要高调地出现在你们的视线里。

计算机学院的老师和学生不眠不休地查探了几天, 忽然某一日发现了一个极大的线索。

"这应该是 ——"孙荣咽了咽口水, 脸色猛地一白, "X 在外网的私密相册。"

相册就是普通的个人相册, 里头只有一个文件夹, 取名叫"你"。

邵天冬的手指轻轻滑过, 那个相册就被点开了, 铺天盖地的图片弹出来, 大约有几十张。

清一色的女孩的身影。

她在课堂上伏案睡觉, 她在食堂端着餐盘走过来, 她在操场上跳跃滞空, 她挥舞羽毛球拍的模样。

甚至有好几个角度是从宿舍里拍的, 镜头里的她一边刷牙一边穿衣服, 雪白的腹部露出一半。

几乎就是一瞬间, 邵天冬就明白了 X 的意图。

"嘎嘣——"笔杆被捏断了，他脸色漆黑。

孙荣话都不敢说了，这变态竟然不要命到去偷窥小嫂子。他小声抱怨："他的密码竟然是123455，而且他为什么要专门在外网存一个相册，还设个那么简单的密码？"

邵天冬："为了让我看到。"

如果X是爱慕一个男生的女孩，对于情敌的偷拍必定不会是这样的，她应该会更乐于捕捉那些丑陋的照片以满足自己的虚荣心。而这个人拍下的郑灵犀的样子，甚至有一些他都不曾见过。

镜头里的她美丽、开朗、健康而吸引人，如果说这不是出于一个爱慕者的视角，他都不信。

"去把她舍友的手机找来，已经被埋下病毒了。"邵天冬撂下一句，起身走到自己的电脑桌前，那里有三面显示器，发出幽幽的蓝光照着他的脸有些恐怖。

邵天冬敲下一串代码，面色平静。

你要为你的自负付出代价。

距离化装舞会晚上的停电事件已经过去一周，郑灵犀几乎都见不到邵天冬了。听说他每天带着计算机学院的学生和老师进行生死操练，已经掌握了X的部分信息，但并没有公开，因此她还是不知道这个X是男是女，以及高矮胖瘦。

她往宿舍走，远远地看见一个人影站在楼下，那一袭白色长袍被风吹起，有淡淡忧郁的气质，来往的女生都在偷偷瞧他。

"哥，你来这里干吗？"

郑飞翼回过头来，他两手插在口袋里，面色冷淡。

"刚做完兔子解剖的实验回来，想起来你最近似乎被变态缠上了，有点不放心。"

郑灵犀满不在乎："你说那天晚上的事情啊，没事，不过是个小屁孩而已，我见一次打一次，再碰到了非得当面好好教育他不可。"

她兴致高涨，一点没有害怕的迹象。

郑飞翼闷不吭声，他最清楚自己这个妹妹是个什么货色。

"喏，最新研究的成果，给你了。"他从兜里拿出一个小气雾剂瓶子给她。

"是什么，驱蚊花露水吗？"郑灵犀接过来。

郑飞翼翻了个白眼："强效防狼喷雾，辣椒水含量高达 90%，无毒。"

"……"拿着都烫手是怎么回事？

"我用不到这个，我用拳头就能打得他没有还手之力，跪下来喊爸爸。"郑灵犀信心满满。

郑飞翼却摆摆手："留着吧，万一你的拳头软了呢。"

他看起来似乎只是专门来送这瓶辣椒水的。

郑灵犀和哥哥告别后，回头就把这玩意儿丢进了包里，好长时间都想不起来。

现在是午休的点，宿舍里学生们大多都在睡觉，郑灵犀推开门，背着阳光，看到自己凳子上坐了个模糊又熟悉的身影。

她揉揉眼睛，跟那个人对了个正眼："你又是怎么进来的？"

邵天冬反着跨坐在她的木椅上，一只手撑着椅背，两条长腿折起，姿态懒散。他上下扫了她一圈，脸上挂着笑容："光明正大走进来的。"

屋里只有他一个人，郑灵犀进也不是不进也不是，她怀疑道："我舍友呢？"

邵天冬眨眨眼无辜道："她们说是去隔壁宿舍借衣架了。"

"三个人都去了？"

"好像是。"

郑灵犀看着晾衣杆上挂满了的衣架，唬谁呢……

邵天冬朝她伸出手："把手机给我，给你装个防火墙。"

郑灵犀从自己包里摸出手机，想也没想就递了过去："你想多了，我从不点击奇怪链接，也不浏览黄色小网站的，应该不会中毒。作为保镖部部长，咱的安全意识还是很高的呀。"

邵天冬手指一顿，挑眉用一种戏谑的目光看着她。

郑灵犀对上他的眼睛，想起那天晚上两人亲密地跳舞，脸就有点红了。

她自暴自弃也拉了张板凳过来坐下："好吧，你快点装那什么墙，装完了事。"

邵天冬从兜里拿出一个小小的手机用 U 盘，接在她的手机端口就开始操作。也不知道他是怎么弄的，几分钟以后她的手机就重启了。

郑灵犀凑过去看："墙装好了？"

"嗯。"邵天冬笑看她，"钢筋混凝土墙，保证能全方位保护你。"

郑灵犀反应片刻，感觉随着他的视线，有股酥麻从脚心开始逐渐蔓延："你可真有信心。"

这个年纪的男孩就像亿万辐射的太阳，有让别人情不自禁靠近的能力。

邵天冬把玩她的手机，她用的不是最新款的智能机，里面软件也少得可怜，根本活得不像个现代人。

QQ 列表里清一色的"雷盾一大队""雷盾二大队""扫雷游戏中老年爱好团""刷单日入 500 不是梦"。

邵天冬匆匆扫了一眼就略过了，他打开她的微信。

"'小屁孩'……这是我？"她微信置顶的一个对话，这个人的头像不出意料的就是他自己。

郑灵犀一愣，伸手就要拢手机："你干什么，你还给我。"

邵天冬一伸手把手机举高了，让她够不到，他淡淡地说："这个备注我不认可。"

郑灵犀臭着张脸："我管你认不认可！长得高了不起啊，快给我蹲下来！"

"不，我真诚地建议你给我改一个备注。"他眯眼想了想，"不如改成'亲亲天冬小宝贝'，或者'亲亲老公'我也可以接受哦。"

郑灵犀鸡皮疙瘩都起来了："我亲你个大头鬼啊……"

她是瞎了眼才觉得邵天冬转性了，耍流氓果然还是他的老本行。

她掉转方向背对他坐着，只留给他一个倔强别扭的背影，他哈哈大笑。

吃饱饭的时刻是人最不设防的时候，郑灵犀坐在书桌前，过了一会儿就有点昏昏欲睡了。

"这个漂流瓶的人是什么时候给你发信息的？"

邵天冬忽然说话，郑灵犀愣了下，她凑过去看："噢，大概一个多月以前吧，这小孩说话怪怪的，我没再回过了，你不说我都想不起来。"

邵天冬点点头，手机再还给她的时候，那个人的痕迹已经被删得一干二净。

"防火墙已经帮你装好了，以后我可以直接接收到攻击你手机的程序，下次我保护你。"他认真地说。

郑灵犀低下头，轻声回答："唔，谢谢。"

少年揉了揉她的脑袋，随后就离去了。

郑灵犀没等到额外的动作，莫名其妙心里有点失望。她再低头，见邵天冬在她微信里的备注已经变了。

"我的小狼犬。"

郑灵犀身体抖了抖，她不能否认自己被撩到了。

Chapter 11
亲，这边的建议是
直接结婚呢

对于计算机学院的老师和警方来说十分棘手的事情，在普通学生眼中根本没有惊起波澜，他们日常上学、放学、吃饭、睡觉，甚至有些人根本不知道有 X 这样一个危险的黑客潜伏在身边。

郑灵犀和舍友一起去校图书馆还书。对她来说，这突如其来的大学生涯已经即将步入尾声，想想还真有点舍不得。

"灵犀姐，下次放假我们能去找你玩吗？"齐心眼睛亮晶晶的，"敦敦哥说你们公司是全市最大的安防公司，是真的吗？"

郑灵犀昂首挺胸："那还能有假！岂止全市，国内都排得上号的！"

"那敦敦哥又说雷盾是帅哥保镖最多的安防公司，是真的吗？"几个舍友眼睛都亮了，里面冒着桃心，"他说你的手下全是金城武和吴彦祖那个级别的。"

郑灵犀脸上的笑容僵住，她咳嗽一声："他俩说的你们听过了就行了，其实也没有那么夸张啦……"

四个女孩一起走进电梯，学校图书馆的电梯有一部是观光性质的，全透明玻璃的电梯厢，能俯瞰学校的大半风景。

云慧按了楼层，又追问："那就是没有帅哥喽？"

郑灵犀挠挠头，讷讷道："有啊，说起来应该是成龙、李小龙那种风格的。"大约是他俩被打破相以后的水准。

"哇……"三名舍友发出意味不明的声音。

郑灵犀努力装作面无表情，她打从心里觉得赵成和张敦敦的颜值绝对是不输李小龙的，真的。

入校学习一年，真取得了什么学术上的进步是不可能的，但要说变化嘛，也是有的。

赵成入了学校里的麻将社团成了副社长，据说和出了国士无双。

张敦敦进了舞台剧社团当群演，虽然不至于让他演琼瑶男主，但舞台上的一棵树还是轮得到他的，因此观众总能看到一棵感情丰沛的声嘶力竭的树。

郑灵犀学不会化妆和打扮，但她的舍友们一个个都学会了早睡早起，再也不熬夜伤身体了。每周末她们会一起在六点起床盘腿吐纳，用郑灵犀的话说就是吸天地之灵气、集日月之精华。

周可欣贴着玻璃墙面凭栏远看，指着篮球场上热闹的一群人："自从邵学长毕业以后他就再没有去打过篮球了，要知道以前有他出场的时候那啦啦队的规模可比这气派多了，至少是一个连队水准的，大家齐声呐喊的时候校东边角的大爷和西边角大妈都能听见加油声。"

"哎呀，可惜有人把握不住机会，这都多久了还在你进我退，你俩谈恋爱怎么跟走象棋似的呢。"云慧故作叹息。

郑灵犀老脸一红，抿着嘴："走什么象棋，我也没退啊，我都是正常走的。"

三舍友一脸不成器地瞪她："原来走的还是飞行棋。"

郑灵犀："……"

她们搭电梯从一层徐徐往上升。

校图书馆是学校的标志性建筑，一共有十层，据说是外国设计师操刀的，设计得那叫一个奇形怪状、匪夷所思，从外面看根本不像个放书的地方。

她们要还书的区域在八楼，电梯厢里没有别人，几个舍友围在一起叽叽喳喳地讨论什么，郑灵犀的余光扫过不断攀升的楼层，不知道为什么今天的电梯好像走得有些慢。

起初她没有在意，后来在经过七楼的时候电梯上的电子显示屏忽然闪动了一下，现出了雪花点一样的纹路，她疑惑地停下动作。

"你们三个……"她刚想说话，忽然电梯猛地一震，头顶的照明灯"啪嗒"一声灭了，电梯厢剧烈晃动起来。

"啊！"不知道谁尖叫了一声，紧接着电梯一颤开始急剧下落。

在电光石火的一瞬间，郑灵犀猛地冲到电梯门前，快速将剩余的楼层全部按亮，她一把拽住已经摔倒在地上的齐心，将人拉到自己怀里。

"全都紧贴墙壁蹲下！"郑灵犀大喊一声。

大约是她的声音唤醒了舍友们的理智，几个女孩马上紧贴电梯四壁，她们在急剧的失重中尖叫，终于电梯厢似乎被什么绊住了，剧烈颠簸之后，她们在五楼的地方堪堪停下。

这一切只发生在几秒钟之间，等反应过来的时候，郑灵犀才发现自己心跳犹如擂鼓，而惊魂未定的三个舍友，全都是头发散乱、满脸满身的冷汗。

"没事了吗？"云慧小声询问，好像是害怕稍大点声她们就会再次掉下去。

郑灵犀看着楼层定格在"5"的字栏，点了点头。

You're so sweet

几人舒了口气，吓得一动也不敢动的齐心猛地抱住郑灵犀，浑身发抖，发出小兽一样隐忍的哭声。郑灵犀摸了摸她的头安慰着："好了好了，已经没事了。"

她们四人稍微平息了一下心情，可奇怪的是，明明已经到了楼层，电梯却没有开门。郑灵犀不敢随便操作，她害怕电梯会再次下坠，因此只能维持现状等待救援。

"里面没有信号。"郑灵犀放下手机，伸长手臂按响了电梯内的报警按钮，警铃发出刺耳的声音，响在四个女孩的心里像是绳索划过悬崖峭壁的嘶鸣。

过了一会儿，似乎门外有人经过，传来不甚清晰的说话声。

周可欣站起来对着电梯门大喊："喂！里面有人！救命啊！"

随着她的动作，原本已经静止不动的电梯又轻微晃了一下，所有人的神经瞬间紧绷，都不敢动弹了。

门外的人声渐渐远去，为了保持电梯的平衡，她们四个人各占据一个角落。齐心抽抽搭搭地低声哭泣着，云慧不断地编辑手机上的信息，而周可欣面朝玻璃墙看着下方眉头紧锁。

郑灵犀注视着她们，连擦去额头的汗水也不顾了。她注意到，就在刚才电梯下坠的那一瞬间，显示屏上似乎出现了一个熟悉的图案。

扑克牌中的黑桃标志。

郑灵犀觉得手脚冰凉，这是她第一次感受到，当一名黑客拥有超高电脑技术时的恐怖。

真的有这样一个随时可能爆炸的人存在众人身边，他反社会，他孤僻而自傲，他不仅想伤害少数人，他还想毁灭整个校园。

时间一分一秒地过去，电梯厢顶有小小的通风眼，但郑灵犀仍觉得透不过气，她倚着墙壁，平时透明的玻璃观景墙此刻却变成她们的囚笼。楼下聚集的人越来越多，他们围成一个小圈，全都仰着头看着她们。

那眼神，不知是看着濒死的金丝雀，还是在看坠挂在崖边的旅人。

"我们会死吗？"齐心哑声问。她眼睛已经哭肿了，嗓子就像破风箱。

云慧顿了顿："我刚才已经编辑好了留言，给我爸妈的。"

周可欣一点也没有哭，她淡淡地看着电梯门不说话。

"不会的。"郑灵犀见楼底下张敦敦和赵成正在组织疏散群众，开始有消防员带着各种工具往上冲，她的目光在人群里逡巡着，"我们不会死的。"

任同济也站在图书馆楼下仰头看，他模样朴素，混迹在学生中没有任何人起疑。

他站在离观光电梯最近的地方，抬头就能看到坐在玻璃墙旁边的郑灵犀，他目光有点痴迷，张着嘴不说话。

她垂眸看着众人，神色冷静而淡漠。

她是如此美丽。

因此他才想要第一个见证天使坠地。

任同济表情扭曲，他开始兴奋得直喘，默念着倒数计时，电梯将会重新下落。

"同学，你离远一点，万一电梯掉下来就要砸到你了。"突然，赵成一胳膊揽过来，他的手臂差不多相当于任同济的大腿粗，后者跟跄着退了几步。

"没关系……砸到我就可以和她一起死了。"任同济讷讷着说。

赵成瞪了眼这个人，又是一个死宅追星族吗？然而不等他细想，头顶忽然传来了动静。

"门被卡住了！"

"先固定好电梯缆线，保护民众安全！"

消防员开始实施救援行动，里面的四人虽无法出去，但待在密闭的空间里，对外面的一切动静都格外敏感。

似乎有消防员爬到了电梯厢顶上，脚踩着天花板，电梯微微开始摇晃，她们仰头紧张地看着那几个通风口，忽然"嘎吱"一声，电梯又猛地下坠了几厘米。

"啊！"齐心发出声嘶力竭的尖叫。

底下的众多学生老师都捏了一把汗。

消防员汇报了一番情况："好像有人在用外力控制电梯系统！我打不开这门！"

齐心哭得更大声了，郑灵犀抱住她的肩膀不断安慰。

连周可欣都失去冷静了，她不断地拍击电梯壁，声音里似乎带了哭腔："救命啊！救救我们啊！"

郑灵犀觉得眼前有点花了，也许是长时间的缺氧，又可能是封闭环境下的幻觉，她低垂了头一言不发，耳边有滋滋的杂音。

不知道过去了多久，忽然，一阵清凉的空气吹过，郑灵犀缓缓回过头，见紧闭的电梯大门徐徐开启，在身着红衣的一堆消防员中，邵天冬那么显眼，他朝她伸出手。

"灵犀，过来。"

郑灵犀也不知道自己当时是怎么有那个力气的，她连拖带拽把已经瘫软的齐心给抱了出去，然后整个人落入一个温暖的怀抱。

邵天冬抱得太紧了，他身上的热度透过冬衣传递过来，郑灵犀觉得有点喘不过气，她拍拍他的胳膊："好了，姐姐福大命大。"

邵天冬没说话，倒是旁边的消防员抢着说："你们是不知道有多危险，这电梯中枢被黑客攻击了，每秒钟都在尝试阻断安全控制系统，要不是有这位同学在，再晚几分钟电梯就真的要掉下去了。"

旁边另一位消防员捣了捣同事："说这些干吗……"

郑灵犀抬头瞧着面色冷硬的邵天冬，喜欢开玩笑的他，这次竟也没有一点轻松笑意。

三名舍友都被搀扶着送走了，周可欣准备下楼的时候忽然说："邵学长。"

邵天冬回头，眼神示意妣继续。

"你一定要抓住这个人。"周可欣直视他的双眸。

邵天冬笑了笑，嘴角微斜："当然。"

图书馆电梯里的女生被解救出来，没有任何受伤的情况，赵成和张敦敦驱赶着聚集在楼下看热闹的人群。

"走吧走吧，没什么好看的了！"

赵成挥挥手，他回头一看，那个精神有点问题的男生早已离去了。

郑灵犀是被邵天冬拽着手腕骨离事发地点的，他力气很大，抓得她胳膊都有点疼了，一路上遇见上前询问的老师和学生，他一个也没有理。他只穿了件黑色的针织衫，因为紧张，背绷得很直，脊骨的起伏都清晰可见。郑灵犀看着他头也不回地往前走，像一棵冬日里的小树，逆着光顽强生长。

"你走得太快了啊，欺负我腿短吗？"

邵天冬听到了，却不曾停顿一下，带着她就要下楼，她一把抓住他的胳膊停住。

"干什么，你到底要去哪儿？"

邵天冬垂着头，脸色有点异样的红。他猛地抬头深深看她一眼，目光里情感沉重得如乌云滚滚。

郑灵犀下意识地往后瑟缩了一下："怎么了，你又哪里不满意了？"

邵天冬自己心理斗争半天，结果发现她的反应竟然这么平淡。他一颗心都要被搅碎了，他的女孩竟然还在问他哪里不满意。

"我要是再晚几分钟，电梯就控制不住了。"他哑声道，"安全系统全部失效，他是动了杀心。"

郑灵犀竟然从他的话里发现了恐慌的情绪，她故作豁达地笑了两声，拍拍他的肩膀："我不怕的，因为你肯定会来啊。IT大侠，计算机学院的扛把子，你怎么能不来拯救世界呢？"

邵天冬抬眼无奈地看了她一眼。

两人挨得极近，郑灵犀看着邵天冬的眼神，莫名觉得气氛有些紧张，事实也确实如此，邵天冬伸出手臂，似乎是想要拥抱她。

"我去拯救世界了，谁来拯救我。"

他似是在喃喃自语，郑灵犀愣在原地。

这时正巧有路人经过，两人动作被迫打断，邵天冬移开眼："我送你回去。"

"唔……"郑灵犀头都不敢抬了。

回到宿舍，其他三个舍友还没回来，郑灵犀躺在床上发呆，手机嗡嗡振动个不停，都是雷盾公司各个部门的同事发来的慰问信息，她看了眼就没再回了。

赵成给她转发了一条链接，是当地的新闻媒体编写的时事热点，瞬间就上了社交平台的热搜。

"这下你的小男朋友成名人了，你瞧，网上都是谈论他的。"赵成说道。

郑灵犀顺着那链接点开，是个只有三十秒的视频剪辑，画面里是密密麻麻的围观人群，她还从镜头里看到了坐在电梯里等待救援的自己，原来在旁观者的眼中，她是这样一种表情。

记者用一种慷慨激昂的语气说着什么，然后画面一转来到了控制室后台，邵天冬和一群消防员待在一起，他脸色冰冷看都没有看镜头一眼，只是专注在面前的电脑上，屏幕里青青白白的一堆代码，他的手指每敲击一下，屏幕上的方程式就变化一分，几分钟后他收回手，接下来发生的就是郑灵犀知道的事情了。

　　"我们可以看到，这次校园黑客袭击的案件是这位计算机学院的优秀毕业生出了大力，是他和消防员的双重配合成功将被困学生全部救出……

　　"不仅长相帅气，能力也很是出众，我们应该对新时代的大学生刮目相看了。"

　　似乎连记者脸上的笑容都灿烂了些。

　　新闻媒体对邵天冬极尽赞美之词，底下的评论也多是网友的褒奖：

　　"长得不比明星差了，有谁知道他叫什么名字吗？"

　　"太厉害了吧，这黑客也够倒霉的，做个案还遇上计算机大神了。"

　　郑灵犀看着那条微博不断攀升的点击量，突然意识到一件事——既然公众这么关注这件事，那么X势必也在关注着。

　　X会发现自己处心积虑计算时间、黑了电梯，得到的却不过是为他人做嫁衣的结局：他被人们嘲笑，名誉和荣耀都是别人的。以X的虚荣心和小心眼程度，他会有什么感想？

　　邵天冬对于自己在网上红起来了这件事没有一点自知之明，实在是因为他没有闲心去关注这个。

　　一个下午加一整个晚上，他都在不停地排筛X的嫌疑人名单，一直忙到半夜十二点。

　　邵天冬瘫在椅背上仰面朝天，他把电脑关掉。有淡淡的路灯光亮照进屋里来，他半眯着眼，模模糊糊里，似乎听见有人在叫他的名字。

　　"喂，小屁孩，这么晚了你还不睡，修仙呢。"

　　他站起来走到阳台上，见对面宿舍楼的窗口趴着一个女孩，郑灵犀穿着睡衣，正双手撑着脑袋看他，笑嘻嘻的。

　　邵天冬脸上不自觉地就露出微笑了："你不也还没睡？"

　　"我不一样，我是姐姐，大人是有夜生活的好不好。"郑灵犀一本正经。

"那小姐姐，既然我们都睡不着，不如一起出去吃个夜宵？"邵天冬随口道。

没想到郑灵犀竟答应了，她摆摆手："好啊，你等着我这就下来。"

邵天冬脸上笑容逐渐僵住，不知道什么时候，只有六层楼高的女生宿舍竟然装了一部电梯，还是全透明玻璃墙的观光电梯，他眼睁睁看着她走进去，门关上前还在朝他微笑。

"不……不要！"

邵天冬猛地睁开眼，剧烈喘息，瞬间吓出一身冷汗。

凌晨是人睡眠最深的时刻，郑灵犀被电话铃声惊醒，眼睛都只能睁一道缝，迷迷糊糊、蒙蒙胧胧。

她反手就把电话挂了，转头接着睡。没两分钟，铃声又响起来了，看来打电话的那个人十分执着。

郑灵犀烦躁地抓了抓自己的头，一个翻身坐起来，看到来电显示的那个名字，差点气得心肌梗死。

"喂，你知不知道现在几点了？凌晨两点半！你是想找揍吗？再见！不许再打过来了！不然我咬死你！"

接通后邵天冬还未说话，先遭受了一番来自郑灵犀的劈头盖脸唾沫轰炸，随后听筒里就只剩下嘟嘟嘟的忙音了，她毫不留情地挂断了电话。

邵天冬仰躺在床上，手机从掌心滑落，他闭上眼露出满意的笑容。

"还好……还在。"

第二天早上，郑灵犀清醒过来，回头再看看那通凌晨两点的通话记录，竟然完全没有印象，邵天冬好像一个字也没说，她觉得自己记忆错乱了，他该不会是被不干净的东西缠上身了吧。

事实证明，这通电话成了她在离开学校前最后一次和邵天冬沟通的机会。此后一个月直到学生们放寒假，郑灵犀都再也没有见过他。

"灵犀姐，你一定要记得联系我们哦。"齐心拖着行李箱，一张小脸在寒风里冻得发红。

云慧扁着嘴嘱咐："不要回去看到其他漂亮小妹妹就把我们几个同甘苦共患难的老舍友给忘了啊！"

郑灵犀连连点头："知道了知道了，我不会忘了几位大哥的。"

周可欣望着她一本正经："鲁迅曾经说过：现在的一代是被网络游戏荼毒的一代。灵犀姐你记得少玩扫雷了，有时间多出去逛逛街做做头发，我随时奉陪。"

她说完，几个人相视一眼笑了。

四个女生抱在一起告别，寒风瑟瑟，微雪绵绵。

在放寒假前，还出了一件比较大的事。其实在郑灵犀和舍友们遭遇到电梯事故以后，学校对整体的电子设备安全又做了一番维护，就是为了以防万一。

毕竟有个虎视眈眈的 X 在呢。

这个 X 好像是故意了为了和学校作对，专门攻破软件工程师们修筑的防火墙，在上面留下自己的嘲讽信息，后来竟然堂而皇之地创立了一个网站，专门显摆他的"丰功伟绩"：那些被盗门户网的机密信息、一次又一次侵入监控的截图照片。

X 风头太盛，就在所有人都以为他会成为下一个现代黑客之父的时候，那个被命名为"背叛之花"的不法网站被黑了。

学生们早就在各大社交平台上炸锅了，原因就是 X 的网站首页上，飘扬了一面旗帜，不断拂动着，飘扬了整整一天，而那些机密文件和侵权照片也全都被删了个干净。

整个网站只剩下一面旗帜在庄严地飘扬，而网站的名字"背叛之花"在此之下尤其显得可笑。

X再次成了笑柄，大概是实力遭到了碾压，他再一次停止行动，退出了公众视线。

郑灵犀告别了舍友们，拖着自己为数不多的行李上了公交车。放了寒假，学生们都早早回家过年了，赵成和张敦敦老家离得远，前几天就都上路了，她留到最后，准备再看一眼这匆匆见习过的校园。

"一年时间过得可真快啊。"郑灵犀倚在公交车窗边喃喃道。入目所及，除了脚步匆匆的学生，就是已经枝叶凋敝的树木，柏油路面已经有了白霜，寒意吹得行人裹紧了大衣。

也不知道邵天冬去哪里鬼混了……

郑灵犀把半张脸埋进围巾里闷闷地想，也不知道打个电话过来，连微信都没有一条，他该不会是被神秘组织拐到山里了吧。

她绝对、绝对不是在担心他的！

郑灵犀猛地拍了一下大腿，把旁边站着的乘客吓了一跳。

"我就是确定一下他还活着……"她趁着这一口气气势汹汹打开手机，翻出那个早已置顶的通讯录拨了过去。

电话很快拨通了，听着听筒里传来的嘟嘟声，郑灵犀不自觉地捏紧了手指。

四五秒之后终于被接通了，她听到了一声懒洋洋的"喂"，似乎还没睡醒。

郑灵犀一口气差点没提上来。

"你没失踪啊？"郑灵犀问。

那边传来低低的笑声："怎么，想我了？"

郑灵犀老脸一红，顾及旁边还有陌生人，她只好换了只手拿手机，压低声音道："我是想你怎么没动静了，怕你一个人待在宿舍没人看管，等宿管发现的时候已经臭了。"

她声音里是难以抑制的埋怨，邵天冬听到后直接笑出声了。他的嗓音和以前没有差别，还是那么阳光开朗，和他相比，郑灵犀觉得自己好像个大傻子。

"那你消失那么久是去干吗了，赵成他们都问我你是不是被拐卖了，一点声息都没有。你要是真遇上麻烦事了就说，我好歹也能帮上忙的，揍三五个混混不在话下。"郑灵犀撇撇嘴小声道，语气里有自己都察觉不出来的惦念。

邵天冬本来坐在电脑桌前的，闻言转了个方向，伸手摘下鼻梁上的眼镜，笑道："你放心，我没有被拐卖也没借高利贷，我只是花时间做了一件有意义的事，所以没顾上联系你。"

他问："还记得 X 吧？"

郑灵犀反应迟钝："怎么，他又来骚扰你了？"

"呵，不是。"邵天冬舒展修长的双腿，"是我去找他了，然后给了一些警告。"他只是花时间黑了 X 的私网，查了 X 的个人资料，顺带往 X 本人的住所寄了一封匿名的信函。

"我警告他，该交电费了。"邵天冬笑了笑，眼里却没有笑意。

郑灵犀听得云里雾里，正好这时候公交车到站，广播里一声"车辆转弯，请抓好扶手"传入邵天冬的耳朵。

"你在车上？"他听到她那头的动静问，"是已经回家了？"

郑灵犀把脸转向窗外："嗯，今天刚走。"

"哪班车？"

"下午一点的，现在往车站去。"郑灵犀忽然反应过来，略显紧张，"你干吗，你不会是要来送我吧？"

邵天冬安静了片刻，答道："是啊，我一会儿就打车来送你，你等着我。"

郑灵犀一口老血卡在喉咙里，紧张道："你、你别来了！我马上就走的，不用送！"

走都走了，还送什么！

她怕看到那张脸又会犯浑，这样她好不容易平静下来的情绪又会泛滥成洪涝灾害了。

邵天冬听完，停顿一下："逗你的，路上小心。"他的声音淹没在汽车的鸣笛声中，郑灵犀听到电话那头挂断的嘟嘟声，思绪有点飘飞，她目光下移落在手机上，那里有她很久之前收藏过的一个视频，一直保留到现在。

视频开头是拍的天空，应该是刚下过雨，有一挂很美的彩虹横在天边，像是天与地交织的玉带，随后镜头一晃，一个少年的脸入了镜。

"今天下过雨，空气很清新，重要的是没有课，小姐姐在干什么呢，这边的建议是出来和我约会哦。"

视频里光线明亮，而他笑得很阳光，恍若全部光华都在身上。郑灵犀看着看着，不自觉也跟着他露出笑意了。

郑灵犀没回自己的公寓，她家老宅在距离尚城市区不远的县城里，她独自坐上了大巴，身边是形形色色的人，不过大多是扛着行李准备回家的。车厢内气味不好闻，郑灵犀放好东西，取出一颗薄荷糖含在嘴里，沁凉的气味盈满鼻腔。

"放寒假了吧？"旁边有个中年女人和郑灵犀搭讪，她穿着一件不合身的棉袄，瞧着像是外来务工者，操着口古怪的外乡口音。

郑灵犀点了点头没说话。

那女人自顾自叹了口气，她从兜里摸出手机，很旧的一款了，黑黄的手指在上面小心翼翼地点了点。

"我女儿今年小学毕业升初一了，应该也已经放寒假了。你瞧，这是她今年六一儿童节拍的照片，好看吧？就那个穿白裙子的。"中年女人兴奋道，她点开相册给郑灵犀看。

郑灵犀闻言凑过去瞧了眼，匣片上是个很朴素的小学校，画面里的女孩皮肤黑黑的，但捧着一张奖状笑得很开心。

"真好看。"郑灵犀点点头微笑。

女人闻言很高兴，她拿干枯的手指摸了摸屏幕，然后小心翼翼地把手机放好，拧开随身的旧保温杯喝了口水，又道："就希望我女儿能好好学习，将来当个大学生，好出人头地。"

郑灵犀笑了笑，没说话。

车很快开动了，座上的人们渐渐平息了说话声。在车里待的时间久了，郑灵犀渐渐能适应空气里弥漫的各种气味，她忽然觉得这些味道都是有故事的，那些故事沉淀在布满划痕和裂纹的手机屏幕里，沉淀在掉色磨损的大衣中，沉淀在一双双粗黑的指尖。

她仰头看着被帘子遮住的车窗，外头微微有阳光透进来，照在身上很舒服。身边的中年妇女在和家里打电话，在一声声听不懂的乡音里，郑灵犀不知不觉睡着了。

郑灵犀做了一个梦，梦见妈妈回来了，穿着她最喜欢的裙子，笑得很开心，走起路来都是轻快的步伐。她陪妈妈出去散步，回来的时候妈妈竟然是跑着回来的，追都追不上。

如果能忘记后来的内容，那这大概是这么久以来做得最好的一次梦了。

后来，郑灵犀在汽车的颠簸里睡了好久，周围不安静，有人声，有鸣笛，但她觉得很舒服，有种大冬天烤炉的感觉。

再后来，汽车到站了，郑灵犀被中年女人叫醒，迷迷糊糊地跟着对方下了车。她脑袋还不甚清醒，半眯着眼拖着行李回家。

道路的尽头像是被燃尽的蜡烛，突兀地断掉一截，天上开始下小雪了，行人撑起了伞，伞面上落了点点白花。纷纷扬扬的雪落在郑灵犀肩头，很快就融化了。

You're
so sweet

空气里满满的凉意，她的鼻子冻得有点红，步行到家楼下的时候，路面已经变成白色。

一偏头，她忽然看到有个人坐在她家楼下。

邵天冬穿着一件军绿色的运动厚外套，脖子边一圈黑毛领，他两手插兜坐在台阶上，脚边放着个大背包。他脸上有淡淡的疲倦，似乎消瘦了一点，小雪已经在他肩头积攒了一片白。

郑灵犀眨眨眼，抖落睫毛上的雪籽，有点像见到了鬼，她张张嘴，没发出声音。

邵天冬发现她了，原本平静的脸上忽然就泛起了笑意。

郑灵犀找回了自己的声音，低声道："你怎么在这儿？"

"想来，所以就来了。"

"你是故意的。"

他看向她，明明还隔着片片飘落的雪花，他眼眸里却好像忽然迎来了春天。

"我过来，你不开心吗？"

郑灵犀脑袋嗡嗡的，大概是刚才在车上没睡醒，要不然她怎么感觉骨头都软了。

几分钟后，两人在雪中并肩而坐。郑灵犀也把行李箱放在脚边，看廊下积雪越来越厚。

"自己的家，你竟然没有钥匙？"邵天冬失笑。

"我又不是经常回来。你有什么意见？"郑灵犀瞪他一眼，她掸了掸自己的衣服，"大过年的，你跑我家来干什么，打秋风啊？"

邵天冬揉了揉脖子，一只手搭在膝盖上偏头看她："我一个无家可归的流浪人，你忍心看我自己在宿舍吃泡面过年三十？小姐姐这么善良，当然会收留我的。"

"你怎么就无家可归了，你爸把你扫地出门了啊？"郑灵犀条件反射地说道，话出口了才想起来，邵天冬似乎一直和家里人不和。

他看似不怎么在意，语气平淡："我父母常年忙于工作，就算是以前，年三十也是不在家的。没有奶奶在的时候，我基本上就是靠外卖和泡面度过。"

邵天冬说的仿佛是另一个人的过去，郑灵犀脸有点僵，这状况来得太突然，她不知道该怎么安慰，只能默然地呼吸着尴尬的空气。

他看她一眼，勾勾唇："你要是心疼我，就收留我在你家过年吧。"

郑灵犀正沉浸在怜悯的异样感情中，挠了挠头答应了："那好吧……"

"那我今晚可以和你睡吗？"

郑灵犀手僵住，瞪大眼："你说什么？"

邵天冬看着她的双眸，语气不快不慢，给人一种稳操胜券的感觉："我跟你一起睡好不好？"

凑太近了，她都闻到他身上的味道了，她一把将人往旁边一推："谁要跟你睡！做梦！做大梦了你——"

邵天冬做出一副受伤的表情："我又不会做什么，你想到哪里去了，不和你睡，不然你要让我和你哥哥或者爸爸睡一床吗？"

郑灵犀满脸通红，她猛地别过头："哼，睡地毯去吧你。"

"你舍得吗，你爸也不会让我睡地毯的，老岳父还是很疼我的。"

"你脸皮怎么这么厚？我真恨不得扒开来看看你是不是实心的……"

"你不会的。"

"你怎么知道？"

"因为我长得好看啊。"

两人在风雪烂漫中斗嘴，一个人冒着雪出现。

"灵犀，你回来啦。"郑国强走近，看到女儿身边的少年，眼睛一亮，"山田君？"

"快快，山田君快请进，这大雪天的太不好意思了，让你在门口等。灵犀你也真是的，多大个人了还不拿钥匙，你着凉了没事，人家感冒了怎么办。"郑国强推开门，絮絮叨叨。

两人跟在他身后进屋，郑灵犀把箱子往墙边一丢，蹬了脚上湿掉的鞋："爸，明明是你弄丢了自己的钥匙又拿了我的，现在反倒贼喊捉贼。"

"我那是丢吗，我那是换了一个位置存放。"郑国强给自己找借口，"话这么多，还不快进去给山田君倒杯茶，我前两天买的大红袍呢？"

郑灵犀撇撇嘴，往厨房里面去了。邵天冬站在后面看她不情不愿烧水沏茶，有点莫名想笑。这父女俩太像了，光是行动和说话，都像是火炬一样发光。

郑灵犀磨磨蹭蹭泡了茶，见邵天冬心安理得地在沙发上坐下，表情十分惬意放松。她悄悄蹭过去："你还真打算顶着山田君的名号过一辈子啦，你上哪儿去弄个日本户口回来？"

邵天冬眼睛睁开一道缝看着她，笑道："怎么，开始替我着急了？怕岳父不接受我，自己嫁不出去？"

郑灵犀一把将茶杯给他搁桌上了："好心当成驴肝肺。"说完，她就进房间不出来了。

郑灵犀坐在自己床上发呆，她装模作样地收拾东西，过了一会儿侧耳贴在门板上听了听，客厅里没什么动静，安静得仿佛没人在似的。倒是手机里微信群响个不停，是舍友们在讨论自家过年的事情。

【周可欣：我爸打算带全家去东北旅游过年，正好可以看个冰灯。】

【齐心：真好啊。上个月我姐姐生孩子了，我们一家要去找乡下的外婆一起过年。】

【云慧：[图片] 看我包的虾仁肉馅饺子。】

少女们的生活多姿多彩，郑灵犀羡慕地看着她们，心想我要是说我家现在杵着一个邵天冬，她们不知道会是什么反应。

突然，群里换了一个话题。

【周可欣：灵犀姐，你走前见到邵学长了吗？】

郑灵犀一愣，很快回复。

【郑灵犀：见到了。】

【周可欣：他是不是去你家找你了？】

郑灵犀一惊，猛地站了起来。

【郑灵犀：你怎么知道，你跟踪我了？】

周可欣回了个微笑的表情。

【云慧：这还需要跟踪！傻子都看明白了！】

【齐心：亲，这边的建议是直妾结婚呢！！！】

郑灵犀抿紧嘴，脸色通红，喃喃着："开什么玩笑……"

她在卧室里枯坐半个小时，后来还是因为肚子饿了，才打开房门走出去。

然而客厅里的状况使她震惊，郑国强坐在沙发上，笑眯眯地看电视，邵天冬和郑飞翼一左一右坐在两边，三个男人气氛和谐，仿佛看得不是《新闻联播》而是暑期强档《还珠格格》。

"哥，你啥时候回来的……你们在这儿干吗呢？"郑灵犀疑惑地问。

郑国强看似心情不错，冲她招手："灵犀啊，你来得正好，快给小邵去找床干净的被子，他这几天都要在我们家住了。"

郑灵犀猛地瞪大眼看向邵天冬，后者朝她笑笑一脸无辜。

就这么半个小时工夫你们这是发生了什么？她很想说爸你醒醒，千万别吃了他的迷魂药啊，这小子绝没有表面上看得这么无害。

郑飞翼瞥了他们俩一眼，泼凉水："你别高兴得太早，看在你买不到票回家的分上我们才收留你几天，最好别给我弄出什么幺蛾子。"

他又指了指郑灵犀："还有你，能不能有点三十岁女人的自觉？"

"谁三十岁了！"郑灵犀脸一下子通红，"我明明才……十八。"

看兄妹俩又要掐，郑国强大手一挥："飞翼你放心，小邵这个小伙子我是认可的，一表人才学历又高，对我们灵犀也是一心一意，大老远上门实在是太有诚意了啊。"

他顿了顿又说："你俩定下来也好，省得我再去非洲给你找相亲对象了。"

郑灵犀："……"

她看邵天冬替郑国强倒茶，后者满面红光跟喝新媳妇茶似的，就差当场给红包了。

"爸，你这是都知道了？"

郑国强没说什么，邵天冬一副谦卑的表情："我已经都和叔叔坦白了，也请求叔叔原谅我撒了谎。"

郑国强大义凛然地摆摆手："追女孩子嘛，我都是能理解的。想当年我追灵犀她妈妈的时候还说自己是埃及王子呢。"他又一副笑脸，"其实知道你不是山田君，我还是松了口气，毕竟将来你俩生个孩子叫'山田建强'或者'山田建国'实在是不好听嘛……"

"谁要生孩子了！"郑灵犀脸色通红，她觉得自己快熟了。

郑国强一脸鄙视地看着她："放你自生自灭的话，你五十岁之前能生孩子？"

"……"

郑灵犀偏头看了眼邵天冬，后者眯着眼，一副忍笑忍到不行了的样子。天知道她是如何撞上的这个人，并且一次又一次被他攻城略地。

最后三个男人并着郑灵犀一起吃了顿古怪的团圆饭，因为妻子宋依然回娘家了，郑飞翼表示不想面对他们几个，早早就回了自己屋。

郑国强出门跳广场舞了，家里只剩郑灵犀和邵天冬两个大眼瞪小眼。

"家里没有多余的房间，你就凑合着吧，谁让你搞什么突击行动的。"郑灵犀小声抱怨着，"喏，家里只有张行军床，委屈你了。"

邵天冬长腿长脚的，在窄小的钢丝床上坐下，有点无言的憋屈。他顿了顿："那我下回打好招呼再上门拜访的话，能跟你一个房间睡吗？"

"想得美。"郑灵犀头也不回地走了。

身后的人叫她："小姐姐，我的睡衣怎么办？"

"自己想办法。"

"那我可就光着了。"

郑灵犀摔上门："你裸奔都没人管你！"

这一晚上，她在自己床上干瞪眼，翻来覆去怎么也睡不着，想起邵天冬就在客厅的简易床上躺着，忍不住就笑起来了。

第二天一早，郑灵犀被窗户缝隙透出来的阳光叫醒，冬日的暖阳很温和，在下了一夜的雪地上一照，像床雪白的被子。

郑灵犀揉着脖子起床洗漱，打开自己的房门时忽然闻到一阵香味。

"爸，你这么早起来做饭了？"她朝外喊了一嗓子。

没人理，她循着味道到了餐厅，见桌上浩浩荡荡摆着四人份的早餐：肉丝阳春面一碗，鲜榨果汁一杯，煎鸡蛋蔬菜三明治一份，还有颜色鲜亮的水果沙拉。

"借用了你家的厨房。"在郑灵犀目瞪口呆的时候，身后忽然靠过来一个人。

邵天冬穿着居家的裤子，上半身只有件长袖的棉质 T 恤，他的头发半湿，肩膀上搭着条毛巾，看起来是刚洗完澡，整个人还有热气蒸腾的懒散感。

"这些都是你做的？"郑灵犀回过头，两人靠得太近，她稍稍后退了半步。

"唔，"邵天冬随手撸了把额发，"不知道你爸的口味，材料有限随便做了点，别嫌弃。"

"很好了，以前早上我都是吃泡面的。"郑灵犀低声道。

"那你以后不用吃了。"邵天冬笑了笑，往前补回了那半步，这下两人靠得极近了。郑灵犀很想躲远一点，以逃离这种尴尬的暧昧气氛，但女人的身体是诚实的，生理反应由不得她说不。

她动了动鼻子，往前凑了凑，说道："你身上有股味道。"

邵天冬低声问："什么味道？"

大概是太久没见面了，他的吸引力对她来说飙升了数倍，属于少年的磁性嗓音像冬夜的壁炉，烤得她毛孔舒张、气血沸腾，想原地飞升。

"感觉甜甜的。"她轻轻道，"又有股奶味……"

他低声说："可能是男人味。"

邵天冬低垂头，一双眼睛在未干的潮湿刘海下泛着笑意，郑灵犀猛地对上他的视线，脸又红了。

最后，这一顿早饭吃得郑家三人心满意足，郑飞翼对邵天冬好歹不那么反感了，郑国强更加笃定这门亲事，郑灵犀觉得自己也快完犊子了。

Chapter 12
这一刻烟花万丈

距离大年三十越来越近，家家户户都繁忙起来，郑灵犀被父亲支使着到处采买，天天抱着一袋袋腊肉香肠、瓜子花生之类的年货回家囤积。

郑飞翼对这些事情完全不沾手，他永远都是一副白衣飘飘的模样，端坐在沙发上喝咖啡看报纸，留郑灵犀一个人做牛做马做苦力。

不过，这回不一样了。

"灵犀啊，把这箱芦柑搬进去。"郑国强关上汽车后备厢说道。

"叔叔，还是我来吧。"不等郑灵犀答话，邵天冬抢先动作，只见他也没怎么用力，就轻而易举地将一大箱的水果拎了起来，手臂肌肉鼓起漂亮的线条。

"还是男孩子好，力气大。"郑国强满意地点头，顺手摸了摸邵天冬的胸肌，"小邵身材真好，平时经常锻炼吧……"

邵天冬笑吟吟地点头，郑国强那眼神，简直就黏在他身上放不开了。

最后满满一个后备厢的年货，统统被邵天冬一人搬上了楼，分门别类放好。郑灵犀瘫坐在沙发上，抱着一颗苹果啃，她沉浸在无所事事的享乐氛围里不可自拔。

她丝毫不知道，恐惧会迟来，但绝不会迟到。

"老郑啊，你这一出国就是大半年，你可真逍遥自在啊。"

"哎哟，这就是你家的女儿灵犀啊，长得可真俊啊！就像那个谁，王祖贤年轻的时候！"

大门突然就被破开了，紧接着数不清的大姨大妈跟排队参观似的，蜂拥而至，郑灵犀只来得及抄起一个抱枕当盾牌，就被一双双的手按在了沙发上。

"女娃在哪儿工作呀？"

"结婚了吗？"

"啥时候要孩子啊？"

死亡三连问。

郑灵犀在一堆中年妇人的关爱中逐渐被淹没，她艰难求生，在夹缝中看到倚门而立的邵天冬："你站在那里干吗，快过来救我啊！"

邵天冬笑眯眯地看着她，摊了摊手。他虽然没有说话，但郑灵犀忽然就明白了他的意思：我跟你又没有关系，我有什么理由帮忙？

过年的这段时间，也被叫"年终通关战"，过关的人要经历九九八十一难，熬过最初的春运人海战还只是个开头而已，随后还要经历亲戚朋友的灵魂发问、推杯换盏酒桌摸底、大妈大姨相亲节目等等关卡。

"从来没有哪天有那么多人串门，我爸听到门铃都吓得直接往屋里跑了。"好不容易送走最后一位串门的大姨，郑灵犀怀疑人生，"被问了N遍'你小时候我抱过你还记得吗'，我看起来脑子有那么好使吗？三岁的事还能记得。"

"也许你在她们眼里是神童呢。"邵天冬道。

应付了一下午大姨大姑，郑灵犀身心俱疲，比让她上场打十场擂台还要疲倦。

"我回房间睡一会儿，吃晚饭了叫我。"

邵天冬看着她的背影问："想吃什么？"

"随便吧。"郑灵犀头也不回地摆摆手。

邵天冬想了想，很自觉地往厨房走去了。身后坐在沙发上看报纸的郑飞翼冷哼了声："想不到你还挺有毅力的，都追到家里来了，连老爸都能搞定，是我小看你了。"

邵天冬停下脚步，侧过头看了他一眼："你还不相信我？"

郑飞翼面不改色："你要我拿什么相信你？就因为几顿饭？"

大概前几次碰面，郑飞翼对他冷嘲热讽惯了，他竟然有点习惯。

他折返回来，忽然开口："大舅子。"

郑飞翼的表情有一瞬间崩坏："你喊谁？"

"爱人的兄长，可不就是大舅子了。"邵天冬脸不红心不跳。

郑飞翼直接被气笑了，反手一摔报纸："你倒是会蹬鼻子上脸。我先说清楚，不管你是怎么打算的，既然我爸喜欢你，我就给你一个机会，但你要是敢让灵犀伤心，我第一个剐了你。"

两个男人再次针锋相对，窗外是噼里啪啦的炮仗声，屋内却仿佛坠入冰窖。

"如果我不是真心喜欢她的话，此刻就不会在这里听你说话了。比起我的年纪，最重要的难道不是灵犀的感觉吗？"邵天冬笑笑，"你猜，她喜不喜欢我。"

郑飞翼没说话，他用脚指头想都知道那个傻大姐肯定看上了人家。

You're so sweet

而就在一墙之隔，郑灵犀静静站着，她的视线像是落在门上，又像是透过门，看着客厅的一切。

"我怎么知道你是不是认真的。"她听见郑飞翼说。

"我会让她幸福，说到做到。"然后那个名叫邵天冬的少年如是回答，此刻窗外忽然亮起了烟花，像猛烈绽放的鲜花。

"我爱她，就像呼吸与空气。"

他说完，郑灵犀感觉整个房子凭空刮起一阵香风，空中飘散着甜蜜的香气，窗外夜空的烟花在她的脑海里开放，五彩斑斓璀璨夺目，宛如这个年纪最美的少年。

年夜饭是五口人一起吃的，郑飞翼的妻子宋依然惊讶于邵天冬的好厨艺，毫不吝啬地给了一番褒奖，正中郑国强下怀，联合起来又是洋洋洒洒好一番吹捧。

郑飞翼不置可否，郑灵犀因为听到了下午两人的对话，现在看到邵天冬的脸就不敢抬头。

好吃好喝结束，已经晚上八点多了。

"走走，看春晚去。"郑国强挥手招呼。

郑飞翼本来拎了学术论文打算溜去书房，被妻子抱着胳膊拖过去了，客厅里传来电视机的嘈杂声音。

郑灵犀揉了揉脖子，现在只剩她和邵天冬两人了，猛一抬头对上他一眨不眨的目光，她的世界真的从不曾这样如梦似幻。

"你做饭真的好厉害。"她开始没话找话。

"谢谢夸奖。"他岿然不动。

郑灵犀在凳子上坐着十分难过，身上好像爬过万只蚂蚁，她抬头看他："你是不是想说什么？"

邵天冬淡淡地笑："你想让我说什么。"

郑灵犀的脸腾一下就红了，扭过头："没有。"

"那你为什么生气了？"

"我什么时候生气了！"她冰着一张脸，却无法控制脸色变红，"我发现你这个人特别喜欢自说自话，还习惯性脑内补充剧情。"

夜空里从来没有这么热闹过，连空气里似乎都弥漫开爆竹开花的气味。

郑灵犀用指甲抠着木桌上的纹路，偷偷瞥了眼他，对上视线后又马上逃走。

"你不去看春晚吗？"邵天冬问。

"我不看，有什么好看的。"郑灵犀莫名来气。

"也对，看我就够了。"他忽然说。

郑灵犀低着头没注意，只见面前忽然多了一个人，她的目光落在他劲瘦的腰上，然后是覆盖着薄薄肌肉的胸膛。

"你……"她尚未开口，邵天冬忽然弯腰，一只手把着她的椅背，整个人慢慢下压靠近她。时间仿佛被定格了，郑灵犀整个人僵硬得一动不动，只能看他越来越近的眉眼。

"你可以躲。"他瞧她呆呆的样子，提醒道，"不然，我就亲你了。"

有时候，人很难面对自己本真的情感，郑灵犀已经听到自己犹如擂鼓的心跳了，她不知道怎么办，干脆咬牙闭上了眼。

一秒，两秒，三秒。

没等到什么动作，郑灵犀睁开一道眼缝，正对上邵天冬笑眯眯的眼。

她心里忽然就烧起来一把火，也不知道哪里来的勇气，猛地伸手一把扯住他的领子往下一拉，她脑袋一偏，他们的嘴唇顺势贴在了一处。

这一刻，烟花万丈。

郑灵犀也不知道自己为什么会有这番动作，她闻到鼻尖异性的味道，清醒过来想要退后，邵天冬的反应却更快，他一把搂住她的腰肢和后脑，两人贴得更紧了。

窗外烟花爆竹声声脆响，光斑映照着屋内气息交融的二人。

郑灵犀的大脑一片空白，她毫无经验，只知道对方柔软的嘴唇在她脸上厮磨。邵天冬循循善诱，然后她就被轻而易举地攻城略地了，唯一的思考，是他晚上饮过的酒，唇齿间还残留着淡淡的苦味。

两人一直拥抱亲吻了许久，直到郑国强拍掌大笑的声音自隔壁传来，郑灵犀才回过神，一把推开他的胸膛，掌心残留的热度让她浑身都酥软了。

"我要去睡觉了。"郑灵犀浑浑噩噩，脸红如血，还在不断粗重地喘息。

"嗯，"邵天冬目光灼灼，他擦了擦嘴唇，"八点半了，是该睡觉了。"

郑灵犀抬头瞪了他一眼。也许是刚得到爱情的滋润，女人的眉眼含羞带怯，像一汪泉水一般。

被心爱的女人这样看着，邵天冬一个没忍住，抱了她又想低头去寻那唇瓣，被她伸手挡住。

"等等，事情怎么就突然发展成这样了？"她别过头避开他的亲吻，"我觉得我们需要坐下来好好谈谈。"

"这不正在谈着吗？"他笑，"你要是愿意，我也不介意深入交流。"

郑灵犀怀疑他又在耍流氓，但她没有证据。

"你说过不喜欢比自己小的。"邵天冬见她沉默，用下巴抵着她的发顶，嗅着她用的洗发水味道，"现在，我要你亲眼看着我说喜不喜欢我。"

郑灵犀像块石头一样嘴巴闭得死紧。

"我不知道别人怎么想，我只知道，从爱上你的那一刻起，我的生命都在为你燃烧。而如果你也接受我，那世界上就不会找出第二个比我更爱你的人。"

郑灵犀整个人仿佛被点了穴，她额头抵着邵天冬的胸口，只觉得体内血液整体上涌，双手和双脚都轻得要飘起来了。

"你的甜言蜜语说给过多少人听，我肯定不是第一个。"她讷讷道。

邵天冬闻言笑了："不是有句话嘛，我在佛前求了五百年，只为今生与你相恋。我没那么多时间，至今也不过是和佛祖求来一个你而已。"

郑灵犀没说话，手扶着他的肩推开一点站起来，脚步虚浮地往自己卧室走，窗外的爆竹声渐歇，室内安安静静的。

她猛地回头，邵天冬还站在那里，少年已经在不知不觉间长成了芝兰玉树，他的脸颊被灯光照亮，眉眼清澈如溪流。

郑灵犀听见自己胸膛里的跳动声音，垂下眼："你再说一遍。"

"说什么？"

"你那骗人的情话。"

邵天冬没动，郑灵犀只觉得面上火烧，他的沉默似乎衬托得她更加慌乱，像被逼到墙角的小兽。

良久，他忽然开口了："不是不稀罕听吗？"

她梗着脖子："忽然又想听了。"

邵天冬似乎是笑了，然后他大步走过来，抽空了两人之间的距离，郑灵犀还没抬头，就被他搂着腰抵在房门上，他们气息相交，她无意识地抬起手，手指划过他的脊背，隔着衣物触到手感良好的背肌。

"我爱你，比我的生命更重。"

某个瞬间，郑灵犀忽然有了幻觉，像是自己站在山峦上，或者大海边，风吹起她的长发，她再也没有怕的了。

两人像天鹅一样交颈缠绵良久，吻得难分难舍，直到客厅里有人走动的声音传来才分开。

郑国强端着空了的茶杯走出来。

"哎，灵犀，你脸怎么这么红，喝酒了啊？"郑国强惊讶，"这可不行，你小时候吃颗烧酒杨梅还发酒疯呢，今天小邵还在，你别丢人啊。"

郑灵犀被揭了老底，她狠狠瞪了眼邵天冬，转身"咣"一声关上了自己的房门。

"这是怎么了？"郑国强有点摸不着头脑。

邵天冬摸了摸嘴角："叔叔别在意，她就是有点上火。"

邵天冬待到大年初二就走了，郑灵犀以为他会死皮赖脸多住几天的。

早上把人送出门的时候，天还蒙蒙亮，空气中残留着烟花爆竹的味道，郑飞翼一早去值班了，大嫂去买菜了，郑国强打了通宵麻将还没起床，家里只剩她自己。

郑灵犀裹紧身上披的家居服，抿了抿嘴唇，默默看他一眼："走吧。"

邵天冬站在她面前，居高临下地看女人的脸因为清晨的寒气冻得发红，她头顶头发翘起来一缕，像根天线似的。他伸手揉了两把，在她的脸皱起来的时候一把将人揽到了自己怀里。

"我走了，"他把脸埋在她肩窝狠狠呼吸了两口，"你别挽留我，我怕我把持不住。"

郑灵犀闻着他的味道闷闷答："谁挽留你了……"

一个普通的早晨，年轻的情侣在清晨的薄雾里相拥，郑灵犀环抱住他的腰，双手从短大衣的下摆伸进去，冰冷的双手在他毛衣里取暖。

邵天冬侧过脸，嘴唇若有似无地擦过她雪白的脸颊，热热的呼吸喷在她的脖子，两人耳鬓厮磨。

郑灵犀有点放纵自己沉浸在甜蜜的热恋中，低低问："你要去哪里，回家吗？"

邵天冬摇摇头："去找工作，养你啊。"

郑灵犀脸红红的，眼睛里是止不住的羞涩甜蜜。她手指绕着邵天冬领口的牛角扣，低声道："在电脑城修电脑太累了，你要是找不到工作可以来找我，我走后门让你来打杂还是可以的。"

她一本正经，邵天冬乐了："姐姐，你真厉害。"

本来是开玩笑喊的称呼，现在从他口中说出来莫名带点暧昧的气息，郑灵犀推了推他的胸口："不是要走吗，还不走？"

邵天冬放开她，淡笑着倒退着往后走："我走了，不要想我。"

郑灵犀外强中干："谁会想尔啊，哼。"她翻了个白眼，却怎么也遮挡不住微红的面颊和上浮的嘴角了。

过完年，郑灵犀回到公司，雷盾还是和之前一个模样，只不过门口的前台换了一拨，站了几个她不认识的新面孔。

"您好，请问您找谁？"一个笑容满面的姑娘拦住她。

郑灵犀掏了掏兜才发现，自己好像不知道把门禁卡丢在哪里去了，她摆摆手："我来上班的，但是没有门禁。"

"好的，新员工上楼找人力部室发卡就行了。"小妹妹挺负责，又问，"是行政管理部还是人资部的同事？"

郑灵犀挠挠头："保镖部。"

"……"前台小姐姐的笑容凝固在脸上，她心想保镖部什么时候招了个文员？

正在这时，门口又走进两个威武大汉，一高一矮看似是哥俩儿，他们一进门就大吵大嚷，把上班的员工都赶开了。

"去把你们的头儿叫出来，我们是来踢馆的！"高个的那个喊道。

"踢馆！"矮个的男人龇了龇牙，做了个凶神恶煞的表情。

"上回被你们偷袭战败，这次可不会上当了！"高个男人冷笑着。

"报仇！"矮个男人握紧双拳，秀了秀自己胳膊上的肌肉。

上班的人早就被吓跑了，有的往外跑有的往电梯方向挤去，大厅顿时乱作一团。

前台小姐姐花容失色，见门口站岗的两个保安员被轻而易举地打趴下，连忙颤抖着手拨通了内部电话："喂，赵哥吗，门口来了两个闹事的，我们控制不住……"

她话还没说完，面前的景象忽然一变，那个新入职的文员小妹妹，慢悠悠走到那两个正在摆造型恐吓众人的男人面前。

"你……"高个男人还没反应过来，见郑灵犀瞬间逼近，紧接着她粉拳一出，他就软绵绵倒了下去。

"你！"矮个男人一惊，他只来得及发出这一个字，就被迎面飞来的一条腿给踹倒了。

郑灵犀整理了下外衣，她看着脚下躺着的两个人，总觉得这个场景似乎在哪里见过。

"灵犀，你回来啦！"赵成从楼梯上跑下来，拉着她来了一个充满力量的拥抱，"兄弟们都等你好久了！"

郑灵犀指了指地上那两个人："最近经常有人过来踢馆？"

赵成瞥了一眼："那可不，保镖部部长、副部长和大队长都上学进修去了，这些臭鱼烂虾当然抓紧时间来找存在感喽。"

他挥挥手："赶紧拖走拖走，别什么可疑物体都放在大厅里，平白吓坏阿猫阿狗。"

两人勾肩搭背地离开了，留下大厅里一众脸色变换的人。

郑灵犀一行回到雷盾公司得到了女王般的待遇，秦总检阅了他们仨的考试成绩，并且因为和警方联合破获案件，对他们大为满意，竟然单独给郑灵犀三人拨了一间办公室，还配备了三台全新的电脑和打印机。

赵成用新发的电脑打麻将，手里鼠标按得"啪啪"响："碰！吃！杠！"

张敦敦手里捏着张纸巾，两眼通红地看着电脑里播放的琼瑶剧："张生，下辈子，我定不入你家门……"

郑灵犀左手撑着下颌，百无聊赖地看着自己屏幕上的扫雷，那黑白格不断变换，似乎变成了一个人的脸。

"你说，我要是让邵天冬进冒盾怎么样？"她忽然开口。

赵成从牌面里抬头："那可正好，技术部的老田得高兴坏了。"

"我是说保镖部。"她补充。

赵成闻言想了想："这小子倒是挺能打的，估摸着有点潜力。但我总觉得他跟技术部那边的气场更合，那句话怎么说来着……"

张敦敦适时补充："他来保镖部，那就是一朵鲜花插在了牛粪上。"

赵成一拍手："没错！"

郑灵犀脸黑了，当头一个饮料瓶子丢过去："说谁是鲜花呢？说谁是牛粪呢？"

张敦敦单手接住瓶子，呵呵直笑："灵犀你想多了，你就算是粪肥，那也是史丹利第三元素高产量新品化把……哎哎哎。"

剩下的话被郑灵犀一把关在了门外边。

保镖部每天都要保持高强度的训练，让肌肉和头脑保持高度集中，今天是保镖部的纳新日，人力部门挑了一批身体素质强悍的新人准备入职筛选，因此郑灵犀颇为忙碌。

宽阔的训练室里，整整齐齐排列了二十多个人，都是身体健壮、肤色黝黑的年轻人，穿着统一制式的黑背心，蹬着军靴，瞧着威武雄壮。

郑灵犀拿着简历一个个看过去："健身教练？"

对面的男人露出一口白牙，朝她秀了秀自己胳膊上隆起的块块肌肉。

"奶油充的。"郑灵犀不屑一顾。

"少林寺的十八铜人？"

一个光头男目光如炬，屈腿扎了个稳稳的马步。

郑灵犀伸脚轻轻一端，那人就歪歪扭扭倒在了地上："废铜吧。"

"……"

"第九十八代螳螂拳传人，第二百六十代无影腿传人……不是，中华才上下五千年，你们是搞啥呢？"郑灵犀看了一圈，只觉得额心突突直跳。

"赵成，交给你了，我出去透透气。"她随手丢了简历，打开门往外走。

不远处，技术部那边也挺热闹，部长老田正搓着手笑呵呵地陪在秦总身边说什么，他那狗腿又激动的样子简直是百年难遇。

郑灵犀走近几步，想看看技术部是招来了什么厉害的人物。

"今天开始，Winter 就是我们雷盾的一员了，大家鼓掌欢迎。"秦总挺着啤酒肚笑呵呵道，"Winter，做下自我介绍。"

"好的，我叫邵天冬，大家可以叫我 Winter，也可以叫我天冬，希望未来的工作大家都彼此帮助，共同进步。"男孩换了身笔挺的休闲西装，把那劲瘦的腰身和修长双腿衬得越发好看，与技术部的一群猥琐宅男一对比，宛如天宫仙子下凡。

郑灵犀目前就盯着那仙子一动不动。

等到秦总结束了讲话，在助理们的簇拥下离开的时候，技术部还围绕着"Winter"这个传奇外挂讨论不休。

"秦总竟然能挖到 Winter 来我们公司，这得花多少钱？我还记得上回他当外援，瞬间就破解了黑桃病毒呢。"一个程序员道。

"Winter 的身价能有多少我想都不敢想，大概会是一个天文数字吧。"另一个程序员满脸桃花地说。

郑灵犀就站在不远处，她盯着那些热切讨论中的程序员，说不出的不是滋味。

你们羡慕归羡慕，面露桃花是几个意思？

先不管他的身价多少了，郑灵犀看着自己银行卡里勉强爬上的五位数，心里更酸涩了。

邵天冬来的这天，全公司晚上一起聚餐，其中就包括秦总和各个部门的巨头。

名义上是公司聚餐，实际上是为了邵天冬接风的饭局，秦总红光满面，端着红酒杯满嘴跑火车，拉着邵天冬说了两个小时自己当年上学时的丰功伟绩，后者微笑应对。

饭局吃着吃着，就变成了各个部门的人来示好拉拢，一杯杯酒敬过来，饶是邵天冬酒量再好，脸色也慢慢红了，在水晶灯下显得眉目如水，线条如画，几个女部长脸都红了。

好好一顿饭吃到最后变成了各部对邵天冬的盘问，什么家里几口人、几亩地，娶妻了没、生子了没，就差把他拉到人民公园相亲角了。

郑灵犀坐在保镖部那桌，望着那一桌山珍海味没有胃口，身旁赵成和张敦敦两人各抱了只大猪蹄啃得起劲，油星沫子甩了一脸。

"灵犀你怎么不吃啊！"赵成抽空问了一句。

"吃个妹，气都气饱了。"她嘟囔着。隔着两桌子人，她都能清晰地听到主桌上人力资源部的部长张爱华那响彻云霄的娇笑，跟只鹅似的。

"天冬，你猜我们秦总多少岁了？"张爱华生了张妩媚多姿的脸，在雷盾这样僧多粥少的地方走哪儿都会收到一片注目礼，连带着开大老板的玩笑也没人会生气。

邵天冬瞥了眼醉醺醺的秦继楠，回答："秦总大概不到四十岁。"

秦继楠闻言连连大笑："哪里还不到四十岁，我都快五十啦！不过我年轻的时候别人都说我长得像刘德华呢，确实是不显老吧！"

"秦总年富力强！"

"秦总正当壮年呢。"

几个部长又是一通吹。

张爱华又指了指自己，红艳艳的指甲像一颗颗红宝石："那你再猜猜我几岁了？"

邵天冬看了看她的面庞淡然自若道："张姐，你不就只比我大一岁吗？"

众人一愣，桌上顿时笑开了，张爱华笑得花枝乱颤："哎呀小天冬你可太幽默了，哈哈哈！"

隔老远郑灵犀都快恶心得吐出来了，她狠狠地戳着碗里的肉块："还大一岁？张爱华比我都老，这种话你也能面不改色地说出口，真不害臊，呸！"

她心里闷闷的，跟吃了几百只柠檬似的，别人管这种情绪叫嫉妒。

气氛正酣，张爱华声音不大不小地问："我们小天冬长得这么帅，一定有女朋友了吧，不知道是哪里的小美女？"

她这话本就是个试探，哪料邵天冬竟然点头了。

"是有女朋友，也巧，她今天就在现场。"

众人静了一秒，下一瞬又猛地炸开。张爱华瞪大了眼睛："真的假的？从没有人说过呀，是哪个部门的，不会是我手下的小助理吧？"

"我一晚上没理她，不知道她是不是在气头上，我去看看，你们慢慢吃。"邵天冬笑着说，顺势站起身。

郑灵犀大惊失色，她猛地一回头，见邵天冬已经走过来了。

看着他停在郑灵犀面前，张爱华妆容精致的眉眼狐疑地看了看她："郑部长，你们部门招新人了？"

言外之意谁都听出来了。

郑灵犀脸一黑，挺直了脊背反讽："招没招你们人力资源部不是最清楚了？"

两个女人针锋相对，目光在空中噼里啪啦点起了火星子。

邵天冬没动，他拍了拍一边赵成的肩膀："赵哥，你往旁边挪挪。"

赵成嘴里塞满了红烧肉，回头见是他，便忙不迭点头，很干脆地挪动屁股往旁边移动了一个位置。

邵天冬自然地在赵成的位置坐下，长腿一伸，身体再往旁边一靠，就挨着郑灵犀的肩膀了。

后者吹胡子瞪眼："你干什么？"

邵天冬眯着眼睛笑："我喝醉了，要女朋友照顾才能好。"

身后杵着的一堆人面面相觑，张爱华的脸色比锅底灰都难看。谁也没想到，大老板花高价挖来的顶级黑客，竟然是保镖部部长，那个暴力霸王花的男朋友！天知道他们曾打赌郑灵犀一辈子找不到对象的！

众人一哄而散，郑灵犀很想一巴掌把邵天冬拍一边去，但这人跟牛皮糖似的，又见他今夜是真的喝了不少酒，连眼睛里都布满了红血丝，她忽然又有些不忍心了。

"喏，喝点果汁压一压，叫你逞强。"她伸手取过一条干净的湿巾，在他额头上擦了擦。他闭眼享受女朋友的温柔，满心满意都是幸福。

"你怎么忽然来雷盾了，都没和我说过。"她低声埋怨着，亏她还在想要帮他走后门进来……

邵天冬脑袋还枕在郑灵犀肩膀上，鼻尖紧紧挨着她芬芳的发尾，稍微一动，爱人的香气就争先恐后地往鼻子里钻。

这种时刻他的理智是被丢弃的，郑灵犀说什么就是什么，他双睛微眯："我打算给你一个惊喜。"

郑灵犀撇撇嘴，补充道："虽然我们是男女朋友了，但是你也要注意，平时在公司里注意举止，不许单独来找我，也不要在大家面前有什么过分的言行。"

邵天冬直起身眯起眼："为什么？"

"拜托你遵守点纪律吧，不然下面的人都该乱套了。"郑灵犀崩溃，"我年纪大了，心脏不好。"

邵天冬感叹了一下："谁让我喜欢你呢。"

"好，但你也必须答应我一个条件。"他目光冷静，一点也没了刚才醉酒撒娇的样子，"学会依靠我，因为我是你的男人。"

郑灵犀面色通红，她想他真的是喝醉了。

进公司几天后，邵天冬凭借出色的实力成为技术部有史以来最年轻的骨干。他和秦总似乎打算对整个雷盾的安全防护网进行一次升级，为此经常几天几夜泡在公司办公室里。

他加班的时候，郑灵犀就经常在门口看他，或者路过给他捎带一包三明治。

某天下午，郑灵犀从训练室回来，竟然看到邵天冬站在水吧附近望天，骨节分明的手指端着她送给他的那个马克杯。

"工作都做完了？"郑灵犀走过去。

邵天冬回过头，很自然地伸手拉住她的胳膊，凑过来在她脸上亲了一下："没有，忙里偷闲出来看看你。"

郑灵犀睨了他一眼，见他兜外露着什么东西，便问："这是什么？"

邵天冬看到她才想起来，顺手从兜里掏了出来："给你的。"

很普通的一个白色信封，郑灵犀打开来，却发现里面赫然是一张结婚证件照，女的眉眼靓丽，男的帅气逼人，背景红彤彤的。

这不是她和邵天冬吗？她什么时候去拍的结婚照她怎么不知道？

"你哪里弄来的照片？"郑灵犀瞪大眼，"我不会是失忆了吧。"

邵天冬兴味地看着她："如果你失忆了倒是更好，我可以直接说我们两个已经结婚好久了，到那时候你就光明正大属于我了。"

郑灵犀摸摸胳膊，惊出一身鸡皮疙瘩："你别吓我，你这个到底怎么弄的？"

邵天冬懒洋洋靠在窗边的栏杆上，吐出几个字："电脑 P 的。"

"你 P 这个干什么，用来吓我吗？"郑灵犀目眦欲裂，她很想扒开他的脑壳看看里面填充的是不是都是泡沫海绵。

邵天冬盯着她，似乎不太理解："你不觉得浪漫吗？"

郑灵犀一嗓子飞上云霄了："浪漫？你对浪漫是不是有什么误解，你能不能再浪漫一点？"

邵天冬收回眼："那你就当这是一台粉色的电脑 P 的吧。"

"……"

谁能想到秦继楠花大价钱挖来的黑客，技术部程序员们眼中天天破解世界级病毒的大佬，绝对强力安全有保障的外挂，他上班时间竟然在搞这些玩意儿——P 一张假结婚照……

郑灵犀严肃了神色，用手指点了点他："邵天冬，我觉得你进化的方向有点问题。你毕业后不是来做这些事的，如果被老田或者秦总发现了，你一定会被狠狠批评的。你不知道秦总的厉害，他的惩罚手段你都不会想知道的！"

说出来都是泪，郑灵犀自己就曾被罚过扫厕所。

邵天冬沉默片刻，说道："那好吧。"

"你答应我，以后不再弄这些了。"郑灵犀趁热打铁。

邵天冬果断地点头："我答应你以后不 P 了，但是作为补偿，你不如和我去拍一张真的结婚照？"

神一样的逻辑。

郑灵犀抽了抽嘴角："我拒绝！你现在才刚大学毕业，我们谈恋爱还不到一个月好吗？想什么呢，也太早了吧。"

"怎么就早了！"邵天冬好像瞬间被点燃，整个人的气质都不一样了，变得侵略性十足，"是你会离开我，还是我会离开你？我们难道不是永生都会在一起吗？既然这样，早结婚晚结婚有什么区别。"

郑灵犀一滞，被这突然轰炸过来的情话搞得头脑发蒙。

他们俩在窗前对峙，阳光细细洒在他的身上，让他明亮得如同神祇。

他的理由那么强大，她忽然找不出什么可以反驳的理由。

You are so sweet

Chapter 13
只要确保你是安全的

办公室恋情对郑灵犀并没有造成什么影响——才怪。

他们两个人的名字成了热搜第一，每天都有小姑娘对她报以奇奇怪怪的目光，如果是与邵天冬正好同时现身，那么获得的关注度和回头率都会爆表。

郑灵犀在心里碎碎念，要是知道和他谈恋爱有这么多困难，她当时真的应该控制住自己的，美色误人啊。

郑灵犀和保镖部一名同样飒爽英姿的女同事一起结束训练，两个人提着超沉的哑铃和防护手套往回走。

女同事忽然问："部长，我有个问题，虽然这个问题基本上是替全公司女同胞们问的。"

郑灵犀擦了擦脸上的汗："校园恋爱。"

女同事："？？？？"

"我用脚指头都能猜出来你想问什么了。"郑灵犀无所谓道，"我们是校园恋爱。"

"嘿，我还什么都没说呢。"女同事戏谑道，"我知道在所有女人的眼里，邵天冬都是帅气年轻的一只天才潜力股，你算是找对人了。"

郑灵犀哈哈笑起来："可我看他却是个腹黑、流氓、神经病，他真有你们说的那么好？"

女同事满脸惊讶："不是吧，要知道他进公司第一天，50%的女同事都在和人资打听他的消息。然后第二天就被全公司通报他竟然有女朋友，而且那个女性公敌竟然就是你，你知道你的名字被多少人画小叉叉了吗？"

郑灵犀斜了斜眉眼："越是优秀的人越会被嫉恨，当一个人站得足够高的时候，他在底下的人眼中才越是渺小，我知道我的形象在她们眼里已经是芝麻粒大了。"

两人走到拐角处挥手告别，郑灵犀独自进了厕所，没一会儿就听到外头有人在说话，声音还挺大。

"今天我送办公用品去技术部，看到李阳、郑飞他们俩在和邵天冬请教编程问题。"

"他们俩不是田部长的左膀右臂，技术部的老人了吗？"

"重点不是他俩，而是邵天冬近看是真的好帅呀……"说话的小姑娘声音都在颤抖，她似乎是做了个捧着脸的表情，"他的皮肤好白好干净，脸上连胡楂都没有，冲你笑起来的时候简直是阳光天使。"

"啊，这样一个天使怎么会喜欢上郑部长那种女霸王啊？"

郑灵犀一边提裤子一边想，真是不好意思哦，我是一朵霸王花。

"说实话郑部长脸长得挺好看的，人也娇小玲珑，像个芭比娃娃。"

"可前提是她是个金刚芭比啊，你是没见过郑部长一脚踢飞一个一米八大汉的场面，那男人都空中转体三圈半了，落地以后气都没了。"

"真的啊？"

郑灵犀面无表情，实在不是她想听墙脚，而是你们在公共场所讲别人八卦能不能小点声。她是出手教训过流氓，可人家落地没气了吗？明明就还有气嘛，胡说八道。

"我觉得邵天冬就该配一个温柔贤淑、气质出众……"小姑娘话说到一半，眼睛忽然直了——厕所隔间里走出一个女人，面色如常来到洗手台前洗手。

"不好意思哦，我不温柔贤淑，也不气质出众。"郑灵犀忽然有点来气，她恶狠狠地龇牙笑了笑，故意露出手臂上紧绷的肌肉，"可怜你们两个小姑娘，加起来也不够我一脚踹飞的。"

"你……对不起！"

很成功地，两个嚼舌根的小姑娘抹着眼泪飞也似的跑了，郑灵犀有预感，今天她的名声又会下跌 3 个百分点，可她不在乎。

低头搓洗手上的泡沫时，旁边的位置又走过来一个人。

张爱华手里拿着个精巧的化妆包，踩着高跟鞋走到镜子前开始补妆，她手里拿着眉笔，在脸上仔细描画。

郑灵犀在镜子里看了眼，没说话。她扯了纸巾擦手的时候，张爱华开口了。

"说真的，你到底是用什么手段缠住他的呀？看你们每天的训练度，也不像是奉子成婚啊。"张爱华笑了笑，一手放好了眉笔，微微扯起嘴角。在她的眼中，郑灵犀看到了难以抑制的嘲讽和鄙视。

"你愿意怎么想就怎么想好了，我管不了别人脑袋里的想法。"郑灵犀头都没回，手里纸团啪地一丢，精准地落入垃圾桶里。

"别生气嘛，大家同事一场，我当然是祝福你的啦。再说了肥水不流外人田，你可得把握住他，毕竟你比他大好几岁，这老夫少妻能恩爱多年，女大男小可就不一定了。"

张爱华又笑嘻嘻地问："你们打算什么时候结婚？"

郑灵犀已经不想聊下去了："没准的事。"

张爱华惊讶："呀，这么说原来你还没见过他爸妈呢？你比他大那么多，你就没想过他爸妈会不会嫌弃你？"

郑灵犀拧了眉毛，口中"啧"了一声转过身直视她。

"我说，你是不是有病？你是我七大姑还是八大姨，这么关心我的事？再说了我是和他谈恋爱还是和他爸妈谈恋爱？"郑灵犀不耐烦地皱眉，上下打量面前红唇似血的女人，"况且，比我还老几岁的你有什么资格说我，你当你十八岁小姑娘呢？咱俩一起出去别人保准以为你是我大姨好不好。"

张爱华脸色都变了，一张铺满了粉的脸白得彻底，柳眉倒竖，她用手指着郑灵犀："你在跟谁说话呢！你竟然敢这么说我？"

郑灵犀两手环胸逼近一步："你是哪位？论职级我比你还高半级，难不成你是我老板娘？"

张爱华噎了一下，她当然有想要攀附秦总的心，然而人家老婆管得严，根本不让她们这些妖精有可乘之机。

"哼，"她冷冷瞪着郑灵犀，"你就狂吧，等你被小男友玩够了甩了的那天，有你哭的，我等着看呢。"

郑灵犀面无表情地盯着张爱华，张爱华忽然觉得背后冷飕飕的，不自觉地后退半步。

"我没什么好担心的，毕竟你影响不到我。"郑灵犀摊摊手，无所谓的样子，"但是我可以让你难受，我谈恋爱的每一天，你都要面对自己的愚蠢和无知，啊，想想都爽。"

不屑欣赏张爱华如何气到扭曲的面孔，郑灵犀扛着哑铃面无表情地走出了女厕所。

张爱华对着镜子深呼吸半天，又压下恨不得拿高跟鞋砸破墙的冲

You're so sweet

动，再次拿出化妆包涂了口红，然后文雅地走了出去。

"我觉得我们需要谈一谈……"熟悉的声音响起，张爱华偏过头，正好看到邵天冬静静站立的身影。他脸上带着微笑，但不知怎么着，她就是感觉看到了恶魔，不，是堕落地狱的天使。

刚涂好口红的嘴角僵硬了。

这一出厕所里的针锋相对来得快去得也快，郑灵犀没有刻意压低声音，因此这事儿传得也非常迅速，现在公司里其他人看她的眼光都有点颜色，场面一度十分尴尬。

赵成是个粗神经的单细胞动物，见一路上看郑灵犀的人不少，张口就问："灵犀啊，你人气又高了啊，走在路上回头率都快120%了。"

郑灵犀冷笑："呵呵。"

两边围观的人唰一下收回脑袋，跟寄居蟹似的。

八卦总是生活必不可少的调味品，人可以不吃肉，但不能不食盐，公司每天都有新八卦流传，比如老板娘今天在秦总屋里摔了一个价值几十万的花瓶，比如送张爱华来上班的又是一个生面孔的男人，比如谁谁谁买了辆新车，比如谁谁谁又给谁穿小鞋了。

郑灵犀嘴里咬着个三明治，是中午的时候在门口的便利店买的，火腿片不知道被谁偷吃掉了，里头只可怜巴巴夹着几片菜叶子和番茄。她双手拿着马克杯，看咖啡机咕噜噜往外冒水，脑袋里想的全是乱七八糟的事情。

她看着水杯渐满，捏了根勺子在杯里搅了搅，发出清脆的"叮"的声音。

郑灵犀正打算走，手机进来一条微信，点开来一看，是保镖部的女同事发给她的。

"部长，你好厉害啊，昨天还绯闻八卦满天飞的，今天都没人敢说话了，我遇到人资那几个长舌怪，她们竟然躲着我，部长你是不是给她们下药了？"

郑灵犀想我又不是暴力狂，下什么药，感冒药还差不多。

"别乱想了，还不准人家改邪归正啦？"

她一条腿迈出去，被一个人堵在门口，来人很高，瞬间把狭小的茶水间给填满了。

邵天冬笑眯眯的，因为室内有暖气，他身上只穿着件黑色的长袖衬衣，长手长脚地挤进来，伸手搂住了她的肩膀。

"你干什么？"郑灵犀呆滞了一下，推了推他胸口。

邵天冬俯身下来，把脑袋搁在她肩膀上，他身上的气味隔着衬衣往她鼻子里钻，充满男性荷尔蒙的气味。

"勾引你啊。"他小声说。

郑灵犀扯了扯嘴角："别闹。"

"真的，你都两天没跟我说话了，我好想你。"

他一撒娇，郑灵犀就浑身酥软。

任凭谁放任喜欢的人就在身边转悠却不能说一说话、牵一牵手，那是何等煎熬。

"我那不是忙嘛……最近忙着培训新人。"郑灵犀有点躲着他。她偷偷摸摸往外看，生怕有别人路过偷窥似的，贼头贼脑的，看着好气又好笑。

"怎么，我就这么见不得人吗？"邵天冬沉下眉眼。他想起雷盾保镖部最近新招聘来的一群臭小子，全都是爆炸的肌肉，一个赛一个的健壮，其中也不乏把目光放在郑灵犀身上的，想起他就来气。

"哪有啊，这不是公共场合，让别人看到了又要嘴碎了。"郑灵犀说，"我是无所谓啦，我是怕他们对你指指点点，毕竟我比你大。"

邵天冬一口气瞬间消散，他弯腰再次抱住她："放心，没有人再敢说你的流言蜚语了。"

郑灵犀莫名其妙："你做什么了？"

"我什么也没做，我只是让别人知道你有多么好。"他抬头和郑灵犀对视，伸手摸了摸她的头发，"小姐姐，感谢我吗？"

郑灵犀脸有点红，点了点头。

"那你奖励我一个吻。"

鼻尖萦绕着咖啡的香味，有点意乱情迷的美感，郑灵犀抬起胳膊环住他的脖子，踮脚送上自己的双唇，他的手搂住她的腰，右手缓慢抚着她的脊背，他们在空无一人的茶水间里接吻，一切都无所谓了。

"这周末孙荣几个准备要聚餐，你来吗，你的舍友也会来。"两人分开后，邵天冬说道。

郑灵犀别扭地撇撇嘴，要是跟他去，岂不是广而告之他们俩在一起了，会不会传遍学校啊？

邵天冬看出她的犹豫，不太高兴："怎么，还怕被别人知道？"

郑灵犀摇头："只是我已经不算学生了。"

"你算我的女朋友就行了。"

孙荣选了一家川菜馆，位置不在大学附近，而是在市中心最繁华的商业街，位于一家商场的顶层。

川菜油辣重，进门就能闻到浓浓的辣子和麻椒味，勾得人口水直流，大堂里坐着的客人们桌上也都是红彤彤一片。郑灵犀扫了眼，跟着邵天冬上了二楼。

包间都是用竹篱笆隔开的，最里面的一间已经传来欢声笑语了，邵天冬推开门，里面就爆发出一阵笑声。

"冬哥，总算舍得出来了啊，几次叫你打游戏都不来，啧，真成社会精英了啊。"孙荣大声笑着。

"加班。"邵天冬勾唇。

郑灵犀从他身后进门的时候，屋里的人都静了片刻，然后气氛瞬间又热烈起来。

孙荣、吴龙等几个和邵天冬相熟的大男孩笑嘻嘻地喊她"小嫂子"，齐心、云慧早等着了，挥手招她过去。

郑灵犀落座，邵天冬挤开一个男孩，坐到她右手边。

齐心悄悄点了点她的胳膊："艾哟，看起来两个人感情很好嘛。"

郑灵犀含羞带怯地瞪她一眼。

屋里没有生面孔，这场聚餐有点类似带对象见家属。

"我早就发现天冬对小嫂子图某不够了，现在终于追到手了啊，真是不容易啊。"孙荣摇头晃脑道。

对面的云慧好奇："邵学长是什么时候对灵犀姐有想法的啊？"

"这个嘛。"孙荣托腮想了想，"我记得刚开学不久，每次我们在操场打篮球天冬总是心不在焉，被别人灌进去好几个篮，后来我一看才发现——"他故意拖长了声音，"原来是因为小嫂子经常在操场上跑步。"

"有吃的还堵不住你的嘴。"邵天冬站起来，手里夹着一筷子满满的黄瓜丝，猛地就捅进了孙荣嘴里。可这哪是普通的黄瓜丝，是用辣油泡过的，垫在夫妻肺片最底下的拌菜。

孙荣愣了片刻，狂呼："辣辣辣！"

"哈哈哈，叫你多嘴。"

邵天冬坐回去，顺势抓着郑灵犀的右手扯过来，捏在双掌中握住。郑灵犀的手软得跟没有骨头似的，手指细细的，有点凉，因为经常锻炼的缘故，掌心和指节都有薄薄的茧，他捏着她的手指，轻缓地揉了揉。

郑灵犀不喜欢当着那么多人的面秀恩爱，脸瞬间就红了，但邵天冬握得紧，她抽了抽没抽动，他的手很大，温热地包着她的手，亲昵地捏着她的手指，竟然感觉有点舒服。

郑灵犀干脆也就不挣扎了，任由他捏着，人往后靠在椅背上休息。

这个时候上热菜了，一大盆红彤彤的毛血旺上来，肉眼所见都是辣椒，香味勾起了大家的食欲，七手八脚地都拿筷子抢了起来，郑灵犀也挣脱邵天冬的手，加入了捞肉大军的行列。

"哎，你们别抢啊，这还有女孩子在呢。"孙荣还算有点绅士风度，但如果他自己不伸筷子就更好了。

郑灵犀吃了口毛肚，那股刺激的辣油味直冲鼻腔，她一张脸憋得通红，瞬间咳嗽起来。

一旁邵天冬抬手，在她背上顺了顺，漫不经心道："别急，没人敢跟你抢。"

他这句话说完，那些拿着筷子捞肉的人竟然都停下了动作，莫名地就不敢动了呢……

郑灵犀觉得这一口肚丝差点没辣到鼻腔里去，嗓子眼火辣辣的，眼泪都咳出来了，半天她才终于缓过劲来，抬起头。

桌上的人这才松了口气，孙荣也不敢再拿筷子捞肉了，只小口小口吃着面前的黄瓜丝。

邵天冬看她不咳了，一手在她背上一下一下捋，另一只手倒了一杯果汁给她。

郑灵犀接过来，总觉得这个场面有种莫名其妙的尴尬和不好意思，她看桌上的大家都假装看不到的样子，也偷偷夹了筷子菜到他碗里。

身边齐心和云慧看他们俩甜甜蜜蜜的互动，托着腮满脸的少女粉，只有周可欣一脸嫌弃——你看看你夹给他的是什么菜？一块被煮透的老姜好吧！

这一顿饭的众人互相都是熟悉的，除了最开始时有点微不足道的小小插曲以外没什么别的意外，一群爱玩的人凑到一块儿，很快就吃嗨喝嗨了，话题侃天侃地。

"冬哥，年前你带我们做的陷阱，抓到一点小线索了。"孙荣忽然说。

邵天冬扬了扬手示意他稍后再说，也就没人再提了。

郑灵犀不知道他们说的是什么陷阱，她全然不知情。

挂在墙面一角的电视上播放着新闻，郑灵犀瞥了一眼。

"本市著名网络安全保工公司'绿森林'系统瘫痪，三十多台电脑中毒，主机控制器全部报废，或殃及本市 20% 中小企业的防盗系统。"

"怎么了，灵犀姐？"身旁的齐心问道。

"没什么。"郑灵犀摇摇头。这个出事的绿森林是雷盾的死对头，没想到这回技术崩溃得这么厉害。她没多说，20% 的企业被波及，这概率太大了，料想绿森林是要完了。

众人聚在一起胡吃海塞，油辣子吃得每个人嘴唇都通红通红的。吃完饭，孙荣又张罗着要去电玩城打游戏，几个长不大的男孩都举双手赞成。

邵天冬没和他们一起勾肩搭背，他走在郑灵犀旁边一手虚扶她的腰："你想不想去？"

郑灵犀没说什么，孙荣嚷嚷起来："不是吧冬哥，你以前没这么磨叽的，被小嫂子征服以后就变成'气管炎'了吗？"

他身边的吴龙搭腔："你懂什么，这叫爱老婆，你以为人人都像你，这就是为什么冬哥脱单了而你还是万年单身狗！"

女生们哈哈笑起来，邵天冬不耐烦了："差不多行了，走不走。"

一群朝气蓬勃的年轻男女结伴而行，走到哪里都是众人眼里的风景。

电玩城在饭店的下一层楼，他们吵吵闹闹地挤在电梯门前面等着。郑灵犀正和她几个小舍友一起看着什么东西，完全没注意邵天冬。

如果没有郑灵犀，不曾见过她或者爱上她，无论什么邀请和玩耍的项目邵天冬都会去，娱乐消遣向来都很爽快。

但现在不一样了啊，家里多了个女主人，就因为比他大了几岁，天天努力工作加班加点，有什么事又不和他说，苦的累的都自己憋着，他

You're so sweet

要是不再看得紧一点，被别人偷了抢了去都有可能。

邵天冬叹了口气，他眨了眨眼，抬起头来。

商场的电梯都是半透明磨砂玻璃制的，倒映着站在前面的众人一个模模糊糊的影子，里头几根缆线微微晃动。

邵天冬就站在电梯口，看着正前方的电梯门上楼层数一层一层往下蹦，最后停在 B1 死活不动了。

"哎，你们看这电梯怎么不上来了？"孙荣奇怪地问，他往前走了一步，扒拉着玻璃墙往下看，只有黑洞洞的一片漆黑，"不会又被黑了吧？"

话音刚落，电梯井里的缆线猛地一断，然后众人就看到电梯楼层瞬间下降到了 B3，发出一声猛烈的"砰"的声音，地板都跟着颤抖了两下，想来是坠地了。

所有人都呆滞了片刻，吴龙跳起来打孙荣的头："你个乌鸦嘴！"

电梯坠楼，里面未必没有乘客，但这还不是唯一的突发事件。

他们一行人往楼层中央的服务台跑去的时候，商场的电源突然被切断，监控设备全都冒起了烟，而现金柜台的抽屉没了锁，竟自己弹了出来，看着大片钞票纷飞，人们乱成一团的时候，竟然真有一些人上来抢钱。

"滚开！给我！"男人一把推开收银员，一边把钱往自己兜里塞。

孙荣上去就是一脚踹在那人屁股上，然后两个男生冲上去，几下制伏了那个男人。

"我去，竟然真有人光明正大地抢劫，这是什么世道！"

随后，后台控制系统也不知道是怎么了，各个拐角、入口处的卷闸门忽然下放，有些人躲避不及，就被困在了某一层楼内，瞬间造成了群众恐慌，不断有人拍门大喊，甚至还有哭泣的、发疯的。

"这到底怎么回事？"孙荣摸了摸胳膊，"不会闹鬼了吧？"

邵天冬看着商场广告屏幕上出现的黑桃标志，那么熟悉。

"不是闹鬼，是我们的老朋友又出现了。"

他原以为 X 会消停一段时间，想来是他制作的陷阱报废了 X 较多的私网信息，X 恼羞成怒了。

亲眼看见电梯坠地，郑灵犀忽然觉得浑身发软，她的手心脚心开始渗出冷汗，整个人动弹不得。

和舍友被困图书馆电梯的经历卷土重来，回想起来，竟然觉得一步都挪不开了。

"喂，你没事吧！"身边的齐心已经瘫软，孙荣一把扶起了她。

郑灵犀深呼吸两下，努力握紧双拳，腰后忽然扶上来一只手，邵天冬握住她的肩膀："别怕，我会安全把你带出去。"

郑灵犀几乎是被他抱在怀里走的，然而她却止住了他的动作，他低头一看。

"救救他们。"她颤抖着说，"救救大家。"

她说话的时候，身旁不停地有人极速跑动，孩子的哭声、大人的叫声、自动警报器的蜂鸣，都扰得人头疼。

邵天冬强迫自己冷下心："会有警察来的，我们不用插手。"

"可你在这里，我们能帮上忙的。"郑灵犀说道，"如果有危在旦夕的人，早一分钟都是希望……"

"我不管那些。"他忽然大声道。

郑灵犀一滞。

"我才不管别人，我只要确保你是安全的，我必须优先让你安全才行，我不能再失去一次了。"邵天冬眼睛通红，他压抑着怒气吼叫着。

郑灵犀呆住了，这还是她头一次看见他这么激动的样子。

"冬哥，这边的楼梯可以走！"探路的吴龙往后挥着手。

邵天冬二话不说，直接伸手揽过她的腰，把人横抱了起来，快步走

You're so sweet

了过去。

郑灵犀靠在他怀中，看着他冰冷的眉眼，头一次觉得无可奈何。

正是因为她知道他的过去，知道他是如何失去挚爱亲人的，此刻才会这么心疼他。

一行人从楼梯走到一楼，楼道里遇到了很多人，都有种逃难的意味，商场的一楼大厅聚集了尤其多的人，后来一问才知道，原来六部电梯突然坠楼，已经至少产生十二人重伤了。

所有人都沉默了，本来是欢欢喜喜出来聚餐的，却以这样的结局收场。

出来以后，邵天冬就一句话都没有说过了，他取了自己的车，把郑灵犀放在副驾驶以后就不再碰她，看似是要送她回家。

郑灵犀闭着眼睛，商场里的画面一次次在脑海里重现，是 X，他又回来了，那个像幽灵一样恐怖的男人。

她想起来了。

他先是挑战了雷盾，让雷盾上下的电脑瘫痪，接着又挑战了学校的防护系统，利用监控设备的漏洞帮助一个猥亵狂魔犯案，紧接着他一次又一次地作案，就像是在不断升级自己的技术，他用黑桃标志的病毒掌控一个公司、一个学校、一座商场，甚至还想要整座城市、一个国家，乃至全世界。

郑灵犀被自己的想象吓坏了。

邵天冬开车很稳，虽然他此刻面无表情看似心情很坏的样子，但黑色的车子还是稳稳滑入马路车流中，一直到她家楼下都顺顺利利的。

"谢谢你送我回来。"郑灵犀解开安全带，然而邵天冬紧握方向盘没有回过头看她一眼。

"那我先走了。"郑灵犀叹了口气，起身离开。

她快要走进楼道的时候，忽然从后面冲过来一个人，猛地把她抱进了怀里。邵天冬的胳膊收得很紧，仿佛用尽了浑身的力气，她都觉得有点疼了。

他把脑袋深埋在她颈窝，呼吸急促，声音都有些颤抖："你别走……你再抱抱我，求你了。"

他的声音那么脆弱，郑灵犀感觉瞬间被击中了心脏。她回过头，慢慢牵着他的手往楼上走。一直到进了家门，邵天冬都很乖，他像个孩子一样任由她牵着，十指交缠紧握。

郑灵犀现在住着的是自己在市区租住的小套间，只有一室一厅，进门略显昏暗和逼仄，浅色窗帘在窗边鼓动，没有关严实。

"过来坐下休息一会儿。"她把邵天冬按到自己的小沙发上。

高大的男人和嫩黄色的布艺沙发非常不搭，他缩着腿，一言不发。

"想喝点什么吗？"刚才还是他照顾她呢，这马上就反过来了，郑灵犀从冰箱拿出瓶脉动，"喝饮料不？我这儿还有咖啡。"

邵天冬默默摇头，他拿掉她手里的东西，也不让她离开，手一伸把她扯过去抱住，脑袋就埋在她腰间，姿态有点像撒娇。

"灵犀，为了你我什么都愿意做。"他闷闷道，"我首先考虑的是你，然后再是别人。"

郑灵犀抬手抚过他的发顶，淡淡道："我不要你为我做什么，我只是想你不要再对警察抱有成见，你父母做的努力都是为了大众，你不要再惩罚他们，也不要再惩罚自己了。"

邵天冬什么也没说，只默默地把她抱得更紧了点。

郑灵犀见来软的不行，就想换个方法来硬的了，她推开他的胳膊，故意冷淡道："你再这样我就要生气了，我不想我的男朋友是个见死不救、冷漠无情的人，邵天冬，我看错你了。"

邵天冬眼睛微红，表情有些茫然，他抬头看了看她，然后忽然站起来往前走了几步再次抱住她。

"是我不好，你别生气。"邵天冬声音哽咽，"我太恨自己了，为什么我这么无力，每次危险时我都做不了什么，是我的不对，你别生气。"

他的声音越来越小，郑灵犀一下就后悔了，她捧着他的脸，仰头用力吻上去，热情的唇齿交缠，让彼此的温度连贯。

不知道吻了多久，郑灵犀回过神来时发现自己坐在了桌子上，两腿分开，邵天冬就站在她双腿中间，双臂扣着她的腰，越收越紧。

"等等！"郑灵犀脸色通红，一把按住了他。

邵天冬顿了顿，迟疑地问："你讨厌我吗？"

"没有。"郑灵犀梗了一下别开脸，此刻他的眼神那么纯情，行为却如此大胆，"我就是有点害羞。"

这么说了，郑灵犀又有点后悔，毕竟自己大他五岁呢，还搞得跟个花季少女似的那么青涩，总觉得有点憋屈得慌。

她正打算再说点什么挽回颜面，忽然眼前搭上了一条丝巾，软软地蒙在面前。

"不喜欢就拿下来。"邵天冬的声音仿佛蛊惑。隔着这条朦朦胧胧的丝巾，郑灵犀只能模糊地看到一个大概的人体轮廓，却始终看不清他的表情。

郑灵犀没有阻拦，她也没有办法阻拦了。

一件件解开彼此的束缚，她能感觉到他在接触到她身体时有片刻迟疑，但很快她就被拥入了一个更温暖的怀抱。

邵天冬一遍一遍亲吻她的面庞，她就是他的女神，他的天。

遮住你的眼睛，我就能盯着你的脸再久一点，这样你就不会发现，我有多迷恋。

第二天，迷迷糊糊的郑灵犀翻了个身，腰肢跟长了锈的铁似的僵硬，她微微呻吟一声。

身边的床铺没有了人，卧室的洗手间倒是传来淋浴的声音。

郑灵犀打了个哈欠半坐起身子，被子拉高了盖到胸口，她拿出手机看了几眼，昨天关于市中心商场出现的大型网络袭击案已经上了新闻头条，警方正在全力破获，目前还没有抓到犯罪嫌疑人。

因为电梯坠毁造成 3 起重伤 15 起轻伤事件，公众非常恐慌，很长一段时间都没人敢坐公共设施的电梯。

郑灵犀再次刷新了对 X 的下限，他已经可以不管不顾人命，他到底还有没有人的一点良知？

心情沉重地刷着手机，忽然，洗手间门开了，一个人赤脚踩在地上走出来，郑灵犀抬头一看，正对上邵天冬的脸。

"你为什么不穿衣服啊？"她猛地捂住眼睛。

"我围了浴巾啊，再说你家也没有能给我换的衣服。"

"你昨天的衣服呢？"

邵天冬指了指床下被某个人揉得一团皱巴巴的上衣，郑灵犀抱住脑袋一声哀号："我知道了知道了！你快随便找件浴袍穿上啦！"

邵天冬揪了块毛巾擦头发，笑道："好，知道了……没想到你这么害羞啊。"

郑灵犀一把用被子蒙住自己的头，大有憋死的意味。

邵天冬走过来坐在床边，隔着被子摸了摸她的脑袋："好啦，不逗你了，起来干正事了。"

郑灵犀把被子拉下来一点，露出乱糟糟的头发和红艳艳的脸蛋，邵天冬看得心生爱意，忍不住在她额头上留下一吻。

Chapter 14
春风化雪

郑灵犀其实早就饿了，她磨磨蹭蹭地爬起来洗漱，邵天冬就借用她家的厨房给她做早饭。

郑灵犀咬着牙刷走到厨房门口看他的背影，他已经不再是少年，被围裙包裹的腰身窄瘦有力。她内心无比幸福，原来这小说里的标准桥段她也有得到的一天。

她家冰箱里食材简单，邵天冬用面糊和鸡蛋做了几个鸡蛋饼，里头卷着黄豆酱和生菜、火腿，郑灵犀塞了满嘴，一边吃一边不断"嗯嗯"点头。

邵天冬吃完了以后就托腮看着她的脸，特别满足的样子。偶然一瞬，他忽然萌生了想要这一刻永远不结束的念头。

郑灵犀吃饱了，摸着滚圆的肚子抬头，对上邵天冬眨也不眨的目光。

"你怎么傻乎乎的？"

邵天冬看她站起来收拾碗筷，脸蛋粉粉嫩嫩的。备受关爱的女人格外美丽，容光焕发像颗水蜜桃。他从后面搂住她的腰，胸口紧贴着她的背。

"你开心吗？"他忽然问。

郑灵犀莫名其妙："开心啊。"

他低了低头，下巴搁在她肩上："你放心，我一定会抓住X的。"

郑灵犀洗碗筷的动作顿了顿，偏头问："你是不是查出来什么了？"

"嗯，一点线索而已，还没有证据。"邵天冬说，"所以我要制造证据。"

郑灵犀皱了皱眉，她还想问什么，他已经欺身上来吻住了她。

邵天冬离开她家的时候还是上午，郑灵犀听赵成说他没回雷盾，就和秦总请了一天假打算去找孙荣问问情况。

总觉得他们几个在神神秘秘做点什么事，但是她不知道，这让人心里空落落的，她不放心。

她有孙荣的微信，小伙子心眼少，三言两语让她骗到了地址。

"你们竟然还有个工作室？"

"噢，是冬哥租的一间棋牌活动室，被我们征用了。平时大家下班了就都过来聚一聚。"孙荣道。

郑灵犀转了转眼珠子："他落了点东西在我家，他刚走，我正好也要出去，顺道给他带过去吧，你告诉我下地址。"

"好的，就在××路南头，门口挂着个棋牌室牌子的。"

二十分钟以后，郑灵犀站在老街的旧楼底下，看着那个挂名"阿香棋牌室"的窗口探出孙荣的脑瓜，不断朝她挥着手。

"为什么要租这样一个地方？"郑灵犀一边爬楼梯一边还要注意不踩到楼道里的废品，"为什么不去写字楼租一间，这里特别便宜吗？"

孙荣替她打开长满锈迹的铁门："不是啦，冬哥说这地方没有监控，而且老街的各项设备受电脑控制得少，相对写字楼比较安全。"

屋里没人，大白天的也光线昏暗，角落里堆着几张破旧的麻将桌，靠门边有张沙发和茶几，上面零散放着些吃剩的泡面碗和外卖盒，客厅正中央有几台发着光的电脑，其余就什么家具也没有了。

"冬哥落了什么东西？"孙荣这才想起来正事。

郑灵犀随手拿出个袋子放在沙发上："皮带。"

孙荣："？？？"

郑灵犀无暇顾及其他，因为她的注意力被转移了。她走到电脑桌前，三面巨大的显示屏上此刻正是一个大大的黑桃标志。

"你们在追踪 X？"她猛地回头问孙荣。

后者刚才还红着脸呢，这会儿忽然傻了："冬哥没告诉你啊？"

"你们做什么了，快说。"郑灵犀迫近一步，"还是说正准备做什么？"

孙荣有点犹豫，吞吞吐吐："其实我们就是在四处查找 X 留下的蛛丝马迹，从他在校园作案就开始分离线索，再从近几年计算机学院的老师和学生里找合适的人选……"

"你们找到他了？"郑灵犀的声音陡然高亢。

孙荣连忙摆手："没有没有，只是嫌疑人而已，我们目前没有证据，他很狡猾。"

郑灵犀一点好脸也没有了，她盯着孙荣："把你知道的全都说出来。"

后者已经跌坐在沙发上了："小嫂子，你别逼我了，被冬哥知道会打死我的。"

"那你怎么知道自己不说现在就不会被打死了。"她捏了捏拳头，"最近没人对练有点手痒……"

孙荣快要哭了，他是知道郑灵犀的身手的："我说，我都说。这个人叫任同济，是我们同校高三届的计算机学院学生，之所以他的信息那么难找，是因为他根本没有正常毕业，是肄业生。"

电脑屏幕上出现一张证件照，深凹的双眼，消瘦的脸颊，一副厚厚

的眼镜，凌乱的头发并着点点胡楂和青春痘，实在是太普通了。

郑灵犀忽然觉得有点眼熟，这男人她好像在哪里见过。

"要说他的期中期末成绩，都属于偏科特别严重的类型，计算机专业课可以接近满分，但是马哲和思想品德从来没有及格过。档案显示他在大二那年替学校参加了华夏杯全国大学生计算机竞赛拿了三等奖，所以说IT天赋是不错的。我插句嘴，这个比赛天冬大二的时候也参加过，还拿了个第一名。"

郑灵犀面不改色："说重点。"

"重点就是这个任同济在校期间如果只是偏科、孤僻还好说，但他有被处分的记录，你猜是因为什么？"孙荣自己都被恶心到了，"这渣渣竟然猥亵女生！偷内衣不说，还在女厕所门口装摄像头偷拍，情节十分恶劣！"

郑灵犀瞬间就认定这人就是胡尊案的帮凶了。

"然后呢，他人在哪儿？"

"这些都是猜测，我们没有确凿的证据证明X就是任同济，他在大四肄业之后就失踪了一样，什么信息也找不到，没有工作记录，没有迁移记录，跟人间蒸发了似的。"

郑灵犀摸了摸下巴若有所思，孙荣讨好地看着她："小嫂子，你千万别和冬哥说是我告诉你的，不然我一定吃不了兜着走，他说了这些都得保密。"

郑灵犀怜悯地看着这位小弟："我保证。"

"嘿嘿，谢谢小嫂子。"

郑灵犀看孙荣自觉地拿起拖把准备打扫卫生，又问："所以呢，你们接下来打算干什么，怎样才能抓到他的把柄？"

"就和炸弹似的，"孙荣说，"点燃导火索，把他引爆。"

郑灵犀感觉大脑里像是掠过了什么信息，但她没有抓住。

再次找到邵天冬的时候已经是第二天的下班之后，雷盾公司的人走得差不多了，郑灵犀因为轮班到布防，所以留得比较晚。

　　她打着手电筒在空无一人的走廊里巡视，就是这个时候她在技术部的尽头发现了邵天冬。

　　他穿着一身黑色的衬衣，双手放在扶手上，袖口挽起到手肘，坐在一张电脑桌后面，仰头靠在椅背上闭着眼睛。窗缝灌进来的风将他微长的黑发吹得轻动，他整个人舒展开一动不动，看起来就好像是睡着了。

　　他一直没有发现郑灵犀，直到她走到他的身边。

　　邵天冬掀起眼皮，眼里有明显的红血丝，他又马上闭了闭眼，朝她露出一个笑来。

　　"你怎么还没下班？"郑灵犀率先问。

　　"搞IT的加班不是很正常吗。"邵天冬拍了拍自己的腿，"坐过来，我想看看你。"

　　郑灵犀没坐到他腿上，她走近了点，一指头戳在他额头上："我是怕你年纪轻轻就秃了，我可不要一个地中海当我男人。"

　　邵天冬捉住她的手放在唇边亲了亲："秃不了。"

　　郑灵犀虎着脸瞪他："你这两天去哪儿了，我都找不到你人。说，是不是外面有小老婆了？"

　　邵天冬静静盯了她两秒，忽然说："你知道了，孙荣告诉你的。"

　　郑灵犀愣了下，然后干脆皱起眉头瞪着他："我知道什么了？我什么也不知道！你现在是什么语气，我还没找你算账呢你先反问我了，邵天冬，你能耐了是不是！"

　　她还没说完，猛然被人一把捂住嘴拉进了怀里。

　　邵天冬抱着她的腰，叹了口气，蓦然间意识到隐瞒郑灵犀简直就是不可能的。

因为他吵不过她，永远也斗不过她。

他漫不经心地一乐，也不知道是无奈了还是想开了。

"你笑什么？X那样危险的人物，你想和他单打独斗吗，你是蜘蛛侠吗？"郑灵犀一把抓住他的领口大声道，"他都打算杀人了！"

邵天冬嘴角挂着淡淡的微笑，任由她把自己的领子揉成废纸团。

"我没有单打独斗，我身边不是有你吗？灵犀教主，文成德武，千秋万载，一统江湖。"

这关头了他还开得出玩笑来，好像他们谈论的话题不是什么危害社会的大惯犯，而是要和某个小瘪子打一场必胜的架似的。

邵天冬语焉不详，郑灵犀掐着他的脖子逼问了好久才算套出来一句话。

"明天就告诉你好不好？"他露出一个疲惫的笑，"我从昨天晚上开始就没睡觉了，现在好累啊。"

郑灵犀立刻从他腿上弹起来："那你吃东西了没有？"

"一瓶矿泉水，半块面包算不算？"邵天冬蔫巴巴的，故意装得很虚弱的模样，郑灵犀果然上当了。

"走啊，我带你去吃点东西，快起来快起来。"郑灵犀拽着他一条胳膊。他就干脆整个人都瘫在她身上，没骨头似的："去你家做饭？"

"我家没存粮了，这个点菜场早就不开门了。"郑灵犀半拖半拽地把他带出公司，两人就蹲在附近一条老街的大排档里吃东西。

路灯底下投射一片昏黄灯光，偶尔有汽车开过，发出研磨尘土的声音。大铁锅翻炒出油辣子的香味，两人对着盆大盘鸡风卷残云，郑灵犀还是头一次看他这么接地气的模样。

"好吃吗？"

"好吃。"邵天冬点点头。

"我说真的，你们到底打算怎么把他引出来？"郑灵犀忽然想起来什么，"要不要我卧底……"

"你想都别想。"他凉凉地看着她。

郑灵犀愣了愣，把话重新咽回肚子里。过了一会儿，大排档摊上只剩他们两人，老板靠着板凳打了个哈欠。

郑灵犀问："你真的有把握吗，这不是一件小事。"

"放心，"邵天冬吃饱了，放下筷子，神情都是满足，"他不会再赢了。"

"你保证。"

"当然。"

郑灵犀悄悄努嘴，她最喜欢看他漫不经心做决定，比他说情话时更诱惑，举手投足间的自信全化成了风月。

第二天早上九点，秦继楠召集了全公司各个部门的中层以上干部，在大会议室召开了一场表彰大会。

秦总今天穿了件紫红色的西装，配了条豹纹的领带，邵天冬也是西装革履出场，帅得郑灵犀目眩神迷，对比之下，就算秦总穿成个葡萄也挡不住身边邵天冬半分的风华正茂。

"这位同事想必大家都认识了，正是最近新入职我们技术部的骨干，邵天冬同志。"秦继楠指示了一下，他的助理立刻切换屏幕，投屏上出现了一个雷盾的标志。

"在小邵和技术部同志们的不懈努力下，我司终于成功升级五代防火墙，今天正式命名为雷盾5.0，并且将在明天正式上线发布！大家鼓掌！"

如雷的掌声中，郑灵犀左右环顾一圈，看到技术部的人热泪盈眶，其他人都和她一样，兴奋中带点惊愕。

"天哪，他才来了两周啊，两周！"赵成一边鼓掌一边悄悄和她说，

"他到底有几条胳膊，这才来了多久，竟然把老田一直久攻不下的 4.0 系统给升级了，脑子是机器人吧？"

赵成一脸落寞地补充道："完了，今年年会的贡献标兵肯定是他了，我还想争一争拿个 500 块奖金呢。"

郑灵犀眯着眼睛看他："出息。"

秦总给了邵天冬一个小小的奖章，两人亲切握手。接下来一个多小时都是秦总和田部长在讲解雷盾 5.0 的优势，在他们解说的过程中，邵天冬一直在旁边站着，好像在等待某个讯息。

其实最后劲爆的消息只有一个，似乎是秦总不小心泄露的。

"我知道最近大家被新兴黑客 X 搞得神经兮兮，但是大家放心，有了我们雷盾 5.0 的防火墙，X 就算变成 XL、XXL，我们也绝对安全。"

这句话说完，台下有几个人应声笑了。

在众人的赞许声中，郑灵犀看向墙上投屏，雷盾 5.0 的标志是 3D 的，正在不断旋转。

周围很热闹，她的心很静。

在这一瞬间，她忽然明白了邵天冬想做什么，他把自己和雷盾都变成了诱饵，引着潜藏在水下的食人鱼来吃。想来秦总也是极具野心，竟然愿意将整个公司的未来都交到他手上。

那邵天冬呢，他肩膀上压着多大的责任？

郑灵犀有时会觉得这世界就像是个战场，每个人都在其中挣扎，有人战死了，有人被俘获，有人在奔逃，有人还在努力抗击。

她做不到他那样的，能在面不改色的情况下计划惊天动地的事情，仿佛一切都是他计算下的数据流，平稳而汹涌，所向披靡、一往无前。

雷盾作为本市最出名的网络安全保卫公司，在众多安保公司倒台的这个风口浪尖推出雷盾 5.0 防火系统，简直就是收获了全社会的瞩目，颇有点逆境下出英雄的感觉。

任同济正享受着被全市人民所恐惧，为自己越来越响的名气暗暗自喜的时候，雷盾的发布会落入了他的耳里，宛如惊雷炸响，也更像是拔起战旗向他进攻的标志。

任同济憎恨邵天冬，恨不得食其肉饮其血，但他不得不承认，邵天冬确实是他遇见过的，最有价值的竞争对手。和胡尊之流不同，邵天冬年轻、帅气、计算机天赋高超，生来就是阳光照耀的孩子，自打邵天冬出现，公众的目光都自然而然全都集中在他身上。

任同济总会不间断做一些噩梦，要么梦到那个化装舞会被两人羞辱，要么梦到邵天冬破解他的黑桃病毒，不管哪一个，他醒来时都会一身冷汗、浑身战栗。

"雷盾5.0？"他盯着播放着雷盾宣发广告的视频网页冷笑，"你们哪儿来的信心觉得可以战胜我？"他的手紧紧握着鼠标，塑料壳子发出了"嘎吱嘎吱"的声音。

隔着厚厚的窗帘，传来下雨的声音，任同济弯着腰站起来，撩开帘子看了一眼，他走到冰箱前，在一堆东西里翻翻找找，找出来一瓶可乐，脚边堆了无数的包装袋和空瓶。

·266·

仰头灌下去半瓶可乐，任同济抹了把嘴唇，病态地想，就当是个新游戏吧，总要有人第一个通关的。

在漆黑不开灯的房间，他面对着三面屏电脑，开始专心编写程序，因为脸色过于阴沉，电脑的蓝光投在脸上，像个孤魂野鬼一样。

发布会当天下午，市里各个主流媒体、花边小报都打电话来雷盾想要采访，外联部忙得焦头烂额，邵天冬这个重点采访对象却闭门不出。郑灵犀忙着组织保镖们维持秩序，护送"雷盾5.0"的芯片和技术部的人员去各个客户公司安装调试，无暇顾及他人在哪儿。

其间两人只在晚饭时间通了串话，聊了点鸡毛蒜皮的小事。

郑灵犀用手揉着保镖部窗台上唯一一盆绿植的叶子，说道："你知不知道你成名人了，楼下几十个记者好几个小时不走就等着见你一面呢。"

"那你呢，你想不想见我？"

"我想见你是不是还得预约呢。"郑灵犀故意说，"毕竟你现在成大忙人了，除了秦总没人能进你办公室，成哥和敦敦都给你当贴身保镖了。"

她话里酸溜溜的，自己都听出来有多娇嗔。

果不其然，邵天冬笑起来，他的笑声透过手机变得闷闷的："你什么时候来见我都不用排队，我的大门永远为你打开。"

郑灵犀手一抖，成功薅下一片叶子。

有了雷盾公司打头阵，其余被X黑了老窝的网络安防公司也逐渐恢复生机，一个个"死灰复燃"，花大力气修复漏洞，突破计算的局限，颇有点联手抗击的意思。

这段时间IT月刊天天都是哪家公司重新研发防火墙，哪家公司重新投入系统运行的新闻，郑灵犀看得都快疲劳了。

这会儿她正在体育器材上锻炼，一手一个哑铃轻轻松松上下舞动，赵成风风火火从门口跑过来。

"灵犀，有人来找你！"

"谁啊？"郑灵犀狐疑。

"邵天冬的爸爸！"

哑铃差点砸在郑灵犀脚上，她匆忙擦了把汗冲出锻炼室，就看到一个中年男人坐在待客的长椅上，张敦敦在旁边点头哈腰不知道在说些什么，男人手边放了一杯热茶，怔是没喝。

郑灵犀放缓脚步慢慢走过去，邵国强没有穿警服，只穿了件白色半

You're
so sweet

旧不新的 POLO 衫，看起来就是个普普通通的大叔，只不过腰板笔直、身材硬朗。

看到她走近，邵国强站起身，他平时看起来也不喜欢笑，板硬的一张脸。他开口："你就是郑小姐吧，初次见面，久仰大名了。"

郑灵犀条件反射性地立正站好："邵局您好！"

"叫我邵叔叔就行了。"邵国强有点别扭，不知道如何开口似的，"第一次见面，没带什么东西，这是孩子他妈妈硬叫我拿来给你们的，你收下。"

郑灵犀看着他递过来的一个食盒，用花布包着，触手温热。

"谢谢，我会转交给他的。"

邵国强点点头，不知道再说什么了。他看到办公室里成片的电脑，和楼道里忙碌奔波的人们，忽然说："辛苦了。"

郑灵犀愣了愣，摇摇头。

再回神的时候，叱咤风云一生的邵局已经往大门口走去了，从背后看，明明只是个中年老人而已。

郑灵犀把食盒给邵天冬送去了，他没说什么，打开以后，里头是两份小菜，一碗牙签牛肉、一碗麻婆豆腐。

最底下还有一个红布包，他拿出来递给她："这是给你的。"说着就低头慢慢开始吃菜了。

郑灵犀很奇怪他是怎么知道的，但她还是打开了。

红布包里是一个手镯，老玉质地的，成色温润，看起来有些年头了，郑灵犀拿着只觉得触手滚烫，整个人又开始犯痴犯傻。

"这是我奶奶的陪嫁，我爸妈把它给你了。"邵天冬吃完了，拿着手镯给她戴上，笑容促狭，"你可要好好待我。"

任同济最后反击的那天，邵天冬不在雷盾。

时间太凑巧了，或者说是任司济故意安排的。那天雷盾终于接受了媒体邀请，邵天冬作为代表去电视台拍摄采访，那是一个本地新闻频道，占得时长也很短，不过就是 IT 版块的二十分钟而已。

　　郑灵犀原本想陪着他一起去旳，只是前一天晚上他留在她家，两人睡得太晚了，她早上浑身酸痛没起得来。

　　"放心吧，我会在晚上六点钟回来陪你吃晚饭的。"

　　他临走前亲了亲她的额头，她迷迷糊糊中还有点奇怪他怎么能这么肯定的。

　　事情发生的时候是中午十二点整，郑灵犀正和保镖部的人一起在食堂排队，墙面的大电视上正在直播午间新闻，妆容明艳的女主持人一直在笑，她身边坐着穿着黑色西服的邵天冬，年轻而稳重，透过镜头帅得人神共愤。

　　食堂里一众人都没心思吃饭了，一个个都对着电视发傻。郑灵犀咬着勺子看得正起劲的时候，忽然电视屏幕出现一丝丝纹路，然后摄影棚里忽然声音杂乱了起来，他们听见导播在叫喊"切断直播""卡卡卡"。

　　然后屏幕闪了几下，突然黑了，几秒钟以后画面上出现了广告，显然是直播中途被强制暂停了。

　　郑灵犀猛地站了起来，手里勺子掉在桌上，发出清脆的声音。

　　"灵犀，你去哪儿？"赵成在后面追问，回答他的是郑灵犀飞奔离去的背影。

　　而此时的广播电台大厦已经乱成一团，八部电梯全部停运，有至少几十人被滞留在半空。恐慌逐渐在人群中蔓延，原因除了未知的危险之外，还因为这幢大厦是本市最高的标志性建筑之一，一共有三十六层，站在窗边可以看到鸟儿在身边飞过。

　　消防车很快来了，但普通消防车只能升到二十五米左右，而大楼的墙壁是钢化玻璃的，既没有站脚的地方也没有着力点，十分光滑。

You are
so sweet

"你、你不是很厉害的计算机高手吗，快想想办法啊！"一个工作人员朝着邵天冬声嘶力竭道。

而邵天冬只是低头看了看手机，然后回答："解除所有防御设备，关闭系统电源。"

"你说什么？"广播电台技术科的人直接傻了，"这怎么可以？这和向黑客投降有什么区别！你知不知道我们系统里保存着多少机密文件！"

此时邵天冬已经在一台电脑前坐下了，屏幕的蓝光照亮他的脸，他面色沉静："照我说的做。"

见他如此成竹在胸的样子，几个工作人员互相看了两眼，还是负责人出来一拍桌子："照他说的做，不然你们还有别的方法吗？"

大厦楼下早已围满了看热闹的群众，消防车、警车和救护车把挺大的停车场堵得水泄不通。

看着不断跑来跑去的人，两个工作人员趁乱走楼梯到了一楼，躲在大厅里议论。

"谁知道那电梯还能撑多久？"

"前不久那个商场的电梯坠毁，伤了多少人你又不是不知道，现在又来……这个黑客是不是有病啊？"

"是啊，赶紧把他解决掉啊。"

他们小声埋怨的时候，一阵风猛地吹过，两人惊愕抬头，就见一个女人撞开大门飞身跑了进来。她身姿矫健，像黑色的雨燕一样，瞬间跃过闸机，一溜烟窜进了楼道。

"刚才是不是有个女人跑进去了？"

"好像是，太快了没看清。"

郑灵犀在闯进大厦的时候就给邵天冬打了电话，响了不到一秒就被接通。

"不要上来。"

郑灵犀脚步猛地刹住，她此刻正停在二三楼的楼梯上。

"你怎么知道我来了？"

邵天冬停顿半秒钟，叹了口气："你不要上来，我有更重要的事情要你去做。"

郑灵犀愣了下，不过一瞬间她就做了决定，她要相信他。

邵天冬挂断电话，打开蓝牙耳机，双手在键盘上疯狂输入，指下流淌出一串一串的字符代码："孙荣、吴龙，你们那边现在什么情况？"

蓝牙耳机里两人的声音传过来，孙荣难掩激动："冬哥你神了啊，真的和你预料的一样，X上钩了！他现在完全疯了，根本顾不着自己的尾巴。"

邵天冬看着黑桃病毒像反应链一样迅速侵占广播电台的每一个角落，宛如没头没脑的苍蝇。

蓝牙耳机里出现了另一个人的声音，雷盾技术部田部长的声音慢悠悠的，带点嘲讽："想来X是第一次见到这么大的企业内部系统，比占据一个学校和商场更有成就感吧，他现在一定和刘姥姥进大观园似的。"

技术部的人被老田逗笑了，邵天冬从耳机里听到他们的笑声，自己也勾了勾嘴角。

看着黑桃病毒逐渐扩散、深入，却没有再变形，他淡淡道："大家准备好，要收网了。"

而另一边，郑灵犀直接报警了，她带着便装警察们前往邵天冬标记的地址，到了地方以后有点出乎意料，这里是一片很祥和的居民小区，除了几个在树荫下打牌的大爷之外没有旁人闲逛，然而三四辆警车吸引了小区里众人的目光。

警察们比了个手势，开始无声潜入，郑灵犀跟在后面，只感觉心头突突直跳。

"同志，你们是要抓坏人吗？"一个中年阿姨凑过来。

"阿姨，你有什么线索吗？"一个小警察问道。

阿姨摆摆手："我就是觉得奇怪，我隔壁邻居啊，十天半个月不出门，屋里的垃圾堆不下了才一口气都扔出来，我从来没见过人……警察同志，他该不会在里面搞什么违法活动吧？"

这个时候邵天冬的电话又打来了，他的声音沉静而富有自信："我这边搞定了，你那儿怎么样？"

郑灵犀说："我已经到地方了，可是他不会逃走吗？"

话音刚落，郑灵犀眼睁睁看着警察们跟着阿姨的指引，撞开了可疑人的家门，然后从里面揪出一个头发凌乱的消瘦男人。

"啊……"她张了张嘴，而听筒里邵天冬笑了笑。

"他逃不掉的。"

任同济死也想不到，邵天冬和雷盾会给自己布一个局，他们将计就计，利用广播电视台当诱饵做了一个陷阱，主动让黑桃病毒侵入，然后在他放松警惕的时候，瞬间堵上出路，把他困住。

然后一点一点破译，一步一步耗死。

"名字，年龄，户籍！"一位警察给任同济戴上了手铐，把他按在地上。

任同济太久没见到太阳了，刺眼的光线让他眯起了眼，他现在满脑子都是失败的愤怒，根本听不见别人说话。

"我不可能输的，我怎么可能输！你们放开我！"他哑着嗓子大吼着。

"叫什么名字，快说！"警察让他仰起头，朝他瞳孔看了两眼，"带回去检查一下看有没有服用药物，这人精神状态有点问题……"

任同济迷迷糊糊地被拖起来，他抬头，看到面前站着一个女人。

郑灵犀两手抱胸，冷冷地盯着他，目光比太阳光还刺眼。

严格意义上，这是他们第一次正式对视，可现在他只能从她的眼里看到鄙夷和不耐烦。

刚才被警察抓住都没给任同济带来什么心理负担，此刻郑灵犀这凉薄的一眼直接让他崩溃了，如同压死骆驼的最后一根稻草。

"你，是你！是你来抓我，是你！你这个贱人，你背叛了我！"他大吼着，枯槁瘦弱的身体也不知道是哪里来的力气，猛地挣开警察朝郑灵犀奔了过来。

"抓住他！"警察们一拥而上。

眼看任同济就要撞到郑灵犀身上，郑灵犀猛地侧身避开，一把从兜里掏出了什么，朝着他的眼睛就是哇嗤猛喷。

"啊啊啊！"任同济大叫着在地上打滚，"我的眼睛看不到了！"

他的双手被手铐束缚，因此就像条虫一样来回滚动。

一个警察疑惑地看了看郑灵犀，郑灵犀晃晃手里郑飞翼给她的小瓶子："防狼喷雾而已，死不了人约。"

任同济老实了，被带回公安局。

经过一番调查，警察才发现，这个轰动全市的黑客 X，竟然也是名校学子，颇有计算机天赋。

"他是三年前肄业的一个计算机系的学生。因为是肄业，毕业后找不到工作，此后他就一直在家中啃老。去年他母亲去世后，他就很少再出家门。"警察用旁观者的语气说着任同济的故事。

郑灵犀站在审讯室外头冷眼看着。

"原来是个天才，然而这个天才却选择了自甘堕落。"身边的张敦敦说道。

任同济的眼镜已经在打斗中碎了，他满头污垢衣衫陈旧，看着就有种令人不适的颓废感。

"你们懂什么！那些道貌岸然的老师，他们都是社会的渣滓！所谓的三好学生更是虚伪的人！"任同济一脸疯狂，"不聘用我的雷盾是垃圾，那些雇主也全都是垃圾，是他们没有眼光，是他们不会欣赏！"

郑灵犀皱着眉，她和任同济的目光对上，他紧盯着她："还有邵天冬，他是我的手下败将啊，你们忘了吗？他明明是个没有用处的废物，凭什么你们的目光都在他身上？那些爱慕虚荣的女人，那些只会拍马屁的学生，我要让他们都后悔！"

他疯狂的言论显然让在场的人都震惊了，一个警察压着他的肩膀强迫他冷静下来。

郑灵犀冷笑一声："你这样只会把责任推卸到他人身上的才是垃圾。亏你的母亲含辛茹苦养育你几十年，全都浪费了。"

她说完，看也不看任同济一眼，转身离开了公安局。

郑灵犀远远地看到一人站在马路对面，他垂首立于繁华的市区，身姿却孤傲清冷，仿佛无人可以接近。

"喂。"她喊了一声。

邵天冬应声抬头："我说过六点前回来陪你吃晚饭的。"

那一刻，冰雪消融。

惊世大黑客X的落网，让社会对计算机领域有了新的认知：原来网线后面的手，可以控制目光所及的一切，编造虚伪的假象。

邵天冬破解黑桃病毒后，一度成为IT界的明星代言人，只要他出现的活动，媒体的闪光灯就总是闪个不停。

他在雷盾公司的技术部实习了三个月，在导师的建议下回校攻读研究生，学校里的学生们跟打了兴奋剂似的，只要邵天冬出现的课堂，堂堂爆满，谁都想和他一起进机房探讨技术问题，但老师给他专门配备了电脑。

"冬哥，撸串去不？"孙荣也回校读研了，他把眼睛从游戏机上挪开，回头问道。

邵天冬抱着书本站起身："不去了，我去图书馆。"

孙荣看着邵天冬的背影，总觉得回来以后的邵天冬和以前不一样了，怎么说呢，似乎是一夜之间变成了真男人。

孙荣叹了口气："仿佛又回到了高考的时候……被天才支配的恐惧。"

又一年夏日，风吹绿草茵茵。

新入学的花季少女结伴行走，笑声如同银铃般清脆，路过邵天冬身边时，她们娇笑着回头，不住地观望，再三流连。

而邵天冬仿佛没看到似的，目光不偏不倚，擦肩而过时也没有一丝表情变化。

因为出色的容貌和天赋，媒体渐渐地想挖掘他更深的话题度，总喜欢采访一些私人信息，但邵天冬对自己的隐私讳莫如深。

"你最近在网上的关注度很高，我想替众多的女网友问一句题外话，你喜欢什么样的女生呢？'女记者把话筒递到邵天冬面前时，邵天冬有一秒钟的呆滞。

"喜欢什么样的女生……"他默默重复了一遍，看着眼前殷切的记者和摄像机，心绪有点飘了。

邵天冬忽然想起来刚认识郑灵犀不久的时候，他还担心这个柔弱的小姑娘会被欺负，只是后来，变成了担心她把别人揍得太惨。

他忍不住笑了一下，恍如春风化雪，女记者看呆了。

"我喜欢她模样如玫瑰花，心肠如玉观音，拳头硬得像石头，勇气坚定似钢铁。"

Extra 01
求婚

　　邵天冬读研究生的第二年，雷盾公司再次提升规模，郑灵犀作为保镖部长，被提拔为保镖部及新成立的训练部总监，和赵成、张敦敦二人前往美国进行培训，培训时长长达半年。

　　保镖部门三大佬不在的时候，所有事情就由人力资源部长代为决策，张爱华被喊了大半年的张总，渐渐地，也把自己当成三个部门的老大了。

　　"今天中午统一组织新入职员工的思想觉悟大会，十二点开始不许请假。"张爱华看了眼时间，"谁下班后敢给我逃去吃饭或者无缘无故请假的，扣一天工资。"

　　助理苦着脸敢怒不敢言，只好点头称是。

　　什么思想觉悟大会，无非是张爱华先吹嘘一下自己引以为豪的感情和事业历程，把她如何拐到技术部田部长的经历和众人进行第八十五次分享。

保镖们结束了半天的训练，一个个正一身臭汗呢，被迫窝在会议室里听一个女人叽叽喳喳说些无关紧要的话题，肚子饿得咕咕叫还不让吃饭。再加上天热，张爱华为了省电还不开空调，唯一的电扇只对着她吹，那屋里的气味别提多可怕了。

"你们首先要提高思想觉悟，不要一下班就聚众酗酒，打架斗殴，要知道我们雷盾的招牌是很响的，不要因为你们的行为影响到公司。

"你们平时的穿着也要注意，不要一个个都是黑背心黑裤衩，出门在外除了作战服，西装衬衣都备起来啊。

"我上回发给你们的二十八项铁律都背出来了吗？现在开始背，背不完不许吃饭。"

张爱华喝了口水，看底下人有点发呆，自己心情倒是很好。

屋里陆续开始出现嗡嗡的读书声，男人们满头大汗，一边还捏着小字条在那里背条款，别提多凄惨了。

张爱华正低头端详自己新做的美甲，忽然会议室大门被人从外面一把推开，"轰"的一声巨响。

郑灵犀穿着黑皮衣黑皮裤，鼻子上一副巨大的墨镜，风光无限地站在门口。她身边站着同样打扮的赵成和张敦敦，他俩要是手上再拿着把枪，就和从 007 片场赶来似的。

"Hey everybody，"郑灵犀张口就来，"I'am back！"

偌大的会议室忽然爆发出一阵巨大的欢呼声，汉子们就差捶胸顿足热泪盈眶了，他们冲到三人跟前，亲切得仿佛见到了阔别十年的老父亲。

"走，咱们去食堂吃饭云，下午我传授给你们美国的训练方法。"郑灵犀招了招手，一大波小弟乖乖跟在身后。

张爱华在后头跳脚："回来！都给我回来！"

然而却没人理她了。

接受了先进训练技巧熏陶的郑灵犀化身为工作狂，一～
是在训练室就是在操场，一时间她甚至忘记了自己还有个男～

邵天冬得到消息从学校赶来雷盾的时候，正巧她在教新人～斗技
巧。她光着脚站在软垫上，穿一件白色运动衣，抓着一个光膀子男人的
胳膊做示范。

"看好了，等他伸手，你们就这样抓住他的肘关节，然后用腿顶他
的膝弯……"

邵天冬站在门口半天，她也没注意到他，他的目光渐渐变得凉飕
飕的。

"天冬，要不要我帮你喊一声她？"赵成发现了他，笑呵呵地凑过
来问。

邵天冬摇摇头："不用了，谢谢。"

他走到一边，因为训练室比较大，公司是给教练配备了话筒和音响
设备的。他拿起那个耳麦，凑在嘴边——

"郑灵犀，你老公喊你回家吃饭了。"

赵成、张敦敦："……"

保镖们："……"

门口的其他同事："……"

郑灵犀："！！！"

"你怎么来了？"郑灵犀脸瞬间红了，她一下跳过去抢走邵天冬手
里的耳麦。

"我要是不来，你是不是都忘了还有我这么个人呢？"他凉凉道，
"你说说你已经回国多久了。"

郑灵犀没理了，小声辩解："我这不是担心影响你学业嘛……"

邵天冬一声不吭地盯着她，她有种自己成了负心汉的错觉："对不

小哥哥你
甜反爆表啦

起嘛，我错了，我不应该不联系你，实在是因为太忙了嘛。"

邵天冬面无表情，他从兜里掏出一个红盒子，打开来是一枚璀璨的钻戒。郑灵犀从他拿出戒指的一瞬间就被定在原地一动不动了。

"嫁给我，不然我回去接着喊。"他笑着道，"你猜我能不重复地喊多久？"

少年早已蜕变成青年，郑灵犀满脑子闹哄哄的炸雷，完全无法思考。

而旁边的一群保镖不清楚他俩发生了啥，他们只知道有人要求婚了，于是一堆一米八五的大老爷们铆足了劲儿放声高喊：

"答应他！答应他！"

"结婚！结婚！"

声浪一波接着一波，从训练室传到了雷盾公司的每个角落，他们用尽全力、声嘶力竭，要把温柔和浪漫充满这个血气方刚的地方。

"结结结！答应你还不行嘛！"郑灵犀红着脸大叫。

Extra 02

七年之痒

邵嘉致小朋友七岁的时候，已经是小学一年级班里的一把手，走到哪儿手臂上都挂着小队长的大红袖章，享受全班同学的仰慕。班里哪个小朋友想和谁一起拉手上厕所，都得先问过他。

"你妈妈真的是超人吗？"一个小姑娘咬着手指头问道。

邵嘉致鼻孔要飞到天上去了，他无不自豪地说："那当然了！你看过美国队长吗，我妈妈如果是个男的，就是那个样子的！"

小姑娘自己想象了一下，邵嘉致的妈妈长着个美国队长的身子，穿着红披风和紧身衣——

"哇……"她长叹一声。

事后，因为邵嘉致小朋友口无遮拦地吹牛皮，郑灵犀那美国队长和女超人的形象在小学一年级班级里被大肆炫耀，他回家就被狠狠骂了一通，不过因为从小被骂，他早就习惯了。

可是这导致了另外一个后果，邵嘉致小朋友开家长会的时候，郑灵犀都拒绝参加，没办法，只能由爸爸出面。

邵天冬长手长脚，穿着体面的西装，时间在他身上沉淀下成熟的烙印，光是坐在那里都是一幅赏心悦目的画，完全想象不到他手里拿着的是儿子小学语文的作文。

"邵先生，感谢您百忙之中来参加孩子的家长会，会不会耽误您的时间啊？"班主任女老师下意识地理了理头发，微笑着问。

"王老师不用在意，参加家长会也很重要。"年轻的爸爸微微一笑。

教室里坐着的大多数妈妈都红了脸。

这位年纪轻轻就成了中国顶尖计算机教父的男人，完全不像个IT理工男，换身衣服完全可以进军娱乐圈了。

有钱，有权，有名，有颜。这样一个男人竟然是个宠妻狂徒，虽然妻子比他还大五岁。

邵天冬应付着班主任老师，看着手里儿子的作文纸准备把它拿回去给郑灵犀看。

"我的父亲母亲。"郑灵犀单手捏着作文朗读着，"我的母亲，拥有这世界上最惊人的武力，她有鹰的眼睛、熊的力量、豹的速度，她能徒手劈断砖头，能一拳制伏小偷，我和妈妈出去的时候，经常能看见跪在地上痛哭流涕的叔叔们，他们哭着喊着再也不会出现在妈妈面前……"

郑灵犀念到这里，控制不住自己暴起的青筋，她的拳头已经蠢蠢欲动："邵嘉致，你给我过来，我保证不打死你。"

邵嘉致哪里会上当，他拖着邵天冬的胳膊噌噌就往他身上爬："爸爸救命！妈妈要吃了我！"

郑灵犀怒发冲冠："你给我下来！"

邵天冬气定神闲地坐在沙发上，接着往下读："我的爸爸拥有世界

上最超人的智慧，他一个人能顶一百台电脑，从来没有～

题，但世界上只有一个人爸爸打不过，那就是无敌的妈妈

邵天冬念完，看着近在咫尺的妻子，想了想："你儿子～～～～。"

"对什么对，罚你今晚不许吃小零食！"

邵嘉致哭了，他忘了家里还是妈妈做主。

晚上洗漱完，邵天冬搂着妻子躺在床上，两人穿着情侣款的睡衣，一人是蓝色的一人是粉色的，儿子就睡在隔壁的小房间。

"周末带嘉致回家看看吧，你妈妈上回还念叨着想他了。"郑灵犀靠着丈夫的胸口说道。有了儿子作为纽带，邵天冬和父母的关系逐渐改善，也能心平气和在一块儿吃饭了。

他低下头闻了闻妻子的发丝："你决定就好。"

她的身上有熟悉和令人安心的气味，生过孩子以后，增添了成熟女性的魅力，但面庞还和以前一样美丽动人，对他的吸引力一丝未减。

邵天冬抱了抱她，忽然说："灵犀，我们也已经到了七年之痒了。"

郑灵犀搂着他的腰，没反应过来："是吗？"

"嘉致都七岁了，你说呢？"

"可我没觉得痒啊。"郑灵犀把上半身撑起来，"难道是你要红杏出墙？"

邵天冬愣了下，笑了："行了行了，打住，我们还在热恋期好不好，需要我再和你求婚一次吗？"